张爱玲与英美文学研究

周洁琼　韦振华　著

北京工业大学出版社

图书在版编目（CIP）数据

张爱玲与英美文学研究 / 周洁琼，韦振华著．— 北京：北京工业大学出版社，2019.8（2021.5 重印）
　ISBN 978-7-5639-6898-5

　Ⅰ．①张… Ⅱ．①周… ②韦… Ⅲ．①张爱玲（1920—1995）－小说研究②小说研究－对比研究－中国、英国、美国 Ⅳ．① I207.42 ② I561.074 ③ I712.074

中国版本图书馆CIP数据核字（2019）第145870号

张爱玲与英美文学研究

著　　者：周洁琼　韦振华
责任编辑：郭佩佩
封面设计：点墨轩阁
出版发行：北京工业大学出版社
　　　　　（北京市朝阳区平乐园100号　邮编：100124）
　　　　　010-67391722（传真）　bgdcbs@sina.com
经销单位：全国各地新华书店
承印单位：三河市明华印务有限公司
开　　本：710毫米×1000毫米　1/16
印　　张：12.75
字　　数：255千字
版　　次：2019年8月第1版
印　　次：2021年5月第2次印刷
标准书号：ISBN 978-7-5639-6898-5
定　　价：56.00元

版权所有　翻印必究

（如发现印装质量问题，请寄本社发行部调换 010-67391106）

前　言

张爱玲，一个家喻户晓的名字。

张爱玲，一段关于天才的传奇。

张爱玲，一场多舛多姿的恋爱。

有些人，生下来可能就有故事，就会把人的灵魂摄入自己的世界。和前几年相比，张爱玲热似乎降温了许多。这是否正是张爱玲所期盼的？因为大多数美，是在蒸发后才闪耀光芒并把埋藏的东西完全释放出来的。

张爱玲是中国现代文学史上一位重量级作家，她在新文学创作的主流之外独树一帜。这种独特性不仅体现在她作品的创作主题、故事选材、艺术手法上，也体现在她欧化与传统并存的语言特色中。

目　录

第一章　自我的美学 ·· 1
第一节　张爱玲小说的个人主义探寻 ·· 1
第二节　张爱玲散文的个人主义美学 ·· 16

第二章　自觉的女性意识 ·· 21
第一节　张爱玲的性别意识 ·· 21
第二节　在翻译中消解男性中心主义 ·· 26
第三节　在翻译中体现女性意识 ·· 30

第三章　张爱玲小说语言的欧化与传统 ·· 37
第一节　时代语言与个人语言的完美结合 ···································· 37
第二节　张爱玲小说语言的欧化气息 ·· 41
第三节　张爱玲小说语言的传统韵味 ·· 54

第四章　张爱玲与英美文学 ·· 63
第一节　张爱玲对英美文学的阅读和接受背景 ···························· 63
第二节　张爱玲的英国情缘 ·· 88
第三节　张爱玲对英国文学之选择 ·· 92
第四节　英国文学作为有效的参照与影响 ···································· 97
第五节　美国文学场中张爱玲《金锁记》的自我改写 ·············· 104

第五章　张爱玲与伍尔夫女性主义创作比较研究 ·························· 113
第一节　呐喊的女性 ·· 113
第二节　弱化的男性 ·· 128
第三节　悲剧化的叙事 ·· 134
第四节　相似的原因及不同之处 ·· 145

第六章　张爱玲与盖斯凯尔夫人小说中"灰姑娘"的比较 …………… 149
　第一节　灰姑娘的故事结构比较 ………………………………… 149
　第二节　灰姑娘与白马王子形象的超越 ………………………… 157
　第三节　男性拯救下的"灰姑娘" ……………………………… 166
第七章　张爱玲与托妮·莫里森小说人物塑造特征及其对比 ……… 177
　第一节　张爱玲小说中人物的性格特征 ………………………… 177
　第二节　张爱玲与托妮·莫里森小说人物塑造特征对比 ……… 183
参考文献 ……………………………………………………………… 193

第一章 自我的美学

第一节 张爱玲小说的个人主义探寻

一、怎样的个人主义

张爱玲初登文坛,她的创作思想就被同时代论者冠以"个人主义"之名。谭正璧判定张爱玲的作品是"属于个人主义的",肯定她能够表现"被压抑者反抗的呼声",但他接着将文坛前辈冯沅君、谢冰莹与张爱玲做对比,惋惜后者的人性视域不无狭隘,并认为较之五四女作家基于"个人对抗社会"的"个人主义",张爱玲的立场不进反退,因为五四作家"向着全面的压抑做反抗",而张爱玲的反抗"仅仅为了争取属于人性的一部分——情欲——的自由"。与谭正璧的观点相似但又有不同的是傅雷,他肯定张爱玲小说对情欲的描写,因为"人类最大的悲剧往往是内在的",但他又认为"斗争"才应该是"情欲的舞台",进而批评张爱玲的某些小说(如《倾城之恋》《连环套》)缺少"深刻的勾勒","作品就变成了空的躯壳"。① 他们代表了当时一种典型的批评论调。

另一种论调来自胡兰成。他礼赞张爱玲的"个人主义",认为苏格拉底的个人主义是无依靠的,卢梭的个人主义是跋扈,鲁迅的个人主义是凄厉的,而她的个人主义则是柔和、明净的。这个评论出现时,张、胡两人正处在"蜜月期",他全力鼓吹张的贡献系人情所在,但胡兰成一向"喜欢做论",论起来便"天花乱坠",这也是事实。果然,胡兰成的文章一出,马上就有了反对的声音。章品镇撰文指出,胡兰成"危险地炫示着一个虚幻的'启示',这启示的内容是:张爱玲'也不过是个人主义者罢了'。……张爱玲所'寻求'的'人生',胡先生则硬配其为曹七巧、白流苏的断线鹞子式的人生,'雾数'

---

① 傅雷:《论张爱玲的小说.》,载金宏达、于青编,《张爱玲文集》(第四卷),合肥:安徽文艺出版社,2012,第 443 页。

的人生"。① 他虽然明确了胡兰成的赞美是"硬配",但接着引傅雷为同调,在"适度的(编者注:地)推誉"之后,激烈批评《倾城之恋》的情欲描写。他同意傅雷称其为"玩世不恭的享乐主义者的精神游戏",也同意傅雷认为张的作品即使有"虚无意识的混合",但还是"最无前程"的基调。②

张爱玲是个人主义的吗?她又是怎样的个人主义?为情欲张目就是她小说中个人主义的全部体现?肯定向生活妥协的"雾数"的人生或转向玩世不恭的虚无意识,就是个人主义的张爱玲寻求到的"启示"?比起五四作家,张爱玲小说中的个人主义果真不进反退?

张爱玲曾在小说中直截了当地谈到"个人主义"。《倾城之恋》中本来两相试探、彼此计较的白流苏与范柳原,恰恰在战争爆发的危城中互相谅解、互相扶持,叙事人忍不住就此议论:范柳原不过是一个自私的男子,她白流苏不过是一个自私的女人。在这兵荒马乱的时代,个人主义者是无处容身的,可是总有地方容得下一对平凡的夫妻。这段话给读者留下了深刻的印象,也屡屡被人引证。按语义分析,一个"自私"的人去掉了身上的"个人主义"成分,就成了"平凡"。换句话说"个人主义"恰恰包含着"自私"的人身上不"平凡"(为金钱或情欲所困可以理解为某种"平凡")、不"妥协"(流苏和柳原的结合就基于两人的相继妥协)的某种品质。这也就是说,"个人主义者"和被贴上"功利主义""占有观念"等标签的"自私"不是一回事,而且"个人主义"也超出了执着日常生活而毫无超脱理念的"平凡"。也许有人会说,张爱玲这两句话有着她一贯的机敏俏皮之警句风格,只是修辞而已,不必做严格的语义考究。但是,如果这么想的话,也许会失去探究张爱玲之个人主义观念的可能入口。而从这个角度来看,我们能够进一步发现,与五四新文学作家相比,张爱玲的写作在个人主义问题上并非不进反退,而是发展了其内涵,她超越了"个人对抗社会"的五四模式,进而将个人主义问题向内挖掘,挖掘出现代个体在总体虚无中闪现的"本真性理想",从而使个人主义问题在心理深度上有了迈进。张爱玲显然并未肯定"雾数"的人生,对"琐碎""平凡"的刻画也是一种有意而为的自觉,这恰恰是对虚无的救赎。

既然论者往往从《倾城之恋》来批评张爱玲的个人主义,那么有必要先从范柳原与白流苏这一对"个人主义者"谈起。

---

① 章品镇:《〈传奇〉的印象》,载陈子善编《张爱玲的风气:1949年前张爱玲评说》,济南:山东画报出版社,2004,第36页。
② 章品镇:《〈传奇〉的印象》,载陈子善编《张爱玲的风气:1949年前张爱玲评说》,济南:山东画报出版社,2004,第36页。

第一章　自我的美学

二、柳原的真诚瞬间与个人主义的"本真性"理想

在《倾城之恋》中，太平洋战争造成了"倾倒"的香港，它仿佛希腊神话中的"机械之神"在一对世故男女情感对决无法圆满时从天而降，伸出巨手，力挽狂澜。在去英国的船被阻后，柳原肯冒着危险回去接流苏到浅水湾饭店；在浅水湾饭店，流苏在枪林弹雨中为柳原担心，生出一个人有了"双重危险"的感叹。此时，他们都超越了自身固有的"自私"，显露出人情中高贵、真诚的一面。此后，战时两人的互相扶持、相依为命也就顺理成章了。问题是，这超越了"自私"的"真诚"是战争爆发之后才有的吗？战争显然并不具有这样的功效，真诚的种子不会由战争播撒，相反，它必须早已孕育、萌芽，只有这样才会在极端时刻破土而出。如此来看，"倾城"的战争并非"机械之神"般的外力，而是推动两人关系进展的"催化剂"。

（一）美德考验与真诚测试

利用熟人徐太太，柳原不现真身又不露声色地将流苏从上海引到香港，进而布下情局，只待流苏最后缴械投降——甘愿无条件接受情妇身份。流苏为逃避在娘家的困窘处境而赴港，希望通过婚姻改善自己的经济地位。她不甘心委屈做情妇，在与柳原的交往中极力矜持，力图获得婚姻承诺。此时，她不仅面临着维护淑女尊严的美德考验，更面临着情感的真诚测试，必须同时通过两个测验才有可能成功。但她的困境在于，这两个测验是互相冲突的，不可能同时通过。这就是柳原没有言明的霸王条款。

柳原对流苏的考验当然是不公平的，甚至完全是双重标准。流苏如果保持德行/贞洁，他就攻击她不"真诚"——不真的爱他，或者爱他而不遵循自己内心的真实欲望；如果流苏失去了贞洁，默认做了他的情妇，那么，她就是低贱的，只配在欢好之后被抛弃。柳原希望流苏既从意志上屈服于他，又保持她自己淑女的高贵品行；他希望流苏从感情上忠诚于他，真实而不做作，而他对自己经济地位的重视又使他无法完全相信流苏在感情上的真诚。他的目标本身就是矛盾的，不可能实现。流苏对此非常清楚，但她不得不认可柳原的逻辑，只能把自己当作赌注，撞一下运气。

柳原对流苏的两难考验只是一个浪子的高级调情吗？柳原的"情局"要考验的是流苏的"美德"与"真诚"。其实，较之"美德"，他更在意"真诚"，进而会在一切虚伪都除去的战争状态中显现出难得的一点真情与真诚。柳原对所谓"地道中国女人"的迷恋与想象，也暗含了他对纯粹的"美德＋真诚"的想象。他对流苏有三次重要的情感试探，可他在自己布置的情局中甚至比流苏还要投入。在"真诚测试"中，他不仅在测试流苏，也仿佛在测试自己。

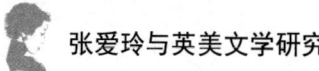

彼时的他短暂敞开内心，流露真情实感。这三个真诚瞬间正是柳原的"真诚追求"反作用于自身的时刻。

（二）柳原的三个真诚瞬间

柳原第一次流露真情是在冷而粗糙的浅水湾的高墙下。那是流苏刚到香港，两人从香港饭店的晚宴舞会出来的时候。站在月色中，柳原忽然生出"天荒地老"的感慨，说如果有一天万物毁灭，他们彼此之间也许会有真心。可是流苏只顾着自卫了，反驳他，"你自己承认你爱装假，可别拉扯上我"。由此可见，流苏没有辨别出柳原话里的真诚和无奈。柳原继续试图说明自己的玩世不恭是有理由的。他讲述自己本来对中国、对家乡，抱着梦想和希望，但现实却使他饱受打击，"不由自主的（编者注：地）就往下溜"。流苏感觉到柳原不无真诚，于是试着去理解他。然而流苏稍一放松，自恋不期而至，想到了月光下自己的脸"美得不近情理"，于是低下头去。这个动作提醒了柳原，他不禁微讽"你的特长是低头"。这暗示流苏不无做作，甚至提醒这个动作与年龄不符。两人不欢而散。

柳原第二次试探与剖白是带流苏去大中华吃上海菜时，忽然生出的"回到自然"的闪念。喝茶时，柳原将玻璃杯里的茶叶想象成马来亚的森林，进而想到将流苏带到马来亚去——"回到自然"，并自问这会不会使两人放下那些矫情与伪装。他接着想到，"只是一件，我不能想象你穿着旗袍在森林里跑"，但浪子的习性使他不由自主地说出，"不过我也不能想象你不穿着旗袍"。流苏还来不及抓住"回到自然"的话题，她的淑女风度却使她首先对后一句话里的不敬意味加以回击了："少胡说。"柳原赶紧返回正经的着装话题，并试图剖白自己，指出流苏超尘之处，举例说她的动作像唱京戏。流苏却将像唱京戏视为对自己矜持、矫情与伪装的讥讽，两人又一次话不投机。

第三次剖白与试探则是柳原深夜打电话给流苏时透露出的"自己做不了主"的虚无感。流苏到香港已经一个多月了，两个人矜持着、僵持着，谁也不肯让步。进退两难中，流苏深夜接到了柳原的电话，那声"我爱你"，像是剖白，而那句"你不爱我"，又像是绝望。接着，柳原引用"死生契阔"的诗句，诉说人的渺小与无奈，解析自己的虚无事出有因。他努力为不肯承诺婚姻做出解释，而敏感的流苏听到的只是这个人在找借口，她不能体会其中矛盾的心态与虚无的痛苦，于是抢先说道："你干脆说不结婚，不就完了！还得绕着大弯子！什么做不了主？"这个回击很有力度，引得柳原质问流苏的感情，嘲讽地说："自己不可能花钱娶一个不爱自己的人。"他同时讥诮流苏根本"以为婚姻就是长期的卖淫"。此话一出,流苏也只能气得摔电话了。

柳原一再袒露自己的虚无感,要求流苏的真诚,流苏却一再维护自己的自尊,防卫柳原对自己不无矫饰的讥诮。这不是流苏的错,在不平等的情感博弈中,流苏只能处于守势,哪里还有时间来体会柳原的隐衷?

(三)真诚、本真性与个人主义的道德理想

我们应该如何理解柳原的这些真诚瞬间和他的真诚要求呢?

美国文学批评家莱昂内尔·特里林在《诚与真》中特别对历史与文学中的自我之真诚问题做了研究。他指出,"真诚主要是指公开表示的感情和实际的感情之间的一致性"。[①]它的出现与"社会"和"自我"形成相关。"真诚"作为道德要素出现在欧洲,是16、17世纪之交的事。此时,英法两国社会流动性大增,人们可能脱离原来的阶层,有野心的人于是企图通过假冒等手段超越其出身。真诚问题正是在反对伪饰的基础上有了其重要性,这种伪饰开始是指有意识地假装他人并利用他人的诚意而掩饰自己,比如伪君子。在《倾城之恋》中,张爱玲花了很多笔墨描绘柳原对"真正的中国女人"满怀憧憬,而微讽流苏的矫饰,讥诮印度公主萨黑荑妮来历不明,这些不正是柳原"真诚"要求的题中之义吗?

《诚与真》一书进一步辨析了真诚和本真的内在关联。到了19世纪,伪君子式的道德问题已经被讨论得很广阔且深入了,而人们开始意识到伪装还包含一个人对自己的欺骗——自欺。在意识到他人伪装的基础上,真诚观念确立起来;在警惕自我的伪装(自欺)的基础上,本真观念逐步确立。加拿大哲学家查尔斯·泰勒把真诚与本真看作本真性发展的两个不同阶段,并把"本真性"视为当代自我实现的个人主义背后较高的道德力量。其实,个人主义的含义虽广,但大都在两个基本意义层面上使用。一是作为一种道德理想,即查尔斯·泰勒所说的"本真性伦理";二是一种非道德现象,类似于我们用利己主义所指的东西。[②]作为一个"个人主义者",柳原的真诚瞬间和对流苏的"真诚测试",正是其自身超越性的道德理想的初露端倪。

《倾城之恋》对自我的挖掘,对个人主义的关注,可能受到西方文学尤其是英国18世纪小说,主要是塞缪尔·理查森小说的影响。有人会质疑柳原是个"非典型"的中国人。在《红玫瑰与白玫瑰》中,张爱玲却从"最合理想的中国现代人物"佟振保身上再次挖掘出了展现"个人主义"与"本真性理想"的心理空间。

---

① 莱昂内尔·特里林:《诚与真》,刘佳林译,南京:江苏教育出版社,2006,第4页。
② 参见查尔斯·泰勒:《本真性的伦理》,程炼译,上海:上海三联书店,2012,第27页。

三、"好人"佟振保的"真人"时刻

（一）振保的三个"真人"时刻

虽以"红白玫瑰"为题，但《红玫瑰与白玫瑰》却是张爱玲少见的以男性为视角的人物小说（此外还有《茉莉香片》《年轻的时候》两个短篇小说）。

在此前一年发表的《封锁》中，张爱玲曾以"好人"与"真人"为两个对立范畴来刻画女主人公吴翠远对自我、对男性、对社会文化的基本想象。振保的故事也是"好人"与"真人"的内在冲突。情人"红玫瑰"代表着"真人"，妻子"白玫瑰"代表着"好人"。或者换个角度说，与热烈的情人相恋时，振保"真人"的一面更有优势；与温顺的妻子结婚，振保"好人"的一面占了上风。如果说"好人"代表着循规蹈矩，尊重社会习俗与压抑自我；那么所谓"真人"的一面恰恰包含着超越了肉欲、物欲的"本真性理想"的萌芽。

在《红玫瑰与白玫瑰》中，作者用很长篇幅刻画了振保与娇蕊第一次见面后独处时的心理活动，以此来展现他内心深处对"真心爱"的渴望，这是振保的第一个"真人"时刻。

刚搬入朋友王士洪的公寓，振保马上被王太太娇蕊丰满标致的体态和自在娇嗔的风度搅得心绪不宁。在夜灯初上的阳台上，振保望着楼下上下电车的人群，望着电车过后风吹落叶的街道，若有所思。此时，小说的描写非常精彩：振保虽然善于自问，但他对自己的心理把握尚不十分自觉，只感觉到内在的匮乏与不安，觉得"一阵凄惶"而已，倒是讲故事的人懂得他，原来振保是怀着"有一个真心爱的妻"的希望的。这个能够怀着"真心"去爱的渴望，不正是"本真性"理想的显现吗？

在一个有些特别的境况下，振保与娇蕊第一次两人单独相处。当振保反复回味这次谈话时，他一直在怀疑自己"爱上了她的灵魂"，这是振保第二个"真人"时刻。

振保搬入王家公寓第二天的下班时候，同学士洪已经出门去了新加坡，与振保同住的弟弟还没回来。此时娇蕊在客厅中打电话，邀约传闻中与她关系不明的前房客来喝下午茶。正是这种暧昧的空气，助长了振保不必把娇蕊当作正经人而敬重疏远的隐秘心态。娇蕊忽然临时起意，在孙氏来访时假装与振保有说有笑，这种任性态度又不能不使振保深陷其中。两人谈起旧事，娇蕊对自己的婚恋经历和名声欠佳的过往毫无保留，那份机敏和爽直倒使振保对她另眼相看，对自己着迷于这个女人有了更深的认识，甚至怀疑"爱上了她的灵魂"。振保认为娇蕊"最可爱的一点"是什么呢？"精神上发育未完全",却又"聪明直爽",这说明振保欣赏娇蕊恣情任性中显露的娇憨、不世故的一面,这种精神风度上的吸引倒比单纯的性感迷人更令振保惶惑,使他难以自持。他觉得自己有必要找理由说服自己,以免真的爱上了她。

和振保对自己的行为反复思忖不同,娇蕊似乎只凭冲动行事,她发现自己真的爱上振保,也是两人相好之后的事。"一向要什么有什么"的娇蕊,碰见"一个略具抵抗力"的振保,失落了她一贯的漫不经心,开始认真起来,借用先前调情时把心比作房子的譬喻,她对振保郑重表达,"你要的那所房子,已经造好了"。此时,振保也一改先前作风,破例舞文弄墨,写下"心居落成志喜"一行字。

这一种摒弃了"肉的喜悦"的"满足",这一种"苍凉的安宁",是振保挣脱了"好人"束缚的第三个"真人"时刻。

(二)个体"本真"对抗社会面具

振保与朋友之妻的恋情显然是不道德的,可是在这场不道德的恋情中,"好人"振保突破了社会、家庭以及自我加诸自身的束缚,心灵空间得到了扩展,"本真性"的超越追求在一次次灵魂深处的斗争中呼之欲出。难道"本真性伦理"竟然是在"不道德行为"中展现的?

特里林似乎给出了肯定的回答,他用了角色扮演时的"真诚"来说明"真诚"之不"本真"。人往往面对不同对象而选择不同面具,也有人在独处时摘下面具。面具代表了在社会交往中个人试图扮演的角色——希望别人如何看待自己,就戴上怎样的面具。有人从始至终戴着同一副面具,这说明其"真诚",而这"真诚"却是不"本真"的。面具后的"真面孔",才是个人的"本真"。查尔斯·泰勒则敏锐地指出,真诚与本真恰恰是本真性发展的前后两个不同阶段。在当代文化中浸润已久,今天时代的读者不难理解其中的道理。也就是说,当振保"真诚"地想按照社会文化习俗做一个"好人"时,他是"真诚"的,但不是"本真"的。而在他堕落的时候,也正是他的"本真性"要求显现的时刻。在这个意义上,个体的"本真"一面就是对抗社会面具的"真面孔",而这"真面孔"就往往体现在"许多过去的文化所谴责并试图加以排斥的东西被赋予了道德真实性",比如暴力、非理性,等等。张爱玲在《茉莉香片》结尾描写聂传庆在压抑中爆发,非理性地施加暴力于向自己示好的言丹朱,他那一通拳打脚踢,也可看作个体追求"本真性"时一种扭曲可怕的方式。

振保与娇蕊关系急转直下的转折点,是他们一次外出时与艾许太太母女的偶遇。振保与艾许太太谈话的核心,可由后者那句赞美来概括——你母亲有你真是值得骄傲的!于是,当晚振保在床上辗转难眠,他想到自己要报答母亲,不能辜负母亲,想到要把自己职业上的地位提高,还要做有益社会的事,仿佛一个世界到处都是他的老母,眼泪汪汪,睁眼只看见她一个人。

这段振保念及母亲的心理描写,自然体现了中国人对孝道的重视,然而这里振保所看重的,更是自己地位的上升和随之而来无可推卸的"报答"之责。这责任,不仅是报答母亲,还要回报社会。杨联陞曾特别提出"报"在中国人文化观念的重要性:"当一个中国人有所举动时,一般来说,他会预期对方有所'反应'或'还报'。给别人的好处通常被认为是一种'社会投资',以期将来有相当的还报。"①许烺光则进一步指出,对于有野心的人来说,以超过他所获得之回报的分量来嘉惠他人会使其成为一个更为重要的人物。

在中国式的生活当中,有野心的人争相成为家中或族中最有名声的"儿子",而且在这样做的时候,他们也使其家族的名声超越其他家族。其基本方法是,使人得到的恩惠远大于回报,而将施恩与回报间的长期对等平衡往上调。其意义正如逝去的祖先像树荫一样庇佑子孙,一个人活在世上,若能够扩展个人的恩惠照顾许多族人(以及其他人,假如他的地位可以如此做的话),那他在这个亲属团体中,就是一个比其他无此能力的人更为重要的人物。②

显然,振保正是想成为"家中或族中最有名声的'儿子'"中"有野心"的一个,他一面做着"有益社会"的设想,一面立刻希望得到"外界的温情的反应"。这也是振保所理解的"好人"的标志。他如此看重在外界尤其是在亲属团体中的名声,也就不得不戴上社会面具,不得不克制其"本真"的"非理性"要求了。

四、本真性理想的滑落:自恋、自欺与虚无

张爱玲小说中的心理描写是其小说叙事艺术及叙事现代性的重要标志向来为人关注。但在分析评价张爱玲的心理描写时,存在两条充满诱惑的歧途。一种评价模式止于用弗洛伊德式的精神分析来理解作品,如水晶用"恋物癖"来分析振保隐秘的情欲心理。③张爱玲的小说并非没有这样的成分,《金锁记》中七巧的扭曲心态,《心经》中父女关系的畸形,都是再明显不过的例子。另外一种评价模式则把张爱玲小说的心理描写当作无助于小说主旨的个人的癖好,比如谭正璧认为张爱玲的成功在于"妇人自己描写自身的心理"。同

---

① 杨联陞:《报——中国社会关系的一个基础》,载杨联陞《中国文化中"报""保""包"之意义》,段昌国译,贵阳:贵州人民出版社,2009,第67页。
② 徐烺光:《彻底个人主义的省思》,许木柱译,台北:南天书局,2002,第344、345页。
③ 参见水晶:《潜望镜下一男性——我读〈红玫瑰与白玫瑰〉》,载水晶编《替张爱玲补妆》,济南:山东画报出版社,2004。

时代的剧作家沈凤威则批评《倾城之恋》不过是"通俗传奇",并认为张爱玲《传奇》集中的小说都缺乏"严肃的主张",甚至把那些"似乎是精彩的"心理描写视为"与大局无关紧要"的猎奇,因而判定张爱玲小说的主题"全部模糊不清而说不出所以然来"。这两种评价模式显然没有足够重视张爱玲为小说集《传奇》定的调子,她自谓"在传奇里面寻找普通人,在普通人里寻找传奇"。"奇情"只是诱饵,是手段,而非目的,她要描写的是世情中的人心,人心中的世情。

范柳原和佟振保的故事对当代读者仍深具吸引力,甚至这里不再有"女性写女性心理"的优势,这吸引力来自何方?不是张爱玲能够大胆触及性话题(创作中比她更赤裸的自有人在),也不在于那些"高级调情"多么俏皮(如张爱玲自称,"浮华中有素朴",她还是看重"素朴"胜于"浮华"),而是小说家写出了世态人心,在讲述这两个故事时触碰了真实的现代性问题。在婚恋问题上,柳原和振保都有着"真诚去爱别人""真诚面对自己内心"的"本真性"追求,可是,他们却做不到自己追求的"真诚",其"本真性"自我刚刚萌芽,旋即枯萎,背后的原因并不一样,这些正是小说通过心理描写展现出来的。

(一)"看自己像是自己之外的一个爱人":振保的自恋

在结构和叙事语调上,《红玫瑰与白玫瑰》都有着精心的安排。小说的主体分成两个部分,前半部分讲述振保与情人娇蕊的交往,后半部分描绘振保与妻子烟鹂的关系。在主要情节展开之前,小说有个介绍性的开头,叙事人如传统的说书人一般全知全能地介绍振保。随着情节的展开,故事以振保的视角来讲述,这种讲述方式使叙事人的口吻接近振保,但该书又常常出现一个对振保行为加以评述的叙事人声音,这声音使叙事语调偏离振保的声音基调。

开头部分,小说用夸张到令人不安的赞美语气介绍佟振保这个"最合理想的中国现代人物"。他学历好,职业好,有稳固的社会地位,有令人艳羡的妻女,还有着坐怀不乱的"柳下惠"名声。因为后文不断出现振保的内视角,所以这些赞美看起来就像是振保在自吹自擂。不仅如此,小说叙事人甚至偏离振保的视角,用旁观者的口吻描绘振保确实是这么看待自己的。比如,当年他在英国留学时,即使混血情人玫瑰为他意乱情迷,他也不肯占她便宜,而是靠自制力战胜了欲望,"管住了自己",于是,"他对他自己那晚上的操行充满了惊奇赞叹"。虽然"这事他不大告诉人",但他柳下惠的名声出去了,而宣传出去的不是他自己又是哪个?这告诉读者他是一个自恋的人。

回国之后,振保遇到朋友王士洪与他的妻子娇蕊,并与后者发展了一段不道德的恋情。面对家境出身比自己好的朋友夫妇，振保的自恋似乎不见了，他反而不无拘束。特别是在娇蕊有意无意抛洒风情之时，振保甚至一边接应一边退缩。直至后来振保窥测到娇蕊身陷情网，两人关系才一下子转为如胶似漆。可是，享受着情人之爱的振保也不得不面对这一事实，对于朋友和舆论来说，他的做法实在够不上一个"好人"。最后，当娇蕊要离开丈夫，与振保结合时，他干脆狠心地离开了她。恰恰由于离开了情人，振保恢复了他道德上的自恋：他"为了崇高的理智的制裁，以超人的铁一般的决定，舍弃了她"。

振保的妻子烟鹂个性苍白乏味，无法激起丈夫的爱欲，对比之下，娇蕊反倒愈加令人怀念。振保"好人"的自我定位和真实感触终究不能调和。想做好事而落了埋怨的振保体会不到此间的因果关系，反而有委屈之感。不甘心之下，振保开始堕落宿娼。然而，让他意想不到的是，他的冷落竟然促使妻子去和裁缝偷情。在这里，小说巧妙地采取了限制视角叙事，只写振保偶然看到裁缝给烟鹂量衣服尺寸时肢体接触的不自然。这是事实还是振保的多疑，读者无法从小说中得到答案，但振保为此受到重创则千真万确。小说中，在窥破妻子私情的当晚，振保回家在浴室洗脚，他心里充斥的不是愤怒，而是怨妇似的自恋自怜："他把一条腿搁在膝盖上，用毛巾揩干每一个脚趾，忽然疼惜自己起来，他看着自己的皮肉，不像是自己在看，而像是自己之外的一个爱人，深深地悲伤着，觉得他白糟蹋了自己。"

振保索性愈加堕落，以此来补偿自己的"委屈"，甚至负气带着外面的女人回家拿钱。振保似乎分裂成三重自我：第一个"他"要做"好人"，第二个"他"为第一个"他"感到"恋人似的疼惜"，另一个"意志坚强的自己"则要"砸碎他"——让"好人"的"他"堕落。这是非常精彩的一段描绘，正体现了振保内心中"好人"与"真人"的斗争。自欺造成的和谐消失了，想做好人的自己（第一个"他"）与"意志坚强的自己"（第三个"他"）——软弱的一面（自欺）和强硬的一面（虚无堕落），这两种力量形成了正面的对决。自怜自恋的自我（第二个恋人似的"她"）则试图保护"好人"（第一个"他"）的完整，抵抗虚无堕落的袭击。结果，"好人"振保（被当作砸碎目标的"他"）终于暂时失败，而"意志坚强的自己"要"砸碎好人"的冲动暂时获胜——他果然沿着堕落的方向继续下滑。在这里，"本真性"竟然以"堕落"的方式显现了自己。

只不过，本真的获胜终究是暂时的。与烟鹂僵持、冷战了一段时间之后，他终于以向她投掷台灯的暴力行动缓解了愤懑。当晚，当他半夜起来看到地板上烟鹂"一只前些，一只后些"的绣花鞋时，他终于重新恢复了他的自恋

第一章 自我的美学

自信,因为那就"像有一个不敢现形的鬼怯怯向他走过来,央求着",于是,"他旧日的善良的空气一点一点偷着走近,包围了他"。他"又变了个好人"。

(二)"心问口,口问心":振保的自欺

为了做"好人",振保很多时候在进行自我心理调适,小说为此颇费笔墨。比如,当初次面对娇蕊性的吸引时,振保首先想到的是提防自己精神上的触动,压抑那不断闪现的令人不安的"本真性"追求。他的手段之一就是,设想娇蕊真正在意的是那个前房客,自己只是她临时的挡箭牌。振保与娇蕊第一次独处时,他就曾在心里研究这个结论,只不过这个结论很快被娇蕊"稚气的娇媚"软化了。

这个自欺的办法他一试再试。当娇蕊背着振保与丈夫摊牌,准备离婚时,振保震惊之下的第一念想就是"适可而止"。但这显然无法说服娇蕊,因为这道理连振保自己也说不通。振保既要保全自己,又要保全自己的良知,所以只有把道德责任全归到娇蕊身上。于是,他就疑心自己做了傻瓜,入了圈套。她爱的还是自己,却故意把湿布衫套在他头上。这段心理活动当然是最明显不过的自欺欺人,自欺的症结也赫然可见。归根结底,振保最关心的是他自己的前程。

振保婚后与妻子烟鹂毫无感情,甚至堕落宿娼,却仍在内心为自己辟出"神圣而感伤的一角",供奉着由他根据记忆幻化出来的"过去",一个是天真痴心的恋人姑娘,一个是为了崇高的理智而舍弃恋人的超人振保,以此来为自己的荒唐寻找理由,安抚自己的良心。小说后半段,振保自认已识破妻子的私情后,开始毫无顾忌地在外玩女人、醉酒,烟鹂最初也采取了类似的"鸵鸟"政策,那自欺的功夫与振保不相上下。

其实,小说开篇就已经提到了振保的"调理功夫",这门"功夫"很容易令人想起阿Q的精神胜利法。自欺的原因所在,不就是难以面对真实,不能直面人生吗?胡兰成曾把她与鲁迅联系起来,说是"鲁迅之后有她",这话原也不差。《红玫瑰与白玫瑰》中对振保"自欺"心理的揭发,足可以成为鲁迅《阿Q正传》之后"精神胜利法"的又一范本。

如何理解振保的自欺呢?和以自我为中心一样,自欺也成为振保追求"本真"的一重障碍。自恋是完全封闭在自我的小空间之内,自得自满于想象的虚假自我。而自欺则比自恋更进一步,自欺的人意识到了部分真实。然而,当他向前迈了一步而望见令人不快的真实时,随之而来的"自我调适""自我催眠"迫使其重新退回原来的非本真状态。如果说自恋遇到挫折,进而为本真性追求的出现提供了可能,那么自欺则在自恋和本真之间打了一个回旋,

终于退回原地。

《红玫瑰与白玫瑰》的第一个情节就是振保留学时去巴黎旅行,并在那里从一个妓女身上获得了第一次性经验。这显然不是一次愉快的体验。面对一个年长的妓女,振保仍然无法"做主",他为此十分羞耻。从那天起,振保就下了决心要创造一个"对"的世界,随身带着。在那袖珍世界里,他是绝对的主人。所谓"对"的"袖珍世界",不就是以自我为中心的世界吗?所谓"创造"这样一个世界,不就是自欺吗?真实给了自恋自我以痛击,自欺则重新加以修复。

(三)柳原的虚无

与振保不同,柳原没有那么多外在的负累束缚,他的困境在于他的真诚理想与虚无倾向的角力。胡兰成对《倾城之恋》的评价确有会心,但是胡兰成轻易就把柳原的"自私"认作"怯弱",他甚至把"怯弱"当作了"真的人性"。的确,胡兰成本人并无柳原那种"空虚"或"虚无感",他不会由于"缺乏虔诚"而"怯弱"。多年后,当他回顾自己与张爱玲的情事时,胡兰成更以"超脱世情"、超越世俗的审美逻辑将浪子的无情伪装成"审美乌托邦",将张爱玲的"苍凉"转化成胡氏的高蹈、怪媚。①张爱玲对邵之雍的评价可以看作两人分道扬镳之后的客观认知——他"能说服自己相信随便什么"。

胡兰成诊断柳原的病症为"空虚",起点没有错,但推论和结论显然大有问题。他以"个人主义"赞美张爱玲,比之以苏格拉底、卢梭、鲁迅的个人主义,看起来颇为高妙,但底牌不过是个人主义是旧时代的抗议者,新时代的立法者。这其实和谭正璧在"反抗社会压抑"的基础上理解"个人主义"并无太大区别,只不过他的"个人主义"更加无力,在体认虚无时甚至把"怯弱""自私"合理化了。

的确,虚无与本真是同源又相克的。正如柳原不是纯正的中国血统,他的虚无感也应和着西方文学的主题。西方现代文学正是从意识到虚无并对抗虚无开始,将"人总是人"的主题置换为"我们现在假定人就是人"。无论是托尔斯泰《伊凡·伊里奇之死》中主人公临死的觉悟,还是康拉德《黑暗的心》中主人公临终的呐喊,它们都透露出虚无成为侵蚀人心的黑洞。像柳原一样,福楼拜《情感教育》中的主人公有着真诚去爱的意愿,但浸润他的整个文化

---

① 参见黄锦树:《世俗的救赎——论张派作家胡兰成的超越之路》,载黄锦树《文与魂与体:论现代中国性》,台北:麦田出版公司,2006,第141页。

又使他不由自主地将爱情视为对抗性游戏，最后情人老去，偶像坍塌，人生仿佛一场虚空。

作为现代性症状之一的虚无主义，其本身是对世俗文化范畴的挑战。它由尼采揭发，在20世纪却被发展成一种批判模式：认为一切"价值"都是"想象""创造"出来的。这固然提升和加固了人类中心论。所以，柳原在对流苏剖白自己为何堕落时，忽然转而自我否定说这些不过是借口。但是，这"怀疑一切"的批判理路也造成一种悖论，给行为者留下怀疑"自我"范畴的空间，进而陷入虚无主义的黑洞，正如柳原那绝望的叹息——"我们自己做不了主"。既然连"自我"都怀疑，自我真诚也就失落了价值。

五、张爱玲的"启示"

（一）张爱玲对五四新文学个人主义的推进

张爱玲宣称自己写的是"苍凉"，"悲壮是一种完成，而苍凉则是一种启示"。那么，她在启示什么？

"个人主义"被认为是五四启蒙精神的核心观念。前述谭正璧肯定五四作家之个人主义在"个人对抗社会"层面的积极意义，但这不过是"个人主义"的一个方面，甚至是较为外在的一面。有学者在论述个人主义与五四新文学的关系时，认为向"自我"聚焦、以自我作为认知对象是"个人主义"在文学上最显著的表现。自我的发现，应该是个人主义更深层的内涵。不过，在五四新文学中，自我的发现往往呈现为一种郁达夫式的感伤性激情，这又是新文学的局限。对比五四新文学，张爱玲小说在人物心理空间的挖掘上，无疑对现代"个人主义"的内涵有所继承、有所推进。

在柳原和振保的故事中，"本真性"理想在萌芽之后，又逐渐变质、失落。如果说自恋、自欺阻碍了"本真"的实现，阻碍了个人主义的"自我"之建立，那么，虚无则是与"本真"同源而异途的，它们都是使个人主义跌落道德谷底的歧路。查尔斯·泰勒认为，本真代表了个人主义较高的道德追求，虚无在否定规范价值、肯定个人意志的理路上越走越远，一直走到了解构本真性理想和自我概念的地步，自恋主义则代表了个人主义蜕变为琐碎、平庸、狭隘的自我中心，这是当代个人主义两种不同方向的"滑落"，前者是"向上滑落"，后者是"向下滑落"。而自欺则是本真性理想拯救自恋中心主义的又一重障碍。

张爱玲的小说显然在个人主义问题的认识和自我发现的层面更加深入，她克服了五四新文学那种感伤性激情的浅尝辄止，揭示了向现代转型的中国文化语境中与个人主义的自我意识相伴相生的扭曲文化心理——自恋、自欺与虚无,同时也展示了内在于个人主义之中的一种较高道德理想——在现代自我意识建立中"本真性"追求的萌芽。

当然,在个人主义问题上,五四新文学作家并非全都止步于感伤性激情,鲁迅等人就挖掘得更深。"个人主义"是鲁迅等五四知识分子反思中国文化传统、致力于向西方借鉴的核心观念。在不尽相同的"个人主义"表述中,胡适的态度非常有代表性,他借用杜威的观点,提出三种不同的"个人主义":一是自私自利的唯我主义,近于功利个人主义;二是个性主义,能够独立思想,能够为自己负责;三是"独善的个人主义",不满社会,只好逃避。对比周作人"个人主义的人间本位主义"对功利个人主义一定程度的认可,对比鲁迅总结出的"一要生存,二要温饱,三要发展"三个"当务之急",① 胡适独标第二种"个性主义",标得最高,影响最大,却可能使这种"个人主义"落空。在同一篇文章中,曾经鼓吹"易卜生主义"的胡适最后竟然提出"非个人主义的新生活"的口号。"个人主义"问题没有深入,就被轻轻放过,加上近现代中国内忧外患的大环境,"个人主义"的名声也被牵连,无怪乎后来谭正璧对"个人主义"也只能有限度地肯定了。

张爱玲从来不排斥功利个人主义,而她在个人主义问题上的新发现,无疑依然与五四新文学有着继承关系,五四的经验"无论湮没多久也还是在思想背景里"。② 在个人主义问题上,张爱玲的小说就与鲁迅的小说颇有呼应。范柳原不肯言"爱"(他在电话中说出"我爱你",马上又自我取消)和《祝福》中"我"不肯回答祥林嫂"灵魂有无"的质询不无相似之处,都源于信仰失落造成的虚无感。振保屡屡重复着阻碍他做一个"真人"的带有"自欺"味道的心理模式,不敢正视自己对娇蕊的迷恋,骗自己说娇蕊爱的是别人,自己也不爱娇蕊。振保的自欺,很像阿Q的精神胜利法。他"心问口、口问心"的自我"调理"和自恋自怜,又不无《伤逝》中涓生的影子。当涓生感到爱人子君成了自己前行的负担时,骗自己说为了"真诚"的缘故必须告诉子君爱情已逝,而子君死后,他又用"真挚"激烈的忏悔来安抚自己良心的不安,沉溺在忏悔的自我表演与感伤激情中。

(二)"地母"/"平凡":个人主义的外在救赎

如前所述,查尔斯·泰勒指出现代个人主义有两个"滑落"的歧途:"向下"的以自我为中心的自恋主义之琐碎,"向上"的虚无主义之黑暗空洞。如果说,

---

① 鲁迅:《忽然想到(六)》,载鲁迅《鲁迅全集》(第3卷),北京:人民文学出版社,2005,第47页。
② 张爱玲:《忆胡适之》,载张爱玲《惘然记》,台北:皇冠文化出版有限公司,2010,第18页。

第一章 自我的美学

《红玫瑰与白玫瑰》揭示了在个人主义内部有着"向上"的"本真性理想",可以将其从自恋主义救赎,那么,现代个人主义者有没有可能从自欺与虚无中得到救赎呢?

张爱玲曾赞美尤金·奥尼尔《大神布朗》中的"地母"形象。剧中名叫西比尔的妓女,如慈母般将安慰施诸两位男主角,被两人称为"妈妈"。张爱玲认为这是比洛神、观音、圣母更为真实的女神。她区分了带有女性成分的"神"与尼采式的男性"超人":男子偏于某一方面的发展,超人永远是个男性,是纯粹理想的结晶。男性是进取的,是生存的目标。而"女人把人类飞越太空的灵智拴在踏实的根桩上",女性的神是广大的同情,慈悲,了解,安息。

这样来看,张爱玲在《红玫瑰与白玫瑰》中塑造中年娇蕊时,也掺入了"地母"的成分。振保婚后再遇娇蕊,对方已再嫁生子,打扮俗艳,气色憔悴,正带闹牙疼的儿子去看医生。就是这样一个既胖又老的中年娇蕊,一个为儿子生病一晚上也没睡觉的母亲,激起振保"难堪的妒忌",甚至"连她的老也妒忌"。被振保问及是否爱现在的丈夫时,她点头,并且从容回答是振保教会了她如何去爱,哪怕是吃了苦头。此时的娇蕊,岂不是也有了几分"地母"的慈悲与厚重?振保"难堪的妒忌"是否震动了他自欺欺人的"袖珍世界"?

仅几个月后,张爱玲再次提出"超人"与"妇人性"的对立:"超人"是"人生飞扬的一面","妇人性"("人的神性")则是"人生安稳的一面",是"永恒的"。在这个意义上,重新审视张爱玲小说的个人主义问题,"超人"的理想,固然有超越性,但也有因踩空而坠入虚无的危险(如《倾城之恋》中的柳原),唯有"地母"或"妇人性"能够救赎尼采式超人的虚无。如果我们把《倾城之恋》中关于个人主义的那段话与《谈女人》《自己的文章》结合起来看,那么得出的结论是"个人主义"是进取的,有"超人"的一面,有"纯粹理想"的成分;而"平凡",则是"踏实的根桩",是"妇人性"的,有着"地母"的同情,慈悲,了解。

张爱玲称《大神布朗》是感人最深的戏,读了几遍仍心酸落泪。《谈女人》整篇文字偏于俏皮微讽,临近结尾提及"地母"忽然风格一转,显出全然的诚挚。这令人想起鲁迅刻画保姆长妈妈的笔法。在《阿长与〈山海经〉》中,鲁迅不惜笔墨来描绘阿长的粗糙、世俗、迷信,然而结尾却满怀温情地写到,独有这位长妈妈才关心小孩子对一本书的执念。

"地母"可以寄身于妓女西比尔,也可以寄身于保姆长妈妈,她在她们身上显现混沌世俗,又显现仁厚包容。"妇人性"可以体现在流苏的妥协与温情上,也可以体现在娇蕊的成熟与母性上。在张爱玲这里,"地母"或者"平凡",抑或"妇人性"代表着救赎与安慰的力量,不无"妥协"的一面,因为"地母"之所以能够救赎虚无,恰恰在于她是包容的、混沌的、"向下的",这与"虚无"的向上"滑落"方向相反。同时,张爱玲对这种带有原始、野蛮色彩的"地母"救赎也不无保留。在《〈传奇〉再版的话》中,她心怀天下,担心文明终究会遭毁灭。这多少受到一战后欧洲知识分子担忧人类文明的影响,如同张爱玲提及的威尔斯的预言,如同艾略特在《荒原》里对现代性的隐忧。进而,她提出蹦蹦戏花旦才会在荒原活下去,这正是"地母"一类形象。然而,她接着说,"所以我觉得非常伤心了"。①的确,不论是升华还是浮华,文明终归是文明,而"地母"再宽厚也仍然包含着文明对立面的原始与野蛮。

六、小结

个人主义已经无可避免地成为现代人的存在方式,它既是现代人的成就,也是现代人的牢笼。张爱玲的小说揭示出内在于个人主义的"向上"之"本真性理想"和外在于个人主义的"向下"之"平凡"是拯救的两种力量。有了"向上"与"向下"这内外两种力量的牵引,个人主义才有可能既拒绝虚伪(自欺),抗拒堕落(自恋主义),又抵抗虚无。然而,张爱玲前期小说又往往以这两种救赎力量的最终失落结束叙事。无疑,作家自身对个人主义的救赎可能依然不持乐观态度。到了创作后期,张爱玲甚至进一步将个人主义立场置于现代政治现实的拷问下,呈现出无可救赎的虚无困境,不过,这就是另外一个话题了。

第二节　张爱玲散文的个人主义美学

张爱玲在散文中写了不少自己的事情。新文学作家在散文中难免写到自己,写自己的经历,写到自己的家人和亲朋好友。许地山的《落花生》虽然写作者和父母兄弟姐妹围坐,边品尝边谈论自己收获的花生的场景,但讲述的却是做人要朴实无华的道理。朱自清的《背影》写到车站送别的父亲如何照料自己上车,表现的是父亲沉默的关爱。冰心在散文中写父母兄弟,都是眷恋颂扬他们的仁慈友爱,即使在《寄小读者》中写到自己导致小鼠死亡的过错时,也是以不无感伤的夸张忏悔口吻求得同情,忏悔自己失去了儿时的纯真。是的,他们都在散文中讲道理,表态度,即使抒情也是抒发人人共有之情、应有之情,颂扬美好人情,当然也不乏自我反省。对鲁迅的新文学散

---

① 张爱玲:《〈传奇〉再版的话》,载张爱玲《华丽缘》,台北:皇冠文化出版有限公司,2010,第178页。

第一章　自我的美学

文《朝花夕拾》和《野草》而言，作者在怀念乳母长妈妈的同时，也要特别表彰阿长能够记得自己惦念《山海经》的儿童心事，由风筝而回忆和兄弟的旧事也要忏悔自己幼时毁坏弟弟风筝、扼杀他天性的无知举动。然而张爱玲散文中写自己，全没有这些，就是写自我。《天才梦》《私语》《童言无忌》《烬余录》《自己的文章》无不是说明我是怎样的，解释我为何是这样的。张爱玲对自己、对世界持一种解剖式的研究姿态。鲁迅也说他时时在解剖自己，可是这种解剖不是那种解剖。在张爱玲这里，只有研究，没有裁判。当然，还有反讽。

在"钱"一节，张爱玲表明自己是"小资产阶级"。此"小资产阶级"与丁玲的莎菲女士（《莎菲女士的日记》）、茅盾的慧女士（《动摇》）等"小资产阶级"不同。莎菲、慧女士是浪漫主义的布尔乔亚，体现的是浪漫主义的个人主义中自我处于宇宙中心位置的陶然与茫然。丁玲笔下的女教师志清，她懊悔青春已逝，追念处于"荣誉的情爱的王位的中心"的梦想。

这种浪漫狂想不属于张爱玲的"小资产阶级"，她的定位符合新教的资本主义精神。她强调，"这一年来我是个自食其力的小市民"。或许是为了和那种莎菲式的小资产阶级划清界限，她以一种挑衅的口吻宣称自己是"拜金主义者"："一学会了'拜金主义'这名词，我就坚持我是拜金主义者。"她将自己和"把钱看得很轻"、重视稿费的象征意义的母亲划清界限。当然，张爱玲进一步说明这种物欲并不仅仅是占有欲。她申明，类似计划购买一件衣裳时喜忧参半的权衡过程本身就代表了"小资产阶级"。她认为这种苦乐是属于小资产阶级的，尽管苦，但这是她喜欢的工作。

"自食其力""我喜欢我的职业"这种对财富和对职业的看法，很符合新教的资本主义精神——一个人对"天职"负有责任。这种对"天职"的信仰，同样体现在多年后的《易经》中：在香港读书的琵琶感到时间的浪费，体验到"她这一生总觉得要做点什么"的内在"核心"（一种"自信"），从而决定要回到上海。的确，怕浪费时间的态度也是一种典型的新教资本主义逻辑：新教和资本主义都不允许消极无为、空耗时间，时间是无价的，浪费时间是最大的罪孽。

《童言无忌》中，在"穿"的部分，先是讲"穿"所涉及的两个层面：尊严与审美。在后母治下生活，只能穿旧衣服，在中学里不免自惭形秽，造成不愉快的心情和缺乏朋友的处境。这讲的是"穿"关于尊严的严重性。对于作家来说，"穿"这件事还涉及色彩和审美。因为特别能够欣赏布料和衣饰的色泽之美，也使她特别关注服饰。这两个层面都不再关乎"穿"的物质层面——"保暖"，而关乎穿衣人精神层面的"自我"，这体现出了浪漫主义的个人主义的品味。不过，后面接着描述由此而来的第三层——"生活的戏剧化"，也就是浪漫主义的自我以及自我表演。正如她所言，"衣服是一种言语，随身带着一种袖珍戏剧"。然而，她马上批评生活的戏剧化是不健康的。由此，她想到十二岁时和女同学在月亮底下散步，为了给那戏剧性的月下氛围增加感动，她说出罗曼蒂克的"除了我的母亲，就只有你了"的绮语。此事与"穿衣"无关，表明的只是"生活的戏剧化"之"不健康"，这其实是对浪漫主义的个人主义进行一定程度的否定。

《童言无忌》中写"弟弟"的部分很容易被视为对亲情的描述。弟弟被父亲打骂，被众人诋毁，"我"如何震动、痛苦、哭泣，咬牙要"报仇"。然而，细读之下，文本中依然保持了对"生活的戏剧化"的审视与反讽。"我"那时候正在读穆时英《南北极》和巴金的《灭亡》，因此对看连环图画的弟弟、对逃学而没志气的弟弟十分气愤。也正是因此，"我"对专制的父亲、对冷眼旁观甚至冷语嘲笑的后母，感到愤怒，并流着泪想要报仇。可是，这种愤怒、委屈、流泪也是带有自我表演性质的。没错，这也是一种浪漫主义的个人主义的沉溺，一种自我戏剧化。张爱玲写出了这种困于自我戏剧化的个人。因此，亲情的关联注定是失效、失败的。接下来的散文结尾，弟弟全然忘记了刚才的委屈，自顾自地在阳台上踢球，因为他已经习惯了父亲的打骂。于是，"我没有再哭，只感到一阵寒冷的悲哀"。"我"的义愤，固然有一母同胞、一同成长形成的手足之情，但更多的倒像是在阅读左翼色彩的《南北极》《灭亡》后一时受蛊惑而出现的一刹那的浪漫主义激情。

对浪漫主义的个人主义的适度反讽体现在"我"三岁会背唐诗，并目睹清朝遗老的亲戚如何在"我"背诵"商女不知亡国恨"时泪珠滚落（这一场景在《雷峰塔》《小团圆》《对照记》中一再出现）等事上；"我"七岁就写第一部小说，一个家庭悲剧，第二部小说又让一个失恋女郎专门从上海乘车去西湖自溺；"我"八岁还尝试写一部名为《快乐村》的乌托邦小说，描绘一个理想社会……例子不必多（在散文《存稿》中，张爱玲也提及这两部小说，不过，她花更多笔墨记述的是少年时代写的纯粹鸳蝴派章回小说《摩登红楼梦》），但足够渲染一个沉浸于浪漫主义天才幻想和感伤情调的女孩形象。甚至学校教育也有意无意助长这种情调："在学校里我得到自由发展，我的自信心日益坚强。"正当此时，母亲从法国回来，用资产阶级淑女的另一面标准来衡量"我"，使"我"发现，在现实的社会里，"我"等于一个废物。

张爱玲还进一步解释了自己行动"愚笨"的缘由以及如何对浪漫情调产生了疏离感。敏感的女孩生活在无能守旧、沉溺于鸦片的父亲和新潮好胜、

第一章 自我的美学

不无冷漠的母亲之间,纵然最后逃出了父亲专制的家,可母亲的家也不复柔和。因"困于过度的自夸与自鄙",所以在窘境中做"淑女"也成为异常艰难的事。在这个时候审视代表着少年时代浪漫想象的姑姑与母亲的"公寓里的家",当然不可能"绝对地信仰它"了。

第二章 自觉的女性意识

第一节 张爱玲的性别意识

一、张爱玲对女性的认识

(一)精神上最好的一切:母亲

经过辛亥革命和五四运动的洗礼,中国妇女觉醒思想成为当时社会的主要思潮之一,有关女性婚姻自主、经济独立、人格尊严等各方面的言论在当时社会产生了广泛的共鸣和回响。张爱玲的母亲黄逸梵即为受个性解放思潮影响的新女性,她不甘于在没落、沉寂、烟雾缭绕的遗少家庭里沉沦,而两度远渡重洋,追求新的生活。思想西化的母亲对幼年张爱玲的影响是巨大的。她认为,她当时最好的东西,不论是精神上还是物质上的,都来自于她母亲。幼年张爱玲用一种"罗曼蒂克的爱"来爱着母亲。当张爱玲到了读书的年纪,母亲为了不使她遭受男女不平等的噩运,主张送她去上学,父亲坚决不依,母亲"像拐卖人口一样"硬是把她送去了学校,仓促中取了"爱玲"这个名字。这件事留给张爱玲的是对母亲温暖的回忆,她甚至一直不愿意改名字,尽管她知道自己的名字俗不可耐。母亲以决断自己人生的实际行动影响着张爱玲,她不但将张爱玲送入学堂,让其接受教育,还培养张爱玲学画画、弹钢琴、学英文,这使女性主体意识在张爱玲很小时候就已萌芽。

(二)地母与蹦蹦戏花旦:张爱玲心目中的女性形象

把张爱玲赋予女人以"神性"的地母与蹦蹦戏中的花旦合在一起就是张爱玲对于具有神性的女人的认识。

张爱玲认为美国作家奥尼尔《大神勃朗》的"地母"就是女性的形象。该剧中的"地母"强壮、安静、肉感,动作迟慢、踏实。她的大眼睛像做梦一般反映出深沉的天性的骚动,她的说话口吻粗鄙而热诚。她还要承受怀胎、生产的痛苦。"地母"代表着"四季循环,土地,生老病死,饮食繁殖",所以,"地母"是原始的,她身上的原始性出自女人生命自然的性欲。

在张爱玲记述的那场蹦蹦戏中,剧中人李三娘住在西北寒窑里,黄脸,不搽脂粉,只描了墨黑的两道长眉。飞沙走石中的西北寒窑,人能问的、能回答的问题只限于父母兄弟姓名,这简单、寒酸的生活代表的是人艰难的生存状态。只有不施粉黛的朴素的李三娘,才能在这样的环境下活下去。她活得简单,活得原始,只有这样,她才能宜然地在任何时代活下去。

蛮荒世界里的女人,其实并不是一般人幻想中的野玫瑰。她们爆裂的大黑眼睛,比男人还刚强。手里一根马鞭子,动不动就抽人一下的行为不过是城里人因需要新刺激而编造出来的。将来的荒原下,断瓦残垣里,只有蹦蹦戏花旦这样的女人才能够宜然地活下去。在任何时代,任何社会里,到处是她的家。

"地母"与蹦蹦戏花旦具有共同特征,她们是原始的、强悍的、生殖的,有强大的生命力。

相对于原始性,"地母"身上还具有神性,她看透一切,包容一切,拥有"广大的同情,慈悲,了解,安息"的精神特质。人死了,葬在地里。"地母"自己承受怀胎和生产的痛苦,却始终给人以母亲般的慈爱和抚慰。她为春天带来生命而愉悦欢欣,为经历夏冬走向死亡的生命而忧伤。

在任何文化阶段中,女人还是女人。男子偏于某一方面的发展,而女人是最普遍的,基本的,代表四季循环,土地,生老病死,饮食繁殖。女人把飞越太空的灵智拴在踏实的根桩上。①

张爱玲告诉我们,女人就是女人,不需要像男人一般化身超人。女人代表的是人生踏实、安稳的一面,能够实实在在作为四季、土地和生命。在这踏实的根桩上,女人的内涵包括了原始性和神性,在凡俗中表现生命的本真。

对于男性按照自己的心理需求创造出的女性形象,张爱玲予以了无情揭露。她认为"翩若惊鸿,宛若游龙"的洛神不过是一个古装美女,世俗所供的观音不过是赤脚的美女,半裸的高大肥硕的希腊石像不过是女运动员,金发的圣母也不过是俏奶妈,并答应喂了一千余年的奶。张爱玲对这些由男人创造、想象出的女神是不能认同的,赤脚的观音、半裸的神像、哺乳中的圣母,这些都是以男性审美标准而定的"神",背后隐藏的是男权话语。

张爱玲认为女人纵有千般不是,精神里面还是都有"地母"根芽的。张爱玲以"地母"和蹦蹦戏花旦式的女性来代表女性生命的真实。她同时也意

---

① 张爱玲:《谈女人》,载李凤仪编《张爱玲散文全编》,杭州:浙江文艺出版社,1992,第69页。

识到，当今时代的文明是男子的文明，女性在这种文明中的生活比男性要艰难得多，她手中的笔就是要表现女性生存的困境。

二、张爱玲对男性的认识

张爱玲从来没有像谈女人那样直接表达过她对男人的看法，但是我们可以分别从张爱玲对女人的论述以及她的小说中发现她的性别构图中的男性形象。

（一）黑暗与恶魔：父亲

张爱玲的父亲张廷重没有继承祖父辈的精神气质，却养成了恶少习气——抽大烟、纳小妾、嫖娼妓、嗜赌博，他与自己的母亲形成了鲜明的对比。父亲的家，一切都懒洋洋、灰扑扑，张爱玲什么都看不起，"我把世界强行分成两半，光明与黑暗，善与恶，神与魔。属于我父亲这一边的必定是不好的……"在父亲烟雾缭绕的房间里"坐久了便觉得沉下去，沉下去"。

"黑暗""恶""魔"，这是父亲在张爱玲心中的形象和地位，表达了张爱玲对他的不满和憎恨。张爱玲对父亲的敌视态度来自她的现实生活经历。首先反映在《童言无忌》的一段记述中：

在饭桌上，为了一点小事，我父亲打了他一个嘴巴子。我大大地一震，把饭碗挡住了脸，眼泪往下直淌。我后母笑了起来道："咦，你哭什么？又不是说你！你瞧，他没哭，你倒哭了！"我丢下了碗冲到隔壁的浴室里去，闩上了门，无声地抽噎着。我立在镜子前面，看我自己的掣动的脸，看着泪滔滔流下来，像电影里的特写。我咬着牙说："我要报仇。有一天我要报仇。"①

张爱玲对父亲的仇视因为囚禁事件加剧。在少女时期，她曾被父亲殴打、囚禁，即便她身患痢疾，也弃之不顾。这段经历给张爱玲一生留下了痛苦的回忆。软禁期间，张爱玲看着囚禁她的房子外面的月光，想到了"杀机"：贝弗利·尼古拉斯有一句诗关于狂人的半明半昧："在你心中睡着月亮光"，我读到它就想到我们家楼板上的蓝色的月光，那静静的杀机。②

日后，张爱玲在文本中塑造的父亲乃至男子形象都是丧失权威，且精神、肉体都残缺不全的。

（二）缺席与去势：张爱玲心目中的男性形象

在张爱玲的小说中，男性人物始终是一个特殊的群体，他们或是缺席或是去势。

在张爱玲的大部分小说中，每个家庭的男性家长都处于缺席状态。例如

---

① 张爱玲：《童言无忌》，载李凤仪编《张爱玲散文全编》，杭州：浙江文艺出版社，1992，第105页。
② 张爱玲：《私语》，载李凤仪编《张爱玲散文全编》，杭州：浙江文艺出版社，1992，第131页。

《金锁记》中的姜家、《怨女》中的姚家、《倾城之恋》中的白家、《沉香屑·第一炉香》中的梁家、《沉香屑·第二炉香》中的蜜秋儿家、《心经》中的段家、《创世纪》中的匡家，等等。在这些家庭中，男性家长全部缺席，取而代之的是女性家长，如《金锁记》中的姜老太太和曹七巧，《倾城之恋》中的白老太太等。在这些文本中，父亲不仅没有一席之地，甚至被逐出了家庭、文本，反而是女性家长拥有最高权威，行使着男性家长的权力，从而否定、剥夺了传统宗法社会中的父权权威。张爱玲这种"谋杀"父亲的书写策略，前后呼应了五四新文学运动中的弑父行为。

除了缺席的父亲/男性形象之外，出现在张爱玲小说中的其他男性人物都被作者采取了去势处理。林幸谦将他们分为形体残障和精神残障两类，即分别从生理和精神层面将男性加以去势。形体残障的如《金锁记》中的姜二爷、姜长白，《怨女》中的姚二爷；精神残障的有《倾城之恋》中的白三爷、白四爷，《花凋》中的郑先生，《茉莉香片》中的聂传庆，《小艾》中的席五老爷，等等。这些男人全都狂嫖滥赌、懦弱无能。《金锁记》中的姜二爷先天残疾，坐起来，看上去还没有三岁的孩子高；而姜三爷季泽，吃喝嫖赌样样精通，年轻时欲占七巧的便宜，年纪大时又觊觎七巧的钱财；七巧的儿子姜长白，永远像个没长大的孩子，在母亲的压制下，过着没有自我的人生。《花凋》中郑先生不承认民国，他"是酒缸里泡着的孩尸"。他养了一大群孩子，而孩子在学校买不起钢笔头，蛀了牙却没钱补。《茉莉香片》中的聂传庆"三分像人，七分像鬼"，"一点丈夫气也没有"，才二十岁上下，眉梢眼角就显得有些老态。《留情》中的米先生"整个的像个婴孩"。张爱玲从生理层面和精神层面剥夺了他们的尊严和地位，从而剥夺了人物的男性权威。

三、张爱玲的性别意识

从张爱玲的性别构图中，我们可以看出，她对女性是认同的、同情的，对男性或某个特定背景中的男性（比如，像父亲一样的封建遗老遗少）是蔑视的，她甚至剥夺了他们的男性权威。

另外，我们可以从张爱玲肯定女性特质、反对女子男性化的言论中看出她的性别态度。

张爱玲斩钉截铁地反对女子男性化，她直言"我不喜欢男性化的女人"。在菲律宾一个小岛上，女人充当男人的角色，养活男人。张爱玲对此说，"这样的女权我一点也不羡慕"。在服装的更迭中，张爱玲发现女子受民族革命和西方男女平权之说的影响，蓄意要模仿男性文化，而张爱玲的言辞充满了对女人鄙视自身性别，崇拜男性特质的不满。

第二章 自觉的女性意识

林幸谦认为，女性以女子男性化表达自我，是出于一种自卑心理。在男性文化中心论的社会，女性丧失了自我，而她们在觉醒之后寻求自我、自尊的过程中未能摆脱男性的影响，故在从自卑到自尊的过程中容易矫枉过正。她们往往以男性的价值为取向，表现出崇尚父权权威的文化现象，导致自尊的双重丧失。在评价中国女作家"男性化书写"的倾向时，林幸谦认为这些女性不但没有重建女性自我，反而更进一步强化了宗法父权的男性论述。正是在这个层面上，张爱玲反对女性男性化才获得了意义。这种肯定女性特质的态度比否定女性特质的态度更为坚定、更为理性。

我们可以得出结论，张爱玲具有自觉的女性意识。强调女性意识、追求两性平等是她的性别主张。

如前文所述，母亲的影响让童年张爱玲初具女性主体意识。除此之外，成长经历强化了张爱玲的女性意识。

"男尊女卑"的封建观念在张氏家族这个贵族世家根深蒂固。张爱玲和弟弟张子静有各自的保姆，分别叫作何干和张干，张干因为带的是男孩儿，伶俐要强，处处占先，而领张爱玲的何干，因为带的是一个女孩子，自觉心虚，凡事都让着张干。张爱玲对何干的自卑思想深感不满，"我不能忍耐她（张干）的重男轻女的论调，常常和她争论起来"。小时候的经历让张爱玲很早就意识到男女不平等的现象，"张干使我很早地想到男女平等的问题，我要锐意图强，务必要胜过我弟弟"。反对男尊女卑、女人要自强独立的意识在张爱玲童年时期就已经萌芽。

与父亲的冲突使少女张爱玲形成了一定的反抗"父权"的意识。于是，模糊的自强意识与初步的反抗意识逐渐融合，并深化成了清晰而强烈的要求性别平等的主张。

林幸谦认为，张爱玲的自尊以及自身处境的觉醒对其日后反抗父权的意识影响颇巨，并深深表现在她的书写中。这些是张爱玲文本的重要思想。本书认为，张爱玲确实具有一定的反抗意识，但是强调女性意识、追求两性平等更是她的性别思想。如果说，张爱玲的创作作品还不足以表明她的性别观的话，那么，她的翻译实践则清晰地表达了她的独特的性别意识。

第二节 在翻译中消解男性中心主义

一、原作中的男权思想

评论家普遍认为，海明威是一个大男子主义者并歧视女性，因为在他的作品中只有"硬汉"形象。埃德蒙德·威尔逊甚至指出海明威是一个"大男子主义猪猡"。与此激进的观点相比，本书认为，海明威的小说世界是男人的世界，是以男性价值为取向的世界。与张爱玲善于描写的是女性世界，思考的是女性特质一样，海明威一直在塑造男性角色，关照男性世界，思考男性特质。综观其一生的作品，从《印第安营地》到《老人与海》，我们能发现海明威小说的中心人物无一例外都是男人。海明威试图以男性话语表达男人的失败、痛苦以及与失败、痛苦进行抗争的悲壮，而《老人与海》是表达硬汉子悲壮之美的集大成者。《老人与海》中没有一个女性，小说中唯一的女人的照片也被圣地亚哥从墙上摘下来，塞在衣服里。海明威曾说《老人与海》试图描写的是一个真正的老人，一个真正的孩子，一片真正的大海，一条真正的鱼和许多真正的鲨鱼。孩子是他的精神支柱，大马林鱼是他的朋友，鲨鱼是他的竞争对手，圣地亚哥、孩子、大马林鱼和鲨鱼构成了《老人与海》的男性世界。

海明威的作品以男性价值为取向，以男性价值表达人性价值，他所追寻的价值——抗争、坚韧、不屈等都是男性的阳刚特征。《老人与海》中的圣地亚哥瘦而坚毅的相貌是充满力量的硬汉子形象。"人不是为失败而生的"，"一个人可以被毁灭，但不能给打败"是对硬汉子精神的高度概括。小说中反复出现的狮子则象征了男性气质、硬汉精神。圣地亚哥时常回想的棒球比赛也是男人的运动，如同海明威热衷描写的斗牛、登山、打猎一样。有学者指出，海明威的作品表达了父权文化衰落以及挽救父权文化，重振父权文化尊严的主题。圣地亚哥在逆境中不屈不挠的斗争充分体现了男人的尊严和价值，挽救了衰落的父权。

二、具体翻译策略

我们可以看出张爱玲认为女人是神，"超人"指的是男人。现实中有超等女人，而超等男人是被理想化了的，是父权社会对男子的推崇，在现实中难觅。由此看来，张爱玲对于"超人"的表述包含着对男性超人以及男权的

第二章 自觉的女性意识

否定。张爱玲认为,老渔人圣地亚哥有失败、有沮丧、有迷惘、有无奈、有无助,这不是父权社会的完美的"超人"的形象,而是一个"人"的形象。

《老人与海》的原作写道,其他渔夫将大海看成男性的,称其为"海郎",他们将大海看成竞争对手,甚至是仇敌。而圣地亚哥将海洋看成是女性的,称呼她为"海娘子"。原作的性别价值观显而易见:男人和男人之间是竞争的、对抗的、力量的,而男人对女人是宽容的、放纵的,因为他们认为女人无法控制自己。潜藏在这个对比中的性别判断是,男性是高贵的,女性是劣等的。圣·托马斯说女人是"不健全的人",是"附属的"人,海明威的大男子主义思想与他们的观点如出一辙。

因为只有男性是竞争的、对抗的、力量的,而女性却是无法控制自己的,所以,海明威要以男性的价值来代表人的价值。这印证了波伏娃所说的"人就是指男性,男人并不是根据女人本身去解释女人,而是把女人说成是相对于男人的不能自主的人"。

但是女性意识强烈的张爱玲不能容忍任何形式的男尊女卑。

对于女人常常被斥为野蛮、原始性的这种论调,张爱玲很不满。她认为女人之所以几千年来始终受支配,那是由于女人因为体力不济而屈服于男人的拳头之下。为了适应环境,女人逐渐养成了妾妇之道,所以女人的劣根性是男人一手造成的。因此,张爱玲认为女人并不亚于男人,因为女性长期没有受到同等的教育。波伏娃也持同样观点。她从经济结构的角度分析了男女性不平等的原因,结论是在挥舞大棒以捕捉野兽的时代,女人的柔弱身体的确是极为明显的劣势,只要使用工具需要付出的体力稍微超出了她力所能及的程度,女人就一筹莫展。波伏娃认为,在农业社会中,由于物质生产中必须依靠大量的体力,所以体力在经济活动中始终是一种主导力量,因此男性是凭借先天的体力优势占据着两性关系中的主角。

两性平等是张爱玲的性别主张,所以她认为,圣地亚哥与海洋搏斗中表现出的毅力和勇气不仅仅属于男人,也属于女人,属于一切人类。或许张爱玲意识到海明威在《老人与海》中体现的男性价值即为人的价值这一潜在思想,因此,她在序言中指出,这种毅力是一切人类应有的风度和气概,包括女人,从而消解了原作的男性中心主义。

相应地,在词汇选择上,张爱玲也作出了同样的性别姿态。man 是贯穿于原文的词汇,老渔人用于指代自己。多数时候,张爱玲将 man 翻译成"人"。而在吴劳与朱海观的译本中,"男子汉"一词频频出现。例如,

例 1

Let him think I am more man than I am and I will be so. I wish I was the fish, he thought, with everything he has against only my will and my intelligence.

张译：

让他想着我是个胜过我的人，我就也会超过我自己。他想，我宁可做这条鱼，他有那么大的力量，而它的敌人仅仅是我的意志和我的智慧。

吴译：

让他以为我是个比现在的我更富有男子汉气概的人，我就能做到这一点。但愿我就是这条鱼，他想，使出它所有的力量，而要对付的仅仅是我的意志和我的智慧。

朱译：

让它把我当作比现在的我更有男子汉气概些吧，事实上我一定会那样的。他想，我希望我是那条鱼，用它所有的一切来对抗我仅有的意志和智慧。

例 2

After he judged that his right hand had been in the water long enough he took it out and looked at it.

"It is not bad," he said. "and pain does not matter to a man."

张译：

他认为他的右手泡在水里时间够长了，就把它拿出来，朝它看看。"不坏"，他说。"疼痛是不碍事的，并不伤人。"

吴译：

等他觉得把右手在水里泡的时间够长了，他把它拿出水来，朝它瞧着。

"情况不坏"他说。"疼痛对一条汉子来说，算不上什么。"

朱译：

他料想他的右手放在水里很久了，于是他把手取出来，朝它望了一望。

"不坏"，他说。"痛苦在一个男子汉不算一回事。"

张爱玲将 man 译为"男子汉"的地方只有两处：

例 3

Now you are getting confused in the head, he thought. You must keep your head clear. Keep your head clear and know how to suffer like a man. Or a fish, he thought.

张译：

现在你脑筋不清楚起来了，他想。你一定要头脑清醒。一定要头脑清醒，要像一个男子汉那样地忍受痛苦。或是像条鱼一样，他想。

第二章 自觉的女性意识

吴译：

你现在头脑糊涂起来啦，他想。你必须保持头脑清醒。保持头脑清醒，要像个男子汉，懂得怎样忍受痛苦。或者像一条鱼那样，他想。

朱译：

他想：现在你脑子糊涂啦。你应该让你的脑子清醒。让你的脑子清醒，才知道怎样去忍受，像一个男子汉。或者，像一条鱼似的。

例4

"But man is not made for defeat，" he said. "A man can be destroyed but not defeated，"

张译：

"但是人不是为失败而生的，"他说。"一个男子汉可以被消灭，但是不能被打败。"

吴译：

"不过人不是为失败而生的，"他说。"一个人可以被毁灭，但不能给打败。"

朱译：

"可是一个人并不是生来要给打败的，"他说。"你尽可把他消灭掉，可就是打不败他。"

根据《牛津高阶英汉双解词典》，man 的正式解释有如下几种：① adult male human being（成年男子）；② human being（人，男女均可）；③ the human race（人类）；④ husband, male lover, boy-friend（丈夫，男情人，男朋友）；⑤ manservant（男仆）；⑥ male person under the authority of sb.（男下属）；⑦ present or former member of a named university（大学生，大学校友）；⑧ male person with the qualities of courage, toughness, etc.（男子汉，大丈夫）；⑨ piece used in games such as chess, draughts, etc.（棋子）。这些解释除了最后一条以及第八条，大致可以分为三种：一种解释是表示"人""人类"；一种解释为具有"男子"性别的；另一种解释为"男子汉"。张爱玲取了"人""人类"这一解释，而另外两位译者取的是"男子汉"或"男人"的解释。

按照全句的意思，在例1中，海明威意欲用 man 表达一种男子汉的气概，圣地亚哥对他的对手大马林鱼充满了崇敬之情，他将它称为"兄弟"，他和大马林鱼的较量是男子汉之间力量、意志、智慧的比拼。而力量、意志和智慧都是"男子汉"的特质。所以，另外两位同是男性的译者，选择了"男子汉气概"一义。张爱玲在序言已经宣称，老渔人的气概和风度是人类共有的，

29

那么man在这里就不是狭义地指向男人，它代表的人、人类的精神和气概。因此，她选择了"人"这个词。

与例1一样，例2中的man也意有所指。圣地亚哥在与大鱼相持的一天半后，左手抽筋，右手被绳索勒出了血。但圣地亚哥急切希望两只手恢复正常，于是他将右手泡在了盐水里。受伤的右手泡在盐水里应该是极其疼痛的，但是圣地亚哥凭借坚强的毅力战胜了肉体的疼痛。他将手拿出，看了看，说"不坏"。圣地亚哥这种举重若轻的打不垮的精神就是硬汉子精神。朱译和吴译都表达了这种精神。张爱玲对于"男性"的"否定"一以贯之地表现在这句话中，所以她用泛指"人"的气概来代替所谓"男子汉"气概。

根据上下文的意思，例3中的man只能特指"男子汉"。

贯穿朱海观译本和吴劳译本的"男子汉"一词无疑表达了原文中的"硬汉子"精神，从语言上表现、强化了原作"男性文本"的特质。相反，张爱玲用"人""人类"代替"男子汉"，消解了原作男性文本的特征。圣地亚哥的精神、毅力代表的是一切人类的精神和气概，而不仅仅属于父权社会制造出的"超人"般的男人的。正如张爱玲在序言里明确强调的那样，老渔人与鲨鱼搏斗中表现出的毅力不是男性的，而是一切人类的风度和气概。选择"人"以及"人类"来翻译man，是张爱玲在选词上与在序言中表达的反抗父权的态度进行全面呼应的结果，从而消解了原作强烈的父权色彩。

但是，在例4中，张爱玲的态度又呈现出了模糊的特点。

"A man can be destroyed but not defeated."是表达了原著人的尊严的主题的一句话。对于这里的man，其他两位译者都不约而同地以"人"来翻译。而一贯以"人"来翻译man的张爱玲此时却使用了"男子汉"这个词。我们猜测，这会不会是张爱玲对圣地亚哥与海明威表达的一种敬意呢？这句话出现在原作的后半部分，此时，圣地亚哥已经战胜了大马林鱼，正处于和鲨鱼的殊死搏斗之中。在体验了圣地亚哥与厄运斗争的惊心动魄之后，张爱玲被老渔人不放弃、不认输的坚强品格所震撼和打动，于是她选择了"男子汉"这一在她作品中鲜少出现过的词来表达对老渔人、对海明威的敬意。如果这一解释合乎情理的话，那么张爱玲的性别意识就呈现出了含混的特点。

第三节　在翻译中体现女性意识

强烈的女性意识伴随着张爱玲的成长。"去掉一切浮文，剩下的仿佛只有饮食男女这两项。"性别问题、女性的生存环境问题一直是张爱玲的关注

第二章 自觉的女性意识

所在。在进行翻译时,张爱玲的女性意识以及她对女性问题的思考通过增删等翻译手段突出表现出来。

《荻村传》从题材性质上说是一部"政治"小说。

作者陈纪滢早年负责东北、上海、汉口、重庆等地邮务工作,同时兼任《大公报》东北秘密通信员,先后主编该报"小公园""本市附刊""副刊"等文艺性版面,在新闻界与文艺界颇具影响力。后来,陈纪滢担任过"武汉文化节宣传工作团"指导委员,参与筹备过"中华全国文艺界抗敌协会",还曾受聘为哈尔滨市府"文化工作指导委员会"主任委员。1949年后,陈纪滢担任台湾当局高级职位,不但政治上有地位,还掌管台湾最大的文艺团体——台湾"中国文艺协会"。陈纪滢的这些从政、为文经历使得他成为主导当时"国家论述"的重要人物。他提出"不能孤立看文艺"和"让文艺操主动"之说。《荻村传》正是在这样的背景下创作的小说,其政治色彩极为浓厚。《荻村传》一发表即引起轰动,各方书评如潮水涌来,以至于陈纪滢将其收集成册,以"荻村传评介文集"为题出版。《荻村传》一书也被翻译成英、日、法等多种语言。

根据陈纪滢在小说的序言,我们得知,该书的撰写乃因悲愤于作者自己的父亲及乡亲们遭受迫害致死。小说以划分敌我、演绎正邪的写作姿态通过常顺儿在荻村一生的经历,描写荻村五十年间各种政治势力的斗争。小说的字里行间流淌着作者强烈的"家国意识"。家破人亡之后,是整个国土的沦陷易帜,由"家"而"国",小说完成了它的"家国想象"和国家论述。

面对这样一个文本,张爱玲的性别意识反映在何处?

原作中作为配角的主要的女性人物有三个:大脚兰儿、拐子莲儿、歪歪桃儿。其中,媒婆大脚兰儿最后被许配给晚辈常顺儿当媳妇。拐子莲儿是卖烧饼果子的,为人粗鲁,终日与村内外的土棍流氓胡说厮混,歪歪桃儿是她的妹妹,姐妹俩没有父母,拐子莲儿把歪歪桃儿养育长大。拐子莲儿一生未嫁,在荻村与烟村的混战中被打死。歪歪桃儿被张举人的媳妇看中做了梅香丫头,后成为姨太太,为张举人生了两个孩子。歪歪桃儿的女儿龙珠首先被强行许配给常顺儿,而在结婚当天,歪歪桃儿吊死在家中,女儿龙珠随后疯了。常顺儿一直对歪歪桃儿想入非非,却被逼娶了歪歪桃儿的女儿。在龙珠被逼疯以后,常顺儿又被逼娶了长一辈的大脚兰儿。这几个女性形象单调生硬,女性的真实处境、女性的情感体验等都被淹没了,都被压抑在小说"国家论述"的大主题之下了。

一生都在思考女性问题的张爱玲改写了几个女人的命运。张爱玲没有将大脚兰儿许配给常顺儿,而是给她加了个儿子,后写儿子在扒路事件中被打死,大脚兰儿伤心欲绝,这使得这个人物在粗鲁的特征之下又增加了一抹温情，一丝人性。关于歪歪桃儿，张爱玲为她设计了一段爱情。张爱玲增加了一个人物 Latch（本书译为栓子，以下类同），栓子与歪歪桃儿年龄相仿，两个人互有好感。栓子的母亲托大脚兰儿向拐子莲儿提亲，拐子莲儿想从妹妹身上赚上一笔，嫌弃栓子不够富裕，所以拒绝了这门亲事。张举人上任知县，挑中歪歪桃儿做梅香丫头一同赴任。张举人给了拐子莲儿足够她后半生生活的聘礼，拐子莲儿这才将歪歪桃儿嫁了过去。而歪歪桃儿虽然心系栓子，但是为了报姐姐的养育之恩，牺牲了自己的爱情。日后，栓子虽然也结婚生子，但是一直没有忘记歪歪桃儿，幻想着有一天能够将她娶回。

拐子莲儿和歪歪桃儿给父母上坟，俩人各有一段心理描写。

As they sat in their chairs looking down into the small fire, Lotus cried a little, thinking of what it had been like to be left all by herself and destitute with a baby sister to take care of. The year had passed, somehow, and the child was grown, soon to marry and leave her to grow old by herself. It was hard for a crippled girl to marry, but her parents would have seen to it if they had been alive. That would have been their first concern. All girls got married. But how could a girl herself mention marriage? Not even if she was a hardened character who swore and joked with men. Marriage was another thing. Even now she sometimes thought she still might have got a husband if it had not been for the additional burden of a little girl which a man would hesitate to take on, but she tried not to hold it against her sister. They only had each other.

…………

Titled peach was also thinking of the parents she could not remember. If her mother were alive, perhaps she would guess her feelings about Latch, and would understand, as she knew her sister never would.

原作中歪歪桃儿是常顺儿欲望的对象，原文不断穿插常顺儿对歪歪桃儿的想入非非，而拐子莲儿则是其他男性人物取笑的对象。在这种论述语调下，这两个女性人物没有情感经历，没有自我意识，她们丧失了女性自我，她们的存在只是作为女性的一种空洞指代，所完成的只是男权文化为女性这一性别所规定的职能。而译文中，姐妹俩以女性主体出现：她们各自都有对人生、对婚姻的向往和规划。拐子莲儿表达了对婚姻的期盼，幻想如果父母在世一定会为她做主寻个人家，歪歪桃儿盼望能和喜欢的人生活。这一段心理活动使这两个女性人物都发出了作为女性的声音，虽然"在封建社会里，妇女在

第二章 自觉的女性意识

婚姻问题上是没有自主权的,不仅是女性,连男性也深受包办婚姻之苦"。①但是拐子莲儿姐妹俩都是有自己的感情要求的。而封建传统文化对女性的束缚,表现在方方面面,"尽管封建传统对人的压迫也包括了男人,但其间还是有着明显的不同,这种不同特别体现在情感方面、性爱方面的不平等"。②女子不能表达自己的感情,姐妹俩对婚姻的向往只能是幻想父母在世时一定会为她们寻找归宿。

歪歪桃儿出嫁的前天晚上,栓子到歪歪桃儿家门口与之告别,但是因突发歪歪桃儿出嫁衣服首饰的失窃事件,常顺儿在门口引起纷争,故没有告别成功,他甚至没有见着歪歪桃儿的面。译文写道:

Titled peach heard everything from behind the window. She knew Latch had not been merely passing by when he saw Smooth Sailing outside the house. He had come on her account. In the dark days that followed when her mind dwelt and built on this, she believed that if Smooth Sailing had not been there, Latch would have run away with her. There must be some place where they could go, although it looked to her as if the only two places in the world were Reed Village and this cold mutton-smelling town where the mandarin and his wife had taken her, and the two places were connected by a dark tunnel like death.

歪歪桃儿日后一遍又一遍幻想如果常顺儿当时不在场,栓子一定会带自己一起逃离。其实栓子来仅仅是要告诉她,他不会忘了她,他永远珍藏着歪歪桃儿的那朵红花。最终,歪歪桃儿被送给了常顺儿,日后又嫁给了张举人。连接荻村和歪歪桃儿随张举人来的这个城镇的是一条"死寂的"通道,歪歪桃儿的爱情梦想就埋葬在这条通道中。对歪歪桃儿来说,在她有限的经验中,这个世界只有荻村和与张举人居住的这个城镇这两个地方,没有逃离之处,就更别说具备逃离的手段了,这是中国女性的真实处境。现实的困境,不允许她们逃离。

张爱玲对此早有思考。在其早期作品《霸王别姬》中,她从虞姬的角度改写了故事。项羽的失败即在眼前,虞姬思考着自己今后的命运:"假如项羽失败,那么她将被敬献给刘邦;假如项羽成功,自己能得到什么?她将得到一个'贵人'的封号,她将得到一个终身监禁的'处分'。她将穿上宫装,整日关在昭华殿阴沉古黯的房子里,领略窗子外面的月色、花香和窗子里面的寂寞。她要老了,他会厌倦她,于是其他的数不清的灿烂的流星飞进他和

---

① 林树明:《多维视野中的女性主义批评》,北京:中国社会科学出版社,2004年,第265页。
② 李有亮:《给男人命名:20世纪女性文学中男权批判意识的流变》,北京:社会科学文献出版社,2005年,第85页。

她享有的天宇,隔绝了她十余年来沐浴着的阳光。她不再反射他照在她身上的光辉,她成了一个被蚀的明月,阴暗、忧愁、郁结、发狂。当她结束了她这为了他而活着的生命的时候,他们会送给她一个"端淑贵妃"或"贤穆贵妃"的谥号,一只锦绣装裹的沉香木棺椁和三四个殉葬的奴隶。这就是她的生命的冠冕。"①

于是虞姬选择了拔刀自刎。一方面,通过这个从"霸王别姬"到"姬别霸王"的过程,张爱玲写出了中国女性无奈的真实处境与她们无力改变自己依附的地位。虞姬虽有女性主体的意识,可是她还是沉于男权话语霸权之中,她只能以死亡表达她的女性意识,这体现了女性主体塑造的艰难。因此,虽然衣食无忧,生活优越,但是歪歪桃儿却如同那只"绣在屏风上的鸟","年深日久了,羽毛暗了,霉了,给虫蛀了,死也还死在屏风上"。双翅已被桎梏,歪歪桃儿只有一遍遍在想象中飞翔、逃离。

张爱玲坚决反对从意识形态角度进行写作。十六岁的张爱玲认为这里并没有离奇曲折、可歌可泣的英雄美人,也没有时髦的"以阶级斗争为经,儿女之情为纬"的惊人叙述,这里只是一个平凡的少女怎样得到,又怎样结束了她的初恋的故事。然而,惟(唯)其平淡,才能够自然。本书之真挚动人,当然大半是因为题材是作者真实生活中的经验的缘故。具有人情味的俗世是张爱玲的描写对象。

张爱玲这一段宣言表明了自己的写作态度。她认为,如恋爱等个人之事重要程度不亚于或者说应该高于战争、革命等民族国家叙事。出于同样的态度,张爱玲曾经将五四运动比作大规模的交响乐,因为它"把每一个人的声音都变了它的声音,前后左右呼啸喊嚓的都是自己的声音"。她否定的是五四(文学)对个人的淹没,而她所追求的是凸显个人的意义。张爱玲的一生都在描写女性的情感经验以及生存境遇。从早期的《霸王别姬》到后期的《怨女》,张爱玲描写了无数个不同类型的女性的生存困境。王德威认为张爱玲的作品贯串了三种时代意义:从文字过渡/还原到影像的时代,由男性声音到女性喧哗的时代,由"大历史"到"琐碎历史"的时代。张爱玲从理论上和实践上,以她对琐碎的、平庸的女性经验的书写形式抗衡着男性的民族国家的书写形式,运用"私人的、非历史的、性欲的、非政治的"写作方式"颠覆男性统治的文学形式"。

作为作者,张爱玲可以回避、可以质疑民族国家论述的写作模式,她可以自由地用笔杆书写女性以抗衡民族国家的男性叙事。但是作为译者,可以

---

① 张爱玲:《霸王别姬》,载金宏达、于青编《张爱玲文集》第4卷,合肥:安徽文艺出版社,1992,第82页。

发挥的空间很小。对《荻村传》这样一本意识形态以及性别色彩浓厚的文本，张爱玲努力寻找着缝隙，在不颠覆原作主题的情况下，使女性人物发出了女性的声音，虽然这些声音与原作的基调并不十分和谐。张爱玲显然很不满意于原作单一的男性的国家叙事，不满意于女性人物只是作为一个空洞的指代而淹没在男性世界中。男权社会对女性的漠视，对女性生存困境的忽略，是深深了解和同情中国女性的真实处境的张爱玲所不能容忍的。因而，她竭力在翻译这个有限的空间内彰显她的女性立场，她要释放被原作者压抑和作为意识形态写作工具的女性，在文本单一的男性声音中掺进女性的喧哗。张爱玲就这样从理论和实践，从创作到翻译，坚持着女性书写。

第三章 张爱玲小说语言的欧化与传统

第一节 时代语言与个人语言的完美结合

一、英汉语言接触带来的汉语变迁

自1840年鸦片战争开始,伴随着西方科学技术和思想文化进入中国,以英语为载体的西方文化对中国文化产生了极大的影响,而用于交流的语言文字首先受到影响。"语言接触最常见的结果就是……一些语言总会对另外一些语言施加某种程度的影响。"① 英汉语言的频繁接触使一些来源于西方语言文化的外来语及语言习惯不可避免地影响到这一时期汉语的使用和演变。

五四文学革命兴起之时,汉语欧化问题就进入了文学革命者的视野。人们感觉传统汉语不能完全适应新时代的需要,在表达新思想、传递新精神时暴露出许多问题,比如在表现新社会时词汇不足、语法不严密、表现力贫乏等,甚至有不少革命者认为文言文是封建道统观念的产物,是落后文化体制的代表,严重束缚了国民精神,亟待革除和改造。这一时期许多倾向于新文学的知识分子大都有在西方游历学习的经历,他们对西方文明相当推崇,认为以英语为代表的西方语言语法结构完善,应当作为效仿的典范。在这种情况下,通过欧化"改造"传统汉语,促使汉语走向现代化的思路得到了广泛认同,一股强有力的社会思潮就此形成。傅斯年、胡适、鲁迅、周作人、钱玄同、郑振铎、陈望道等都是这股思潮的积极推动者。

语言革命轰轰烈烈地展开了,新兴的资产阶级和知识分子"以我手写我口",致力于白话语体的新文学创作。语文工作者在写作、翻译、语法研究等各方面都大量吸纳并有意模仿外来成分。因此,在中国的新文学中,以英语为主的西方语言的影响显得尤其突出。"大胆的欧化,可说是白话文学的

---

① 转引自吴汉:《语言接触中英语词汇对汉语的强势影响》,载《西北民族大学学报(哲学社会科学版)》,2007年第6期。

倾向。"

在这样的社会条件下，五四时期及其后的二十年成为汉语欧化的高潮时期，也是汉语极为重要的历史转型期。

一方面，现代白话彻底取代文言文，成为汉语书面语的唯一表现形式。现代白话扭转了传统文言"言文分离"的状态，又主动放弃了旧式白话随意化、口语化的特征，克服了旧白话无系统文法的弊端。沿袭了数千年的汉语书面语完成了从文言文到白话的转变，汉语的实用性和生命力都进入一个全新的阶段。

另一方面，汉语经历了一个大规模的、剧烈的"欧化"过程，词汇和语法都受到了深刻影响。"欧化"丰富了现代汉语的词汇，提供了诸多新兴概念，比如外来词、词缀构词法等。"欧化"还完善了现代汉语的语法体系。汉语语法的意合特征使汉语的形式不够明显，不容易将某些复杂意思表达得严密精确。新一代知识分子据此引进了西方的语法分析方法，引入了词性标识、各体时态、附加成分等语法手段，这使得汉语的表现力大大提升。

综上所述，五四文学革命的本质在某种程度上可以归结为语言革新。这一时期的文学语言，是汉语欧化史的直接书面表现，在整个汉语史上都具有承前启后的重大意义。

作为一套符号体系，语言的本质是一种约定的称呼。汉语要吸收各种新因素，必然经历一个融合的过程。新文学作家在进行新语体文学创作时，并没有一个现成、标准的现代白话"模板"，多数作家都是从旧白话、文言文或翻译语体出发，通过自己的探索走到现代白话这条道路上的，因此他们的文学语言往往有一种"杂语化"倾向。

张爱玲从出生起到创作的巅峰时期，恰好经历了白话文运动的重大变革期和平稳巩固期。脱胎于这一特殊的时代背景，张爱玲的文学语言体现了基本成型的现代白话文特质，又较少出现文白混杂、过分欧化、生硬拼接等问题。

二、中西文化对张爱玲的共同熏陶

张爱玲于 1920 年 9 月 30 日在上海出生，原名张煐。一年后，她唯一的弟弟张子静出生。

张爱玲的家庭可谓门庭显赫。祖父张佩纶是晚清名臣，是朝廷"清流派"的中坚力量，曾被擢为翰林院侍讲。祖母李菊藕是朝廷重臣李鸿章的女儿，容貌娴雅，文墨精通。父亲张志沂是张佩纶与李菊藕的独子，任天津铁路局英文秘书。母亲黄素琼则是清末长江水师提督黄翼升的孙女。张志沂与黄素琼的婚姻，可谓门当户对。这样的家庭成员织成了一张"红楼梦"式的庞大

第三章 张爱玲小说语言的欧化与传统

家族网。

张爱玲的父亲张志沂是个彻底的中国式封建遗少,家塾教育完整,古书功底好,熟知历史轶闻。跟父亲一样,张爱玲童年时也接受了严格的封建教育:4岁进入家中私塾学习,识文断字,读诗背经,"说些《西游记》《三国演义》《七侠五义》之类的故事。"①

张爱玲曾在《私语》中提到她小时候"一天读到晚,在傍晚的窗前摇摆着身子","时常为了背不出书而烦恼"。②这为她打下了坚实的传统文化基础。据张爱玲自己回忆,她三岁已经能立在清朝遗老的藤椅前背诵唐诗,七岁时开始写章回体小说,十多岁就会戏拟《红楼梦》。张志沂曾鼓励她写旧诗,她也的确很有兴致地写过一阵。

受家族环境影响,张爱玲对古典文学有着极大的兴趣。她从小就自娱式地研读《水浒传》《隋唐演义》等中国古典小说,对《红楼梦》《金瓶梅》的热爱更是有目共睹,她在《〈红楼梦魇〉自序》中提道:"这两部书在我是一切的源泉。"③在张爱玲的整个青少年时期,传统文化对她的浸润很深,这几乎决定了她后来一生的文化倾向。

与父亲的浓重封建作风相反,张爱玲的母亲黄逸梵深受"五四"新潮影响,是一位勇敢的新派女性。她没能逃脱包办婚姻的命运,与张志沂结合。婚后,她与这个游手好闲、吸食鸦片成瘾、充满旧式思想的封建遗少格格不入,常有争端。在张爱玲四岁时,黄逸梵与小姑子张茂渊一起出国游学四年。1928年,归国后的黄逸梵十分推崇西式教养,认为西式学校的群体教育才是健康多元的教育,因而不顾阻拦,坚决把女儿送到了教会学校。

其后,张爱玲又接连进入教会中学圣玛利亚女校和香港大学读书,受到了完全的西式教育。她学习了英文、钢琴、绘画、西洋史,接触到很多西方文学艺术作品,对毛姆、劳伦斯、王尔德等人的作品都比较熟悉且喜爱。张爱玲也自称"是在英美的思想空气里长大的"④。

教会学校的西式教育、英文授课让张爱玲拥有了极佳的英文水平。在香港大学学习期间,张爱玲有意识地训练自己的英语写作能力,不仅大量阅读英语书籍,还规定只用英语写作。由此,她的英语水平迅速提高,并在后来的翻译工作中展现出了较好的翻译实力。进入20世纪50年代,张爱玲从事了数量相当的翻译工作,包括中译《爱默森选集》《老人与海》,英译《海

---

① 张子静,季季:《我的姐姐张爱玲》,长春:吉林出版集团有限责任公司,2009,第49页。
② 张爱玲:《流言》,载张爱玲《张爱玲文集》,北京:北京十月文艺出版社,2008,第131页。
③ 张爱玲:《〈红楼梦魇〉自序》,载张爱玲《张爱玲文集》,北京:北京十月文艺出版社,2007,第1页。
④ 张爱玲:《流言》,载张爱玲《张爱玲文集》,北京:北京十月文艺出版社,2008,第240页。

上花列传》等。张爱玲的写作还有一种奇特的"双语重复书写"的现象,她有不少作品都是用中英双语自创兼自译的,英创中译的有《怨女》《秧歌》《五四遗事》等,中创英译的有《赤地之恋》《金锁记》等。可见,张爱玲可以自由地游弋于中英双语的世界。

张爱玲的家庭出身、教育经历和人生体验使她自始至终都充满了中西文化的交汇和碰撞。这种文化背景的两栖性投射在她的文学创作中,深刻影响了张爱玲的语言风格。

三、张爱玲的创作态度与美学观念

(一)疏远冷漠的政治态度

在喧嚣动荡的政治背景下,作家们往往把文学创作作为表达政治诉求的手段。除了宽广宏大的题材和政治导向鲜明的主题,作为文学思想的物质载体,语言也是他们手中的重要武器。伴随着新文化运动的开展,知识分子们通过文学创作,大力倡导欧化的新语言,希望通过语言革新来推动社会变革。但张爱玲在组织自己的文字语言时,并没有采取这种创作态度。

时代风云变幻,各种政治运动蓬勃开展,张爱玲却是一向不靠近政治的。许多人据此认为张爱玲对政治漠不关心,一无所知。但仔细想来,张爱玲的心思敏感细腻,并亲眼看见了战火纷飞、政权更迭,所以她不可能对这一切没有感觉。她只是主动选择远离政治,抱着旁观的态度面对乱世变迁。

政治上的疏远淡漠使张爱玲在创作中也秉承了个人主义理念。她刻意选择偏离五四文学传统的创作路线,放弃直白的思想启蒙,放弃所谓的知识分子精英立场。一方面,她的小说语言中虽然存在大量欧化元素,但她并不是为了身体力行地推进语言改革、普及西方文化,而是因为她恰好身处语言变革的时代,同时在圣玛利亚女校和香港大学接触的又都是英文授课的西式教育。另一方面,张爱玲也没有投身于极力否定传统的"反封建"的激荡浪潮之中,这反而使其大量沿袭了中国古典小说、世情小说的传统元素。

态度决定实践,由于张爱玲摒弃了为社会变革摇旗呐喊的创作目的,所以,她作品中新旧交织、中西合璧的语言风格就完全是心之所至的,是她生活经历、文化积淀的自然流露和个人喜好的自觉选择。

(二)参差对照的美学观念

张爱玲最早提出"参差对照"的说法是在她的散文《童言无忌》中。"色泽的调和,中国人新从西洋学到了对照与和谐两条规矩。用粗浅的看法,对照便是红与绿,和谐便是绿与绿。殊不知两种不同的绿,其冲突倾轧是非常显著的;两种绿越是只推扳一点点,看了越使人不安。红绿对照,有一种可喜的刺激性。可是太直率的对照,大红大绿,就像圣诞树似的,缺少回味。""现代的中国人往往说从前的人不懂得配颜色。古人的对照不是绝对的,而是参差的对照,譬如说:宝蓝配苹果绿,松花色配大红,葱绿配桃红。"①

可见,"参差的对照"所反对的是二元对立的简单思维方式,强调"葱绿配桃红"一般的各种对立因素的互补和交织。这种美学态度也许算不上什么严谨正统的文学理论,但以此来解读她"欧化"与"传统"兼备的语言风格,不失为一个合情合理的阐释角度。也就是说:张爱玲小说语言的构成,不只是个人语言受社会语言制约的结果,也不只是她掺杂文化背景的无意识流露,更是她的主动创造、刻意采择,是其文学理论的具体实践。

在《自己的文章》里,张爱玲说她写的题材便是这么一个时代,她以为用参差的对照的手法是比较适宜的,所以,她用这手法描写人类在一切时代之中生活下来的记忆。所谓"这么一个时代"就是斑驳杂乱、社会巨变的历史关头。张爱玲采取参差对照的写法去选材叙事、刻画人物,也采取参差对照的写法去组织语言,现代西语元素和传统汉语元素并存统一,恰好与这个中与西碰撞、新与旧交织的时代相呼应。

第二节 张爱玲小说语言的欧化气息

一、汉语欧化概说

(一)汉语欧化的必然与限度

五四及其后的二十年,受印欧语的影响,汉语发生了剧烈的演变。王力曾多次提道:"从词汇的角度来看,最近五十年来汉语发展的速度超过以前的几千年……从五四到现在,短短的二十余年之间,文法的变迁,比之从汉至清,有过之无不及。"②五四期间,汉语的急剧变化是语言内部因素和社会外部因素共同作用的结果。从语言内部因素来看,作为交际工具,语言的功能在于沟通信息、交流思想、为社会服务,而近代以来中国社会集中发生了许多翻天覆地的变化,同时与西方文化密不可分的新事物、新思想不断涌现,这使文言文和旧白话表词达意的能力已经落后于社会发展。因此,汉语本身必须要吸收新的养分,提高交际能力,以满足日益复杂的交际需求。从

---

① 张爱玲:《流言》,载张爱玲《张爱玲文集》,北京:北京十月文艺出版社,2008,第6页。
② 王力:《汉语史稿》,北京:中华书局,1980,第598页。

社会外部因素来看,除了刚才提到的社会进步推动语言的发展之外,不同语言的互相接触也会对语言产生重大影响。在这一时期,西方语言,尤其是英语,作为西方文化的载体与汉语频繁接触,它们同时得到了趋向于新文学的知识分子的主动认同和吸纳,这对汉语产生了不可小觑的影响。

因此,欧化是这一时期社会发展、语言发展的大趋势,不是人力所能阻隔的。然而汉语欧化也是有限度的。

语言发展的客观规律限制了汉语欧化的程度。首先,汉语与英语两者本身存在巨大差异。汉语是孤立语,语法手段主要依靠语序和虚词;英语是屈折语,语法手段主要依靠词形变化。即便汉语经历了"大改造",存在对英语的诸多借用,但英语语法和中国语法相离太远的地方,不是汉语所能勉强迁就的,故而根本无法移植,比如英文中的动词和介词往往合为一体:listen to、look at、go to、wait for,等等,汉语会直接对译为"听""看""找""等",而不会找出一些介词来生硬地翻译这种结构。其次,汉语和英语之间的接触属于间接接触。汉语受英语影响的主要途径是书面翻译,两种语言之间从未发生过大规模的、足以影响整个汉语社会的直接语言接触。复次,社会文化力量是一堵无形而坚固的高墙,限制着汉语的变革。几千年来汉民族早已形成了深入骨髓的社会文化心理,汉语的整体性思维、对意义的追求、独特的表达传统等都制约着汉语的欧化。最后,社会发展进步是必然趋势,即使没有西方国家的影响,中国社会也一样要前进,即使没有欧化的影响,汉语也一样要演变。

综上所述,在五四以来逐渐形成的汉语书面语中,欧化带来的演变与汉语自然发展的结果是交织在一起的。

(二)汉语欧化的表现和判别

要探讨五四时期文学语言出现的欧化语言现象,就先要对这些新兴的语言现象做出判别,明确什么样的语言现象是在语言接触中产生的,什么样的语言现象可以被判定为欧化的产物。一个语言现象的演变过程难以直接观察到,只能依靠间接的证据进行判别。

对欧化现象的识别和判定可以建立在以下认识的基础上。

首先,语言的发展有渐变性规律。语言的自然发展不是突变的、革命式的,而是渐变的、不知不觉的,这种稳定性能够排除各方面干扰,保证人们进行有效交际。因此,如果一种语言现象在很短时间内产生或更新,并迅速通行开来,那么这种变化可能不是自然演变,而是接触性演变。与此明显不同的是,在互联网高度发达的今天,这一观点似乎站不住脚了,网络语言常在一夜之间就铺天盖地地流行起来,这与接触性演变无关。但五四时期尚没有互联网等新媒体这样传播速度如此快、波及范围如此广的传播媒介。

其次,五四时期,"翻译改造汉语"的呼声极高,改造的途径就是将汉语语法欧化,通过模仿西文来使汉语语法变得严密,因此,译品可以说是汉语欧化的直接来源。五四时期大量文学作品的书面语言都带有浓重的"翻译腔",那些明显来自翻译语言的、能够与西方语言一一对应的新语言现象,应当判定为欧化语言。

最后,新兴欧化现象与汉语固有成分之间的差别未必是"现在有"与"过去无"的绝对差别,相反,这种差别更多是使用范围、频次上"广泛"与"罕见"的相对差别。如果一个语言现象在古汉语、旧白话中曾经存在,但只是个例,后来在语言接触中被重新激发出来广泛应用,那么这种语言现象也应该属于欧化现象。

总的来说,汉语的欧化现象具体表现在两个方面:一是产生了大量汉语原来没有的新词汇、新形式、新用法;二是汉语过去少用或者罕见的旧形式、旧用法突然变得常用,并迅速发展起来。具体表现在文学语言当中,可以概括为产生大量借词而来的新词汇和语法的严密化。

二、张爱玲小说语言中的欧化现象分析

(一)词汇和词法层面的欧化

与结构相对稳定的语法体系相比,词汇作为语言中最活跃的部分,能更直接、更及时地反应语言接触带来的影响。具体而言,英语对汉语的影响体现在词汇音译、词汇语义变化和词汇的语用三个方面。[①]

1. 应用大量新词汇

在汉语的整体革新中,词汇的欧化是最显著的。晚清以来,新词的产生比以往任何时期都多得多,这主要归功于数量庞大的双音节词的创造。尽管古代汉语、近代汉语中也有一些双音节词,但远不及现代欧化文章里那么普遍。大多数双音节词都有相对应的英语词汇,它们是通过翻译或者按照翻译原则自造的。这些词汇全面渗透到了现代汉语中,成了新文学作品的基石。

张爱玲在小说作品中广泛应用新词汇:

---

① 转引自吴汉:《语言接触中英语词汇对汉语的强势影响》,载《西北民族大学学报(哲学社会科学版)》2007年第6期。

（1）外来词，尤其是音译词

与鲁迅、胡适等作家不同，张爱玲的作品极少直接出现英文字母词，一般都是音译词。这些音译外来词为她的作品增添了浓浓的西洋味。如：

茹良并不反对喝酒，……踉踉跄跄扶墙摸壁走进酒排间，爬上高凳子，沙嘎地叫一声："威士忌，不搁苏打。"（《年轻的时候》）

郑夫人道："等他们订了婚，我要到云藩的医院里去照照爱克司光——老疑心我的肺不大结实。"（《花凋》）

……上部的蕾丝纱和下面的乔其纱裙是两种不同的粉红色。（《鸿鸾禧》）

可是太阳还在头上，一点一点往下掉，掉到那方形的水门汀的建筑的房顶下，再往下掉，往下掉！（《红玫瑰与白玫瑰》）

上述例子中"酒排间""威士忌""苏打""爱克司光""蕾丝""乔其""水门汀"分别源于英语的 bar, whiskey, soda, X-ray, lace, georgette、cement 这些单词。张爱玲小说作品中这一类的词还有"模特儿""罗曼蒂克""冰淇淋""马达""凡士林"等，数量颇多。

除此之外，张爱玲在小说人物角色的名字称呼上也常常使用直译的英文名。如：《红玫瑰与白玫瑰》中王娇蕊的情人是"悌米孙"，《桂花蒸·阿小悲秋》里阿小称呼年轻女士为"密西"（即英文 Miss），《创世纪》中的"格林白格先生"，《五四遗事》中罗先生的梦中情人"密斯范"等。

（2）受欧化影响而兴起的词缀

五四时期广泛产生了西化的类词缀，如前缀"半""非""反"，后缀"化""性""型""主义"等。一些汉语中原本就有的"家""者""师"等词缀也被重新激活，应用范围大大增加。张爱玲在作品中使用了不少这样的词缀，它们不一定能影响到词义表达，但有助于强化其欧化风格。例如：

暂时虽然没有一个人是她一心一意喜欢的，有可能性的却不少。（《琉璃瓦》）

艾许小姐面上露出的疲倦窥伺，因此特别尖锐化了些。（《红玫瑰与白玫瑰》）

山腰里这座白房子是流线型的，几何图案式的构造，类似最摩登的电影院。（《沉香屑·第一炉香》）

家常的织锦袍子……海滩上用的披风……喝鸡尾酒的下午服，在家见客穿的半正式的晚餐服，色色俱全。（《沉香屑·第一炉香》）

可是对于我，你不单是一个爱人，你是一个创造者，……（《茉莉香片》）

第三章 张爱玲小说语言的欧化与传统

2. 一些汉语原有虚词出现了欧化的新用法

（1）连词"和""或"

英语注重形合，连词不可缺少。汉语连词"和""或"因为与英语的"and" "or"作用相当，所以跟着用得多了起来，用法也有所改变。在张爱玲的小说作品中，具体表现有：

①和——多个名词相联结时，传统汉语会把这些词分类，然后将连词插在这两三类中间，位置相对灵活，不固定。例如：

王夫人和李纨、凤姐儿、宝钗姐妹等（《红楼梦》）

后来在欧化的影响之下，"和"字的位置固定在了所有联结项的最后两项之间。例如：

阳台后面的堂屋里，坐着六小姐、七小姐、八小姐，和三房四房的孩子们。（《倾城之恋》）

另外，"和"在传统汉语中只用于连接名词性词语，但在翻译文法的驱动下，它的连接功能扩大了，可以连接形容词性和动词性词语了。例如：

徐太太走了之后，白公馆里少不得将她的建议加以研究和分析。（《倾城之恋》）

经过了这些凝惧和羞耻的经验以后，他还能够有正常的性生活吗！（《沉香屑·第二炉香》）

②或——传统汉语的"或"字，一般只用于联结平行的动词性词语和谓语形式，并且在每一个联结项的前面都要加一个"或"。例如：

快带了他去，或打，或杀，或卖，我一概不管（《红楼梦》）。

在参照西语语法之后，"或"可以用来联结名词性词语了，并且无论有几个联结项，都只用一个"或"字放在最后两项之间。例如：

她四面看看，想找张床毯或是麻包铺在床上，但是什么都收起来了。（《怨女》）

除非一方面犯奸，疯狂，或因罪入狱，才有解约的希望。（《沉香屑·第二炉香》）

（2）助词"地""着""们""的"

①地——传统汉语中，"地"就可以作为状语标记出现，但通常只是用在复杂的形容词后，如"干干净净地""红彤彤地"等。五四以来，受英语的副词后缀"-ly"的影响，结构助词"地"出现的频率越来越高，使用范围越来越大，甚至基本的形容词后也可以用"地"了。这样，大量的形容词基本都可以出现在状语的位置上。例如：

优疑地，long long ago 的细小的调子在庞大的夜里袅袅漾开，不能让人听见了。（《金锁记》）

相爱着的人又是往往地爱闹意见，反而是漠不相干的人能够互相容忍。（《茉莉香片》）

有时甚至用"地"替换掉了形容词后的"的"。

满屋子静悄悄地。（《茉莉香片》）

以下这种用法也值得一提：

愫细吃了一惊，身子蹲不稳，一坐坐在地上，愕然地望着他。（《沉香屑·第二炉香》）

梁太太双肘支在藤桌子上，嘴里衔着杯中的麦管子，眼睛衔着对面的卢兆麟，卢兆麟却泰然地四下里看人。（《沉香屑·第一炉香》）

在"X然"这种原本就具有副词词性的词后再粘附一个"地"，在以前是很少见的，这样欧化的情形一度是当时文坛的时髦风格。类似的还有"自然地""悠然地""茫然地"等字眼。

②着——"着"字最早表示附着，是个动词。宋代开始，"着"开始被添加在动词后用来表示进行时。五四以后，这个用法大量流行起来，在张爱玲的小说语言中也用得很广泛。例如：

郑夫人坐在床上，绷着脸，耷拉着眼皮子，一只手扶着筷子，一只手在枕头边摸着了满垫着草纸的香烟筒，一口气吊上一大串痰来，吐在里面。（《花凋》）

"着"字的使用范围扩大，还表现在它被十分频繁地附加在任意动词之后，而这些动词原本是不需要加"着"的，因为它们本身就含有持续的意思或完结的意思。① 例如：

丹朱在那里恋爱着他么？（《茉莉香片》）

他们恋爱着了。（《封锁》）

有时在公园里遇着了雨，长安撑起了伞，世舫为她擎着。（《金锁记》）

在以上的例子中，"恋爱"和"遇"这两个词本身就是持续的动作或已完成的动作，这种滥用"着"字的地方，并不能说是真的欧化，只能说是变质的欧化，因为它在西洋语法中是没有什么根据的。尤其是"恋爱着了""遇着了"这类说法，把"着""了"连在一起，从时态上看也是矛盾的，更徒然增添了洋味的陌生感。

③们——在传统汉语里"们"字就经常用来表示复数了，除了"人称代

---

① 谢耀基：《汉语语法欧化综述》，载《语文研究》，2001年第1期。

词+们"的形式,还经常用在特定群体的称呼语中,如在《红楼梦》里就经常出现"爷们""小姐们"这类组合,但这种称呼语"多半是在对话里,而在叙述部分仍多用'众人''众丫环''诸姐妹'等"。① 同时,这种用法只能用于人伦的称呼,也就是只说"丫头们""夫人们",不说"和尚们""神仙们"。但在西文的影响下,"们"字的用途被大大扩大,也经常在叙述部分使用,同时也不再限于人伦的称呼了。

"还是你好。"女太太们对她说。(《怨女》)

搬进去这天,振保下了班,已经黄昏的时候,忙忙碌碌和弟弟押着苦力们将箱笼抬了进去。(《红玫瑰与白玫瑰》)

簇新的补服,平金褂子,大镶大滚宽大的女袄,……看红红绿绿挤在她窗口,……她有一种异样的感觉。(《怨女》)

领属关系中的"的"

在传统汉语中,领属关系中的"的"是常常被省略的,比如"我的父亲""他的心里",经常被说成是"我父亲""他心里"。英语中表示领属关系有专门的语法形式。根据领格和整句情况,英语会使用专门的物主代词,如 my、your、his、her、its、their 或者所有格符号"'s"以及介词"of"。受翻译语言的影响,许多原本可以省略的属格在新文学作品中往往被保留下来。这在张爱玲的作品中也十分常见。例如:

振保的生命里有两个女人,他说一个是他的白玫瑰,一个是他的红玫瑰。(《红玫瑰与白玫瑰》)

嚣伯……觉得他的书和他的财富突然打成一片了,有一种清华气象,是读书人的得志。(《鸿鸾禧》)

同时,从语法特征看,英语常常利用"of"来让抽象名词作主语,这在传统汉语中是很少见的。张爱玲也经常使用"的+抽象名词"的组合把这种结构借用过来,使语言产生一种异样感:

然而他最讨厌的还是她的不放心。(《红玫瑰与白玫瑰》)

她向来多嫌着旁边的人的存在的。(《鸿鸾禧》)

传庆的哭,一发不可复制。(《茉莉香片》)

(3)"一个""一种"数量短语

冠词是英语语法中不可缺少的成分之一,是一种特殊的形容词,放在名词的前面。冠词又可细分为定冠词"the"和不定冠词"a""an"。"定冠词和汉语的结构距离很远,所以汉语没有受它的影响。不定冠词恰恰相反,

---

① 余光中:《余光中谈翻译》,北京:中国对外翻译出版公司,2002,第 115 页。

它是汉语所最容易接受的。"①

翻译作品往往用"一个""一种"之类的数量短语来对译不定冠词。新文学作家受到这种风气影响,在自己创作的文章中大量出现模仿英语不定冠词的数量结构。过去,用"一个""一种"是为了指出数量,后来,只是用来表示后面的结构是名词性结构,这样,语言的明确性增加了。

"一+量词"的数量短语在张爱玲的小说中出现频率极高。例如:

许多唧唧喳喳的肉的喜悦突然静了下来,只剩下一种苍凉的安宁,几乎没有情感的一种满足。(《红玫瑰与白玫瑰》)

开车的身后站了一个人,抱着一大捆杜鹃花。人倚在窗口,那枝枝桠桠的杜鹃花便伸到后面的了一个玻璃窗外,红成一片。后面那一个座位上坐着聂传庆,一个二十上下的男孩子。(《茉莉香片》)

(二)句法层面的欧化

词汇层面的欧化激活并扩展了汉语自身的结构,进而深刻影响到汉语的句法。五四时期受西文影响颇深的新式知识分子,往往刻意地或不自觉地采用西文语言结构方式。张爱玲的小说作品经常出现冲击汉语语法规范的"欧化"句子。

1. 句法成分方面

(1)强调突出主语

传统汉语里,只要不会产生歧义或误解,往往会将主语成分省略。例如《红楼梦》中宝玉的一句话:

有些疼,还不妨事,明儿老太太问,就说我自己烫的罢了。

如果将省略的主语都添上,应该是:[我]有些疼,[这]还不妨事,明儿老太太问,[你们]就说我自己烫的罢了。

英语作为显著的形合语言,主谓结构是句子结构的基础,主语是必不可少的成分。新文学作家受此影响,喜欢在每句都添一个主语,因此新文学作品中主语的数量大大增加了,尤其是作主语的人称代词。下面这些例子中,我们可以看出张爱玲小说作品在这方面的特点。例如:

他在家里向来不开口说话。他是一个孤零零的旁观者。他冷眼看着他们……(《年轻的时候》)

车子突然停住了。他睁开眼一看,上来了一个同学,言教授的女儿言丹朱。他皱了一皱眉毛,他顶恨在公共汽车碰见熟人,因为车子轰隆轰隆开着,他

---

① 王力:《中国现代语法》,北京:中华书局,2014,第537页。

实在没法听见他们说话。他的耳朵有点聋,是给他父亲打坏的。(《茉莉香片》)

（2）修饰语繁杂冗长

传统汉语的修饰语比较简短,大多是单个的词。相比之下,英语修饰语的形式多种多样,形容词、名词、代词、介词短语、分词、从句都可以做修饰语。英语由于有定语从句、状语从句这类结构的存在,可以将复杂的修饰语后置,一个中心词配合较长的修饰成分也不会显得头重脚轻。但汉语要表达更清晰丰富的意义,就需要更复杂的修饰语,而汉语又没有英语里那些可后置的结构,所以句子就变得越来越长了。

繁复冗长的修饰语是张爱玲小说作品欧化风格的重要标志之一。例如:

像他父亲,却是猥琐地从锡壶里倒点暖酒在打掉了柄的茶杯中,一面喝一面与坐在旁边算账的母亲聊天,……至于母亲,母亲自然是一个没有受过教育,在旧礼教压迫下牺牲了一生幸福的可怜人。(《年轻的时候》)

郑先生长得像广告画上喝乐口福抽香烟的标准上海青年绅士。(《花凋》)

那栏杆,每一根石柱上顶着个和尚似的石球,完全像武侠小说里那种飞檐走壁的和尚阴森森凝立着的黑影。(《郁金香》)

在这些复杂的修饰语中,"的"字堆叠的多重定语占了不小比重。"的"字作为汉语定语的标识,自然而然成为五四学者们借鉴英语复杂定语结构的首要选择。余光中曾说:"白话文一用到形容词,似乎就离不开'的',简直无'的'不成句了。"在张爱玲的小说作品中也有这种情况,例如:

她独自一个人的时候,小而秀的眼睛里便露出一种执着的悲苦的神气。(《多少恨》)

这畏葸的阴沉的白痴似的孩子。(《茉莉香片》)

雪白的脸上,淡绿的鬼阴阴的大眼睛,稀朗朗的漆黑的睫毛,墨黑的眉,油润的猩红的厚嘴唇,美得带些肃杀之气。(《沉香屑·第一炉香》)

与之相似的修饰语结构还有"地"字堆叠的多重状语。例如:

小寒迅速地,滔滔不绝地说道……(《心经》)

宗桢迟疑了一会,方才吞吞吐吐地,万分为难地说道:我太太——一点都不同情我。(《封锁》)

关于修饰语,还有一种欧化现象值得特别注意,那就是新文学作品中,人称代词和专有名词前也开始带有修饰成分了。例如:

一向反对女子职业的他,竟把曲曲荐到某大机关去做女秘书。(《琉璃瓦》)

你如果认识从前的我,也许你会原谅现在的我。(《倾城之恋》)

思果曾经说过:"中英文的代名词上都加不得形容词。中文在极少数的情况之下可用,如'不惜以今日之我攻击之我'等。可是现代有些新文学家很喜欢在这方面发挥他们的文才,学生当然群起效尤。'令人佩服的他们'、'吸毒的你''还未成熟的我',这种句法叫人看了浑身起鸡皮疙瘩。"①由此可见,人称代词前加修饰语在当时既是"现代"风格的语法手段之一,也曾被认为是恶性欧化的现象,但时至今日这种用法在现代汉语里已经十分普遍了。

(3)成分共用格式

"成分共用法是语言中一种经济的表达法。"共用同样的成分,会使句子在语势上更凝练、紧凑。朱一凡在《翻译与现代汉语的变迁》中,通过汉语语料检索系统,对现代名家小说文本库和古代汉语语料库进行了科学的研究比照,明确地指出了共用格式是在欧化的影响下产生的。②

张爱玲的小说语言中主要有以下两种成分的共用格式:

①多个助动词共用一个中心动词。在英语语法里,能愿动词一般被用作助动词,并且常有两个助动词共带一个动词的结构形式,现代汉语在一定程度上吸收了这种方式。例如:

他是不能,也不愿意结交这样的朋友的。(《红玫瑰与白玫瑰》)

②多个动词共用一个宾语,即两个或两个以上动词连用,共同支配一个宾语。这种结构在先秦已经有了,例如"收养昆弟,共祭先祖"(《庄子·盗跖》)。共用同一个宾语的两个动词往往具有近义关系。但这种结构在后代并没有得到发展,很少应用。五四以后,共宾结构充分发展,又渐渐普及,形成了显著区别于旧白话的特点,并且连用的动词不再必须是近义关系,也可以是并列、选择或递进的语义关系。③

小说与电影之类的消闲品沾着男女的关系太多了,他们不能当着他加以年兮年。(《沉香屑·第二炉香》)

2. 句式方面

(1)被动句式

被动式在传统汉语中就比较常见,例如:

祢衡被魏武谪为鼓吏。(《世说新语·言语》)

诸葛亮今番被吾识破。(《三国演义》第八十四回)

我准定被这厮们烧死了。(《水浒传》第十回)

传统汉语中,"被"字句叙述的往往是不如意或不希望的事,基本约束在消极语义之下。西语被动式的范围则没有这种局限,宽泛得多。在欧化的

---

① 思果:《翻译研究》,北京:中国对外翻译出版公司,2001,第142页。
② 转引自方晓璐:《鲁迅作品的欧化语言研究》,福州:福建师范大学,2015。
③ 贺阳:《现代汉语欧化语法现象研究》,北京:商务印书馆,2008,第203页.

影响下,汉语"被"字句的应用范围大大扩充,消极义的约束条件基本被消解。在张爱玲作品中,有很多表示中性或积极义的被动句式:

罗杰听了这话,突然觉得他的两只手臂异常沉重,被气力充满了,坠得酸痛。(《沉香屑·第二炉香》)

但是睡在床上被人向他磕头是不吉利的,生着病尤其应当忌讳。(《怨女》)

王太太被推拿,敞着衣领,头部前伸。(《等》)

有些英语被动式在现代汉语中没有被直接翻译,比如"It is known""I have been told",汉语中会说成"人们都知道""我听说",而不说成"它被说""我被告诉"。

(2)"是+形容词"的系表结构

"是"字句是受英语系动词 Be 的影响而产生的翻译语言。在英语中,名词或形容词不能单独做谓语,只能跟在系动词之后做表语,Be 是主系表句式不可缺少的成分,比如"The sky is blue, the water is clear."传统汉语则并不一定要在句中出现系动词。古代汉语很少使用判断词,而是通过添加语气词"也"、结构助词"者"等帮助判断,甚至连这些都不用。上述句子用传统汉语表示就是"天蓝水清",描写语直接跟在主语后面,构成描写句。后来在翻译语言中习惯把这种系表结构用"是+形容词(的)"来表达,上述句子被译为"天是蓝的,水是青的",成了判断句。

王力认为,传统汉语描写语直接黏附于主语,"在思想的表现上毫无缺陷可言",而"系词的勉强增加对于语言的明显性并无裨益,简直是一种无谓的更张"。①

但无论在语义表达上是否有益,这种用法的确营造了欧化的风格,因此张爱玲小说语言中"是"字句的频繁出现是其语言欧化的一个显著标志。例如:

玉清这样严装起来,是很看得过去的。(《鸿鸾禧》)

天是闷而热,说不上来是晴还是阴的。(《沉香屑·第二炉香》)

我自己也承认,像我这样的家庭,的确是少有的。(《心经》)

(2)包孕句

所谓包孕句,是指单句的某一个成分或某几个成分由主谓结构充当。汉语以前就有包孕结构,例如:

项羽乃悉引兵渡河,皆沉船,破釜甑,烧庐舍,持三日粮,以示士卒必死,无一还心(《史记·项羽本纪》)

但这种长句很少见,即使有一般也不复杂。随着语言的接触、西文的翻译、

---

① 王力:《中国语法理论》(下册),北京:中华书局,1954,第278页。

创作者的有意模仿,这种欧化结构最终在现代汉语中固定下来。张爱玲这一时期的小说语言就常有相当复杂的包孕结构。例如:

传庆并不是不知道他对于他母亲的谴责是不公平的。(《茉莉香片》)

在那一刹那,他几乎愿望他所娶的是一个较近人情的富有经验的坏女人,一个不需要"爱的教育"的女人。(《沉香屑·第二炉香》)

传统汉语惯用短句和散句,以简洁凝练为美。包孕长句则具有鲜明的欧化风格,以精密严谨为美,后者使各个结构有机组合、化零为整,更有利于进行细致描写和严密论述。

3. 句子组织结构方面

(1) 联结成分频繁出现,复句从意合法转向形合法

这里所说的联结成分是指为了模仿英语的连词和介词而用的汉语虚词或实词。在汉语传统中,复句多用意合法,语言组合有着相当大的自由空间,许多逻辑关系都依靠意会而非言传,纯粹表示语法关系的词很少出现甚至不出现。英语的习惯与此相反,句子组织看重形式,复句多用形合法,并受到严格的语法约束,

句子间的联结成分通常是必不可少的。五四以来,汉语受到英语的这种影响,要求在复句在结构上鲜明地体现逻辑关系,于是联结成分变得必要了。

首先是汉语原有联结成分的用途得到了扩展,"但是""即使""因为""所以""而且""与其"等词变得十分常用、密集。例如:

我第一次看见你,等觉得你不应当光着膀子穿这种时髦的长背心,不过你也不应当穿西装。满洲的旗装,也许倒合适一点,可是线条又太硬。(《倾城之恋》)

淡白的鹅蛋脸;虽然是单眼皮,而且眼泡微微有点肿,却是碧清的一双妙目。(《琉璃瓦》)

堂子里现在只有老年人去,或是旧式生意人,所以不但坏,而且不时髦。(《怨女》)

还有一些英语连接词在传统汉语中几乎找不到与之相当的词,诸如"for""about""as for"等。在欧化语法的影响下,用汉语原有的某些动词来充数,把动词和连接词合成一体,译为"关于""对于"。这使它们作为介词的用法逐渐流行。例如:

对于十四岁的人,那似乎有天大的重要。(《金锁记》)

关于我的家乡,我做了好些梦。(《倾城之恋》)

这种联结成分的形式化和表面化是张爱玲小说语言欧化风格的重要表现

之一，这使句子成分间的语法关系更加明晰。

（2）语序变化

在语言接触中，语序是最容易被借用吸收的语法特点。陈望道就曾谈到汉语欧化的另一种路径——"原有文法的颠倒或离合，即是中国汉语原有语序的重新组合。"①

①从句后置。按照传统汉语的习惯，复句中从句总要放在主句的前面，尤其是条件从句、假设从句，例如：

其卒虽多，然而轻走易北（《史记·张仪列传》）

然而不胜者，是天时不如地利也（《孟子·公孙丑下》）

但按照英语语法的原则，从句的位置比较灵活，既可以位于主句之前，也可以位于主句之后。从句后置是很普遍的，例如：

He stole my watch while I was sleeping.

如果在翻译从句后置的英语复句时，保持原文语序，就会在汉语的译文中出现从句后置的现象。例如：

上述句子，按照传统汉语习惯表达应该是"他趁我睡着的时候偷了我的手表"；如果翻译时刻意保留原文语序，则是"他偷了我的手表，趁我睡着的时候"

五四以后，大量译品涌入中国，从句后置的现象逐渐增多。张爱玲的小说作品中有不少从句后置的例子，读之异域感陡增。例如：

郑夫人毕竟不脱妇人习性，……乘乱里她也捞了点钱，这点钱就给了她无穷的烦恼，因为她丈夫是哄钱用的一等一的好手。（《花凋》）

振保觉得一房间都是她的声音，虽然她久久沉默着。（《红玫瑰与白玫瑰》）

佣人全都不见了，可是随时可以冲出来抢救，如果有惨剧发生。（《多少恨》）

②状语后置。传统汉语中，除了表时间、处所的状语结构通常放在句首之外，一般状语都要紧挨着它所修饰的中心语。而在西文中，它们的位置不固定，可以在句首、句中、句末。后来汉语模仿这种说法，也把状语结构落在句末。如：

从前的女人，一点点小事便放在心上，辗转，辗转，辗转思想着，在黄昏的窗前，在雨夜，在惨淡的黎明（《茉莉香片》）

"关门了，明天来。"这次是个女孩子，不耐烦地。（《怨女》）

---

① 转引自刘进才：《语言运动与中国现代文学》，北京：中华书局，2007，第166页。

（3）解释补充语

张爱玲的小说中存在大量夹注式结构，她通过使用破折号、括号等标点符号，来表达解释、补充或转换的语义，这在传统汉语中是很少见的。这种结构几乎都是对应了英语中的插入语、定语从句或者同位语等语法习惯，因此显然是受到西方语言表达方式的影响而产生的。例如：

她引诱了他（虽然那并不是她的本心），而又不能给予他满足。（《茉莉香片》）

你那个娘——我现在娶得一个——她也想跟着来，我就带她来。（《多少恨》）

她娴熟地把脸偏了一偏——过于娴熟地，他们接吻了。（《红玫瑰与白玫瑰》）

传统汉语中本来也有类似形式的插语法，例如：

好姐姐，——不是我说，你又该恼了。——你懂得什么？懂得也不传这个舌了（《红楼梦》第二十回）。

但这些插入语往往是跟整个句子不相干的话，与五四以后的解释补充语明显不同。

我们可以将句法层面欧化的整体方向总结为句法的严密化。句法的严密化与社会发展和人们逻辑思维的发展是密不可分的。句法严密化的发展在语言结构中的具体表现可以有两个方面：一方面是把要说的话尽可能概括起来，成为一个完整的结构；另一方面就是化零为整，使许多零星的小句结合成为一个大句，使以前那种藕断丝连的语句变为一个有机联系的整体。五四以后，汉语的句法变化就是顺着这个趋势发展的。张爱玲小说作品中出现的强调主语、强调联结成分、使用复杂的修饰语、出现共用结构等语言现象，也都是句法严密化的表现。

第三节　张爱玲小说语言的传统韵味

一、"传统"概说——古典与本土

如果说欧化气息是新文学语言普遍具备的特点，那么显著浓厚的传统韵味则是张爱玲小说作品迥异于其他新文学作品的独特之处。

五四以来的革新者们采取反对文言文、抵制旧白话的激进态度，以期建立一种全新的语言。正当中国众多新文学作家模仿西方文学、推崇斗争文学时，张爱玲却仍在一定程度上坚定地传承着传统文学的语言风格，吸取文言和传统白话文之长,使传统语言重新焕发了光彩。当代著名作家白先勇曾评价张爱玲的文字风格很有趣,像是绕过了五四时期的文学,直接从《红楼梦》《金瓶梅》那一脉下来的,并称赞张爱玲的小说语言更纯粹,是正宗的中文,有很深的中国传统文化造诣。

这种"纯粹"和"正宗"在张爱玲的小说语言中主要表现为两个方面,一是脱胎于中国古典文学的文言语词、古典遗风,另一方面则是具有浓浓市井民俗色彩的本土化的语言表达。

张爱玲对中国古典文学的迷恋是人尽皆知的。张爱玲出生于清朝遗老家庭,私塾教育让传统文化情结伴随了她的一生。她从小就接触诸如《聊斋志异》《西游记》《金瓶梅》等中国古典文学。移居美国之后更花费十余年时间专心考据《红楼梦》,撰写了《红楼梦魇》一书。至于不太为人所知的《九尾龟》《海上花列传》等小说,她也十分喜爱。这种对旧小说终生不渝的热情,让她由爱好转向借鉴。张爱玲的作品随时流露出对传统文化的熟悉和运用。从故事结构、写作技巧到语言文字,它们无不显示出张爱玲深受古典文学传统的影响。

在典雅的旧式情调之外,张爱玲的小说语言也有"俗"的一面:俗语词、方言词、口语词随处可见。这在很大程度上与张爱玲自幼成长的小群体环境有关。张爱玲四岁时,母亲和姑姑就留洋去了。据张子静回忆,"我和姐姐常由保姆带着","姐姐还会缠着保姆说故事"[①]。张爱玲具有非凡的观察力,她在与仆役、保姆、佣人这些社会下层群众的有限接触中,了解了"小人物"的思想和生活,掌握了许多生动鲜活的民间语汇,这些语汇最终也成为她文学语言的重要组成部分。

二、张爱玲小说语言中的传统成分分析

(一)文言文元素

张爱玲的小说作品中经常出现具有鲜明古典色彩的文言文成分。

1. 文言文词汇

汉语是缺乏形态的语言,语序和虚词是主要的语法手段。张爱玲的作品中保留了许多文言虚词。这里以"甚""于""颇"三个字举例说明这一点。

①甚——"甚"字在现代汉语中很少单独使用,一般用于组成双音词"甚至""甚是""甚或"等。而张爱玲的小说作品保留了"甚"字的两种文言文用法。

---

① 张子静,季季:《我的姊姊张爱玲》,长春:吉林出版集团有限责任公司,2009,第42页。

首先是做程度副词，表示很、极、非常。例如：

这话敦凤不爱听，也不甚理会，只顾去注意米先生。（《留情》）

他开着自来水龙头，水不甚热。（《红玫瑰与白玫瑰》）

类似的还有"不甚和谐""不甚挑剔""不甚中意""不甚热心""不甚理会""不甚白""不甚清楚""不甚信""不甚感兴趣"等。可见这种"甚"做程度副词的用法在她的作品中出现得比较频繁。

其次，"甚"字还相当于现代汉语的"什么"，这在现代汉语中已不常使用，但在张爱玲的小说作品中依然经常使用。例如：

长白在外面赌钱，捧女戏子，七巧还没甚话说，后来渐渐跟着他三叔姜季泽逛起子来，七巧方才着了慌。（《金锁记》）

郑先生在楼梯上冷笑道："你这种咒，赌它作甚？"（《花凋》）

②于——"于"在现代汉语中主要用来组成双音词"终于""关于""于是""至于""在于""等于"，等等，几乎不会单独使用。"于"在文言文中作为介词，能够与名词性结构组合成介宾短语，充当状语或补语。张爱玲的作品中也不乏这种用法。例如：

下课后他进语言专修学校念德文，一半因为他读的是医科，德文于他很有帮助。（《年轻的时候》）

然而，想起她的时候给她带点糖来，她还是感激的，只是于感激之余稍稍有点悲哀。（《鸿鸾禧》）

以上两个例子中的"于"字如果用现代汉语来表达，一般会分别使用"对"和"在"。

③颇——"颇"在文言和现代汉语中都是"很、非常"的意思。在现代汉语中一般不单独使用，通常用在一些固定结构中，如"收获颇多""颇为显眼"等。张爱玲仍然会把"颇"作为副词，像在文言文中一样单独使用。例如：

母亲和烟鹂颇合得来，可是振保对于烟鹂有许多不可告人的不满的地方。（《红玫瑰与白玫瑰》）

她眯细了眼睛笑着，微微皱着鼻梁，颇有点媚态。（《红玫瑰与白玫瑰》）

另外，除了文言虚词，张爱玲的文学语言中也有十分丰富的文言实词。如：

流苏气到了极点，反倒放声笑了起来道："……你们死了儿子，也是我害你们伤了阴骘！"（《倾城之恋》）

七巧便一拍桌子嗟叹起来道："在儿子媳妇手里吃口饭，可真不容易！动不动就给人脸子看！"（《金锁记》）

起坐间的帘子撤下送去洗濯了。（《金锁记》）

其他还有诸如"须臾""脱略""委顿""粗笨""姣好""原宥""撏

节""蠲免"等典型的文言实词,它们凸显出典雅凝练的色彩。

2. 成语、古典诗词

成语多数来自古代文献,"在构成上大都保留着古语词、历史语词和古代语法结构"①。从这个层面上说,成语也是张爱玲文学语言中文言元素的重要组成部分。例如:

满山轰轰烈烈开着野杜鹃,那灼灼的红色,一路摧枯拉朽烧下山坡子去了。(《沉香屑·第一炉香》)

她整个的脸型像是被凌虐的,秀眼如同剪开的两长条,眼中露出一个幽幽的世界,里面"沉鱼落雁,闭月羞花"。(《桂花蒸·阿小悲秋》)

众人越是说得凿凿有据,流苏越是百喙莫辩,自然在上海不能安身。(《倾城之恋》)

其他如"讳莫如深""急景凋年""前嫌冰释""顾影自怜""每况愈下""草木皆兵""痛心疾首"等在张爱玲小说作品中使用的数量也很庞大。

张爱玲曾说"中国人向来喜欢引经据典"②,她本人也会在文本中直接引用古诗词。例如:

第二个感觉便是嗔怪她的情人如此没有眼光,曾经沧海难为水,怎么选了这么一个次等角色,对于前头的人是一种侮辱。(《花凋》)

若是这妮子果真一鸣惊人,雏凤清于老凤声,势必引起一番骚动,破坏了均衡。(《沉香屑·第一炉香》)

我念你听:死生契阔——与子相说,执子之手,与子偕老。我的中文根本不行,可不知道解释得对不对。我看那是最悲哀的一首诗。(《倾城之恋》)

(二)方言土语

1. 沪方言、皖方言的运用

张爱玲主要以上海、香港两地为背景进行小说创作,并且在作品中大量加入沪地方言——吴语,这些吴语元素与环境描写、人物刻画的关系都相当密切。

张爱玲从出生到两岁都生活在上海,她在 8 岁回到上海之后一直到她 35 岁离开中国到美国定居,除了中间几年曾在香港求学外,也基本生活在上海。在这样的生活经历中,张爱玲认可的第一语言就是吴语。她在进行文学创作时有非常明确的语言态度倾向:"在创作时,无时无刻不想到上海人","只

---

① 王力:《中国现代语法》,北京:中华书局,2014,第 294 页。
② 张爱玲:《流言》,载张爱玲《张爱玲文集》,北京:北京十月文艺出版社,2008,第 134 页。

有上海人能懂得我的文不达意的地方。"① 张爱玲的小说语言充满了吴语的语气神韵。例如：

车子将他在路角丢了下来，娇蕊在楼窗口看见他站定了买一份夜报。(《红玫瑰与白玫瑰》)

"夜报"是"晚报"的沪语口音。吴语中"夜""晚"是同音字，一般不说"晚"。

我是个没脚蟹，长白还不满十四岁，往后苦日子有的过呢！(《金锁记》)

"没脚蟹"，上海俗语，指孤立无助、没什么本领的弱者。

开电车的大喝道："猪猡"(《封锁》)

"猪猡"，吴语中的"猪"，带有粗俗、凶悍的色彩。

阿小送到后门口，说"来白相！"(《桂花蒸阿小悲秋》)

"白相"，吴语词汇，意思是游玩、玩耍。

"这跟长三堂子里买进一个讨人，有什么分别？"(《沉香屑·第一炉香》)

"讨人"，吴语词汇，指被卖进妓院的姑娘。

吴语还有非常丰富的语气助词，这一点在张爱玲小说中的人物语言中也有所体现。例如：

掮着多大的照相簿出来，家里人看着，滑稽伐？(《创世纪》)

可是真遇着了一身病痛的人，他们只睁大了眼睛说"这女人瘦来，怕来！"(《花凋》)

阿有老爷太太先生小姐做做好事救救我可怜人哇？(《封锁》)

这些生动的方言语气词使吴语的语音特征非常自然地融入了行文当中，既彰显了小说人物语言的口语化特征，又形成了吴语独特的语音节奏。

在吴语之外，张爱玲小说语言中还有一些皖语色彩，这一点较少有人注意到。她曾说她的上海话是半途出家的，不是从小会说的。她的母语是被北边话与安徽话的影响冲淡了的南京话。张爱玲对合肥方言的认知和熟悉主要是受家庭小环境的影响。小时候，张爱玲的身边一直活跃着一些皖籍人士：她的曾外祖父李鸿章是合肥人，李鸿章的女儿李菊耦（即张爱玲的祖母）出嫁到张家时，李家的一些佣人随从也跟着一起到了张家，包括李菊藕的贴身丫鬟何干。张爱玲出生后，来自安徽乡下的何干成了她的保姆。② 张爱玲四五岁时——这正是儿童语音形成的关键时期——母亲与姑姑离家留洋，她

---

① 张爱玲：《流言》，载张爱玲《张爱玲文集》，北京：北京十月文艺出版社，2008，第82页。
② 参见袁媛：《记忆·体验·生命——论张爱玲小说的合肥方言情节》，载《沈阳大学学报（哲学社会科学版）》，2013年第1期。

第三章 张爱玲小说语言的欧化与传统

"成天就由保姆带着","还会缠着保姆说故事,唱她们皖北农村的童谣"。这种语言环境对张爱玲产生了深刻影响。例如:

从前的事,很少记得细节了,都是整大块大块,灰鼠鼠的。(《创世纪》)

"灰鼠鼠"是典型的合肥方言语汇。合肥方言中"鼠"念作"Chu","灰鼠鼠"念作"hui chuchu",大意是黯淡无光。

这一天他去,已经有一个小大姐抱着一只狗立在电梯里。(《郁金香》)

"小大姐",合肥方言词汇,对年轻女孩子的称呼。

她真心卫护那女人,她对于整个的恋爱事件是自卫的态度。(《创世纪》)

"卫护",合肥方言词汇,与普通话里的"护卫"语义相对应,语素位置相颠倒。

一句话伤了虞老先生的心了,他嚷了起来道:"你不要拿蹻!"(《多少恨》)

拿蹻,合肥方言词汇,指故意不理人、端着架子,以抬高价钱或身份。

从这些例子中我们可以看出,张爱玲在创作中运用方言时,没有像韩邦庆书写《海上花列传》那样全篇都浸润在方言里,而是把方言元素原封不动地零星插入到共同语言书写之中。这种书写方法既能够凸显方言原本的神韵,又不会令其他地区的读者感到难以理解。这些沪方言、皖方言的特有词汇,在别的地区也许没有一模一样的说法,但都可以通过上下文语境推断出它的大概意思,并不显得生涩难懂,反而把读者拉到了一种特定的语言氛围里,展示出神韵丰满的人物面貌。

2. 俗语的使用

谚语、歇后语、惯用语合称俗语。俗语具有鲜明的民间风格,有通俗化、口语化的特点。尽管张爱玲一贯被认为是都市文学、小资情调的代表,但她的小说语言中不乏俗语的使用,有着格外鲜活的市井气。例如:

七巧道:"奶奶不胜似姨奶奶吗?长线放远鹞,指望大着呢!"(《金锁记》)

他老婆低声劝他:"让她去,女孩子反正是人家的人,早点嫁掉她就是了。女大不中留,留来留去反成仇。"(《怨女》)

类似的俗语还有"送佛送到西天""天下老鸦一般的黑""人生一世,草生一秋""朝中无人莫做官""三分像人、七分像鬼""鱼生热,肉生痰,青菜豆腐保平安""人人有脸,树树有皮"等。

柴米油盐、人情世故,很大程度上在中国传统世情小说中得到继承,尤其是《红楼梦》。张爱玲对《红楼梦》的熟悉、热爱到了"不同的本子不用留神看,稍微眼生点的字自会蹦出来"的地步。她的小说语言打上了深刻的《红楼梦》烙印,里面有不少俗语词汇就是从《红楼梦》中直接移用的,我们可以看以下几处对照。

对照一：

薇龙只得低声下气说道："姑妈是水晶心肝玻璃人儿，我在你跟前扯谎也是白扯。"（《沉香屑·第一炉香》）

李纨笑道："真真你是个水晶心肝玻璃人儿。"（《红楼梦》第四十五回）

对照二：

"你也说句话呀，成日价念叨着，见了妹妹的面，又像锯了嘴的葫芦似的！"（《金锁记》）

"你又没才干，又没口齿，锯了嘴的葫芦，就只会一味瞎小心图贤良的名儿。"（《红楼梦》第六十八回）

对照三：

四奶奶又向那边喃喃骂道："猪油蒙了心，……我叫你早早的歇了这个念头！"（《倾城之恋》）

（凤姐）冷笑道"……糊涂油蒙了心，烂了舌头，不得好死的下作东西，别作娘的春梦！"（《红楼梦》第三十六回）

夏志清说："（张爱玲）她受旧小说之益最深之处是她对白的圆熟和她对中国人脾气的摸透。"① 这些俗语词汇的继承和仿作让人沉浸到一种很传统、很世俗、很中国的语言氛围中。

三、古典的语言氛围

新文学是在西方文学的影响下产生的，受西方表达习惯的影响很大，句子普遍结构复杂，修饰语层次多，句式较长。如果说长句是受到欧化的影响，那么短句则是继承了传统汉语固有的句子组织形式。张爱玲的小说语言就吸收了大量的传统文化的精华，表现出与大时代背景不一致的个性特征：流水短句居多，不紧不慢，错落有致。例如：

他父亲不是坏人，而且整天在外做生意，很少见到，其实也还不至于讨厌。可是他父亲晚餐后每每独坐在客堂里喝酒，吃油炸花生，把脸喝得红红的，油光腻亮，就像任何小店的老板。他父亲开着酱园，也是个店老板，然而……既做了他的父亲，就应当是个例外。（《年轻的时候》）

上面这段话就是一组典型的流水散句，仔细数一下，基本每个短句都不超过十个字。像这样短小句子的组合在张爱玲的小说作品中遍布各篇。再如：

---

① 夏志清：《中国现代小说史》，上海：复旦大学出版社，2005，第260页。

第三章　张爱玲小说语言的欧化与传统

振宝的生命中有两个女人,他说一个是他的白玫瑰,一个是他的红玫瑰。一个是圣洁的妻,一个是热烈的情妇——普通人向来是这样把节烈两个字分开来讲的。也许每一个男子全都有过这样的两个女人,至少两个。娶了红玫瑰,久而久之,红的变了墙上的一抹蚊子血,白的还是"床前明月光";娶了白玫瑰,白的便是衣服上的一粒饭粘子,红的却是心口上的一颗朱砂痣。(《红玫瑰与白玫瑰》)

《红玫瑰与白玫瑰》中,开篇段落的分句的错落有致一读便知。值得注意的是,这段文字还明显体现了中国古代散文骈散结合的特点。不论是"一个……,一个……"的句型,还是对红玫瑰、白玫瑰前后对应的描述,都是骈句的布局。它虽然不是严格对仗,但十分整齐。在散句中加入这样的骈句,参差对照,别有韵味。

再如《金锁记》中的两段描写:

那曹七巧且不坐下,一只手撑着门,一只手撑住腰,窄窄的袖口里垂下一条雪青洋绉手帕,下身上穿着银红衫子,白线镶滚,雪青闪蓝如意小脚子,瘦骨脸儿,朱口细牙,三角眼,小山眉,四下里一看,笑道:"人都齐了,今儿想必我又晚了!"(《金锁记》)

屋里看得分明那玫瑰紫绣花椅披桌布,大红平金五凤齐飞的围屏,水红软缎对联,绣着盘花篆字。梳妆台上红绿丝网络着银粉缸、银漱盂、银花瓶,里面满满盛着喜,帐檐上垂下五彩攒金绕绒花球、花盆、如意、粽子,下面滴溜溜坠着指头大的流璃珠和尺来长的桃红穗子。(《金锁记》)

如此细致入微的人物描写和景物描写,塑造出一种古老典雅的情景氛围。

流水短句,散而不乱,骈散结合,错落有致——这样的句子组合,既显示出行文规整典雅的一面,又不失灵动轻巧。张爱玲小说语言整体保存了古典氛围和传统气息,很难确切地一一指出并摘录归类。它们融汇在字字句句之中,深入篇章骨髓,无法剥离。

第四章　张爱玲与英美文学

第一节　张爱玲对英美文学的阅读和接受背景

一、张爱玲所阅读和接触的外国作家作品

早在孩童时代，张爱玲就接触到了外国文学。张爱玲曾回忆在天津的生活，文中提到他父亲买有萧伯纳的《心碎的屋》，书上面还留有她父亲的英文题识："天津，华北。一九二六。三十二号路六十一号。提摩太·C. 张。"张爱玲后来在《忆胡适之》中也提及她姑姑有个时期跟她父亲借书看，其中一本就是萧伯纳的《圣女贞德》。在张爱玲作品中，萧伯纳名字出现的频率最高，先后在8篇文章中被提及：在《更衣记》中，张爱玲谈女人与衣服的关系时曾提到过他。《谈跳舞》说到萧伯纳的戏《长生》。《续集岛〈序〉》提到萧伯纳的《卖花女》在舞台影视上的传播者。《小团圆》提及女主人公九莉看了萧伯纳所有的剧本自序，《雷峰塔》说到萧伯纳的翻译小说《英雄与美人》，《易经》中也提到萧伯纳，等等。

张爱玲对外国文学的评价，也始于少年时代。在上海圣玛利亚女校读书时，张爱玲就曾评论过林纾所翻译的英国作家哈葛德的作品《斐洲烟水愁城录》，并写成读书札记发表在《国光》上。据陈子善教授考证，全部《国光》作者姓名中带"玲"字者，只有张爱玲一人，由此不难断定这篇文章同其他两篇读书札记的作者非张爱玲莫属。在这篇小作中，张爱玲精简地评价了《斐洲烟水愁城录》的故事梗概及价值，认为译笔华丽精炼。

张爱玲喜欢读书，广泛涉猎文学作品，并且好读英文作品。胡兰成在《今生今世》中回忆他在写《武汉记》时，张爱玲带给他一册厚厚的英文书，是近25年欧洲剧选，既然带给胡兰成看，这书想必张爱玲也是读过的。据张子静回忆，张爱玲喜欢看黄佐临及其夫人丹尼所创设的"苦干剧团"演的舞台剧，"黄佐临出生于一九〇〇年，一九九四年病逝上海。他与夫人丹尼二十

至三十年代曾两度赴英，研习戏剧，并曾得到戏剧大师萧伯纳的指点。……一九三九年到上海，与夫人丹尼创设'苦干剧团'。在'孤岛时期'的上海，张爱玲常看'苦干'演的舞台剧。一九四九年剧团解散后，他应邀加入文华，负责艺术制作，也兼任导演。第一部影片《假凤虚凰》之后，他导演过柯灵根据高尔基小说《底层》改编的影片《夜店》，以及编导了根据鲁迅翻译的俄国作家班台莱耶夫的小说拍的同名影片《丧》"。我们从中不难窥见张爱玲所接触的外国文学作品。此外，张子静还回忆："她比较还是喜欢看小说，《红楼梦》跟 Somerset Maugham（编者注：毛姆）写的东西她顶爱看……至于外国文学，我印象较深刻的是她看过《琥珀》后说，书中描写十六世纪伦敦大瘟疫之后，街道的荒芜凄凉景象让她觉得阴森可畏。至于 James Hilton（编者注：詹姆斯·希尔顿）描写香格里拉的《失去的地平线》，她也觉得某些描绘'使人浑身发冷，好像跌进了冰窖'。她还介绍我看毛姆和欧·亨利的小说，要我留心学习他们的写作方法。"①

对于毛姆，张爱玲在自己的文章中也多次提及：《浮花浪蕊》8次说到毛姆。在《〈张看〉自序》中，张爱玲描绘炎樱父亲的老朋友，"整个像毛姆小说里流落远东或南太平洋的西方人，肤色与白头发全都是泛黄的脏白色，只有一双缠满了血丝的麻黄大眼睛像印度人。"由此可见张爱玲对毛姆小说的熟悉程度。此外，《小团圆》《雷峰塔》和《易经》也都提到过毛姆，张爱玲在《女作家聚谈会》中说自己"读 S.Maugham、A.Huxley 的小说，近代的西洋戏剧，唐诗，小报，张恨水的作品"，"外国女作家中我比较欢喜 Stella Benson"。②

Stella Benson 即斯特拉·本森，目前国内有关她的介绍尚不多见，译作也较少，这位女作家在中国并不著名，但她是张爱玲喜欢的作家。张爱玲从何阅读到 Stella Benson 的作品尚需史料考证。据甘琦在《向右的时代向左的人》中对 Stella Benson 的相关介绍，斯特拉四十岁病故于广西北海，其丈夫詹姆斯在中国海关供职三十年。但是目前国外关于这位女作家的著作也较少。

A. Huxdey 在张爱玲4篇文章中被提及，但名字是不同的称谓：《谈女人》中说"名小说家爱尔德斯·赫胥黎"，并谈到他的《针锋相对》；在《双声》中提到赫克斯莱；在《小团圆》中两处提及"小赫胥黎"；《易经》中说最喜欢的作家是赫胥黎。

同萧伯纳、毛姆、赫胥黎相比，劳伦斯在张爱玲作品中出现的次数较少。据目前来看，唯一一次提到劳伦斯是在《小团圆》中，但张爱玲对劳伦斯作

---

① 张子静，季季：《我的姐姐张爱玲》，长春：吉林出版集团有限责任公司，2009，第175页。
② 张爱玲：《〈张看〉自序》，载张爱玲《张爱玲文集》，北京：十月文艺出版社，2009，第95页。

品应该是很熟悉的。张爱玲也说到过劳伦斯、海明威等作家。除了劳伦斯，张爱玲这里还说到亨利·詹姆斯。这个作家在张爱玲作品中没有被提及。如果粗略地从文本考察，我们或许会以为张爱玲对亨利·詹姆斯作品的接触是个不置可否的问题，但通过对张爱玲周边故人的回忆文字及一些访谈的梳理，我们可以发现张爱玲对詹姆斯作品是有阅读的。司马新提到张爱玲在20世纪60年代曾为《美国之音》的广播节目将几部西方小说改写成剧本，其中包括莫泊桑、亨利·詹姆斯以及苏联小说作家索尔仁尼琴的小说。但耐人寻味的是，张爱玲在同年接受水晶访问时却对自己阅读亨利·詹姆斯予以否认。在与水晶讨论《金瓶梅》时，她们说到西洋故事里的"唐璜"。1976年，张爱玲谈到她所阅读的众多人种学家著作，其中零散提到《格列佛游记》《鲁滨孙漂流记》，史蒂文森的《金银岛》和《瓶》等一些外国作品，以及华盛顿·欧文、密契纳、马克·吐温、乔埃斯等外国作家名字。从时间上推断，或许张爱玲是在访谈之后才读到马克·吐温作品的，但她对亨利·詹姆斯在两次访谈中先肯定后否认的态度却耐人寻味。

在接受水晶访谈中，张爱玲谈到她所读过的外国作家中，除了萧伯纳、赫胥黎之外，还有威尔斯。同萧伯纳、赫胥黎一样，威尔斯也是在张爱玲作品中出现次数较多的作家之一。在《更衣记》中，张爱玲提到威尔斯，称他是预言家。在《烬余录》中，张爱玲说到威尔斯的《历史大纲》，在《〈传奇再版〉序》中再次提到威尔斯的预言，在《小团圆》中提到威尔斯的科学小说《莫洛博士岛》。此外，在《雷峰塔》和《易经》中她也都提到威尔斯。

1961年，张爱玲到台湾，结识了王祯和等作家，后来的《张爱玲在台湾——访王祯和》记述了相关细节。

在张爱玲作品中出现次数较多的作家，除了上文提到的萧伯纳、毛姆、赫胥黎、威尔斯，还有王尔德、莎士比亚、狄更斯、拜伦、密契纳等。

张爱玲应该是在《自己的文章》中首次提及对王尔德相关评价的。她在此文中回应傅雷的批评，谈及唯美派此处虽没有直接提到王尔德的名字，但王尔德乃唯美派的核心代表人物。另外，在《殷宝滟送花楼会》中提到《少奶奶的扇子》，《易经》中提到王尔德的《莎乐美》，在《小团圆》中提到《莎乐美》及唯美派。此外，张爱玲提及王尔德的作品还有《双声》和《续集自序》。在《双声》中张爱玲与炎樱对话，谈到了王尔德，但不是持赞同态度，张爱玲说"有些人甚至就停留在王尔德上——真是！"。从其文字表述来看，张爱玲对王尔德不是持完全赞同态度。

张爱玲在《洋人看京戏及其他》《殷宝滟送花楼会》中提到莎士比亚，在《异乡记》中提到莎士比亚的《仲夏夜之梦》，在《易经》中提到莎士比亚的

《李尔王》，在《烬余录》中提到莎士比亚和拜伦，在《国语本〈海上花〉译后记》提到狄更斯，在《浮花浪蕊》中提到狄更斯的《块肉余生记》，在《谈看书》中提到狄更斯的《双城记》、拜伦和密契纳，在《谈吃与画饼充饥》《谈看书后记》中提到密契纳，在《谈跳舞》中提到拜伦的长诗。此外，据朱曼华回忆，张爱玲与她姑姑有一次在书摊淘书，其中就包括狄更斯的原版小说《大卫·科波菲尔》。

张爱玲不仅从事文学创作，也曾翻译多部作品。据陈子善考证，1941年6月上海西风月刊社出版的《西书精华》第6期上发现有张爱玲的《谑而虐》一篇，他由此断定这正是张爱玲的翻译处女作。1952年张爱玲由沪来港，初期寄居于女青年会，她当时靠翻译工作维持生活，她前后替美国新闻处译过海明威的《老人与海》、玛乔丽·劳林斯的《小鹿》、马克·范·道伦编辑的《爱默森选集》、华盛顿·欧文的《无头骑士》等。既然从事翻译，原著肯定是读过的，张爱玲在《谈看书》和《续集自序》等文章中也分别提到过华盛顿·欧文和海明威，但张爱玲对华盛顿·欧文和爱默森并不是很喜欢。考察张爱玲与英美文学的关系，从其译作也可了解。

此外，林以亮还回忆张爱玲《十八春》的结构源自马宽德的作品。除了翻译，在20世纪60年代的美国，张爱玲还编撰过几部广播剧，其中包括苏联作家索尔仁尼琴的成名作《伊凡生命中的一天》以及另一篇索尔仁尼琴的小说《玛曲昂娜的家》。从这些史料中，我们可进一步了解到张爱玲所接触和阅读的外国文学作品。

粗略统计，张爱玲所接触的外国作家和作品，除上述外，还有：阿诺德、勃朗宁、爱米丽·勃朗特、柯勒律治、雪莱，《鲁滨孙漂流记》（笛福）、《失乐园》（弥尔顿）、《蝴蝶梦》（达夫妮·杜穆里埃）、《简·爱》（夏洛蒂·勃朗特）、《格列佛游记》（乔纳森·斯威夫特）等。

通过梳理，我们可以发现张爱玲所接触的外国文学以英国和美国居多，此外还有俄国、法国、挪威、比利时、日本等国的作家作品，而在英国和美国文学中，则又更多地倾向于前者。总体而言，如果说张爱玲对美国文学的接触主要是通过自己的翻译，如她对爱默森、欧文、梭罗、海明威等作家作品的译介，那么张爱玲对英国文学的接触则更多的是出于自觉的文学兴趣选择。而且，在对英国文学的阅读接触中，张爱玲亦有自己的喜好。不论是在张爱玲自己的文章中，还是在她接受他人访谈以及周边故人的回忆文字记述中，萧伯纳、赫胥黎、毛姆、威尔斯、劳伦斯都被多次提及，作为张爱玲所熟知好读的英国作家，他们无疑在张爱玲的创作中占有一定的地位并具有潜在的影响。

二、张爱玲对英国文学的接受背景

当时的社会时代背景、历史氛围及所受教育等方面对她接受英国文学产生影响。张爱玲最初从母亲和姑姑那里获得的对英国的感知和到英国求学的梦想是她阅读英国文学的动因之一。

（一）时代背景与社会文化氛围

中英文学的交流在五四运动之前就开始了。以小说为例，1853年英国17世纪小说家约翰·班杨的《天路历程》的第一个全译本就是由英格兰长老会来华的第一位牧师宾惠廉与一名中国士子合作译成的。该译本用浅近的文言文形式对译英文，在厦门出版。1856年，上海墨海书院所刻印的英国传教士慕维廉翻译的《大英国志》提到了一批英国作家和诗人，其中包括莎士比亚。1872年，斯威夫特的小说最早被译成中文，译文为《格列佛游记》中的小人国部分。该部分以《谈瀛小录》为名刊载在同年5月21—24日上海出版的《申报》上。1873年英国作家利顿的《夜与晨》由蠡勺居士译成《昕夕闲谈》，并在《瀛寰琐记》上连载。此后，陆续被翻译介绍的英国作家有柯南·道尔、丹尼尔·笛福、史蒂文森、狄更斯、萨克雷、卡莱尔，等等。1911年7月26日《妇女时报》第2期刊载了周瘦鹃的《英国女小说家乔治·哀列奥托女士传》，文章对乔治·艾略特的生平与著述进行了介绍评析，这是我国介绍英国女作家之开端。可以看出，"五四运动"之前我国对英国文学的译介虽相对零散，数量也不多，但英国作家及其作品已经开始被引入中国视野。"五四运动"之后的30年间，中国对英国文学的翻译介绍逐步增多，所涉及的作家也更广。除了上述，当时被译介的主要作家还有萧伯纳、乔治·梅瑞迪斯、王尔德、威尔斯、赫胥黎、劳伦斯、哈代、司各特、勃朗特姐妹、毛姆、盖斯凯尔夫人、康拉德、伍尔夫、詹姆斯·乔伊斯、菲尔丁等。而且，一些英国作家纷纷到中国游历，如萧伯纳、毛姆等。与对美国文学的译介相比，在1939年之前，除了1935年外，英国文学的译介数量都明显多于美国文学。在此之后，美国文学每年的译介数量大都多于英国文学。从以上对当时英国文学在中国译介情形的大致勾勒来看，张爱玲对英国文学的阅读接触与社会时代背景及文化氛围有一定的关联。可以设想到，在1939年去香港大学求学之前，张爱玲在国内所感受到的浓郁的英国文学阅读和"五四"之后中国对英国文学的大量引进，让张爱玲最初的英国想象得以展开，并成为她阅读接触英国文学不可忽视的客观背景。

（二）家庭环境与求学经历

张爱玲的家庭环境及求学教育经历也是她接触阅读英国文学的重要缘由。张爱玲出生在一个没落贵族家庭，所受的是西式教育，从小就开始学习英语，后来中学所就读的圣玛利亚女校是上海著名的教会女子中学之一，当时的教会学校在课程编制上与国人自办的公私立学校不同，全部课程分为英文中文两部，英文部所包括的课程是英语、数、理、西洋史、地以及圣经等科目，所采用者全部是英文课本，并且大部分由英美人（如圣校则是以英美国籍的老小姐居多）担任教授；中文部所包括的课程只有国文及本国史、地三项，初中以下的先生是师范毕业生，年龄在30岁以上的中国小姐；初中以上则多半是清朝科举出身的老学究。当时所有的教会学校都注重英文，而轻视国文。1939年至1942年在香港大学的三年求学经历，不仅让张爱玲相对近距离地感知英国，同时也使她阅读到更多的外国文学著作。限于史料，对张爱玲在香港求学期间所阅读的英国文学难以统计，但从香港大学的办学体制及课程设置中我们可以大致了解到，在前两年，英文课除了写作训练以外，还要名家作品选读，中文包括文学史、散文、诗歌、戏剧、小说选读、文学批评，当时的许地山肯定会多介绍新文学及西方人眼中的汉学，翻译课亦肯定帮助了张爱玲日后的文学翻译。当时港大的中文系，是文史哲三位一体，历史一科，主要是欧洲通史及欧洲与中国的关系。升入三年级，英文的课程数量增加。我们可以推断，港大三年的求学经历让张爱玲在初期已有阅读积累的基础上，进一步开阔了视野，并为以后在创作中对英国文学的接受打下了更为坚实的基础。这是张爱玲阅读接触英国文学的另一个重要客观促生条件与情境。

三、早慧的秘密

张爱玲一向被视为早慧的天才作家，她一出手就惊艳文坛。那些小说是怎样构思出来的？文学的想象力真的是因为她是天才？如果是，那么天才又是怎样生成的？20世纪40年代张爱玲峥嵘头角初露之际，傅雷发表了一篇评论——《论张爱玲的小说》。他把张爱玲作品比作突然探出头来的文艺园中的奇花异景，"这太突兀了，太像奇迹了"。然而，傅雷也指出，"史家或社会学家，会用逻辑来证明，偶发的事故实在是酝酿已久的结果"。可惜，他点到即止，并不试图解释这"奇迹"的发生，其文章更重要的用意是提醒作家不要走向"危险的歧途"，甚至告诫她"才华最爱出卖人"。[①]

---

① 傅雷：《论张爱玲的小说》，载于宏达、于青编《张爱玲文集》（第四卷），合肥：安徽文艺出版社，2012，第443页。

随着传记资料的逐步丰富，读者发现，《传奇》集里的人物和故事原来"各有其本"①，有的取自家族故事，如《金锁记》《花凋》；也有的从个人见闻采摘而来，如《倾城之恋》。然而，小说本身的披露并不能减损作品的魅力。她对素材琢磨加工时如有神助，那深刻的冷眼，对人性的洞察，都给读者难以磨灭印象。毋宁说，她审视俗世故事时体现出的锐利的观察力和写实的小说构建能力更为人所惊叹。那么这观察力与构建能力又来自何处？而作家的失手（如张爱玲自己后来也认为《连环套》写得很糟）真的是傅雷所谓的"才华最爱出卖人"？

"偶发的事故实在是酝酿已久的结果"，傅雷这一点说得对。比如，在上海，张爱玲有意无意地掩盖了她对18世纪英国小说的借鉴。张爱玲与英国小说传统颇有渊源，关于她的小说与简·奥斯汀、毛姆等人的关系是张爱玲研究中常被论及的话题，她在自己的文章和谈话中也多次谈到毛姆、赫胥黎、萧伯纳等英国作家。比起这些常挂在嘴边的现代英国作家，18世纪英国作家及其作品很少被提及。其实，《连环套》的故事与叙事方式酷似笛福的《摩尔·弗兰德斯》，《金锁记》中金钱腐蚀人性、曹七巧最后扼杀女儿幸福的构思在笛福《罗克珊娜》中也可以找到原型，《倾城之恋》则延续了英国小说中"灰姑娘梦"的叙事模式，尤其在情节模式与人物设置上与理查森小说《帕梅拉》《克拉丽莎》有着高度的相似。

傅雷以翻译巴尔扎克小说与罗曼·罗兰的《约翰·克里斯多夫》而闻名，他欣赏的是法国式的现实主义与浪漫主义，尤其赞赏19世纪批判现实主义文学中体现的"斗争性"，因此他自然看不到张爱玲对18世纪英国小说的取法与发展，这使他充满洞见的批评存在了无法克服的盲点。他依照自己的文艺标准，有节制地批评了《倾城之恋》中"过于偏向风雅而俏皮的调情"，尤其严厉批评了《连环套》"没有心理的进展"，风格恶俗，是"西洋镜式的小故事杂凑"。他对《连环套》等作品的批评，也成为后来诸多论者辨析张爱玲文学观、小说观的起点。的确，傅、张的不同立场体现了不同的小说观念，有着雅文学与俗文学的对峙。不过，当18世纪英国小说作为一个参照系被纳入之后，傅雷批评的盲点将会清晰可辨。

在与《传奇集》同期创作的散文中，张爱玲曾经表述过对于现代人"第二轮的生活体验"的反省："像我们这样生长在都市文化中的人，总是先看见海的图画，后看见海；先读到爱情小说，后知道爱；我们对于生活的体验往往是第二轮的。"② 那么，《倾城之恋》《金锁记》等小说会不会是"先

---

① 水晶：《蝉——夜访张爱玲》，载水晶编《替张爱玲补妆》，济南：山东画报出版社，2004，第19页。
② 张爱玲：《童言无忌》，载张爱玲《流言》，上海：五洲书报社，1944，第8页。

读到爱情小说",然后"想象别人的爱情",并写入小说呢?

联系到张爱玲的教育背景,她不大可能不熟悉 18 世纪英国重要的小说作品。张爱玲在上海读的是教会中学,它是美国圣公会主办的有名的贵族学校圣玛丽亚女中。她一心想去英国留学,以优异成绩考上伦敦大学却被战火阻断,进入香港大学。在港大的前两年,英文课有写作训练、名家作品选读等课程,第三年英文课程的文化层次更高。① 英国小说名家的作品自当进入她的阅读视野。另一方面,张爱玲是一个非常自觉的小说家,对小说文体深有心得。她在创作伊始就从英法类型小说中获得创作灵感,《沉香屑·第一炉香》对少女涉世小说、欧洲诱惑小说借鉴不少,结尾薇龙看焰火、观热闹、被戏弄的细节,都能在 18 世纪英国女作家弗朗西斯·伯尼的小说《伊芙琳娜》中找到极为相似的情节描写,其细节的高度相似很难视为巧合。先读到英国小说中的世态人情,然后把"想象"充实到自己见闻的身边故事中,这似乎很符合逻辑。不过,关于证明张爱玲研读英国小说的直接外证,还有待方家指教,以下将从叙事模式、人物形象等方面比较张爱玲小说和几部重要的 18 世纪英国小说,以求从文本内部揭示两者的高度相关。

四、三个相似的叙事模式

(一)"缺乏主题明朗性"的荡妇传记(自传)

《连环套》写的是姘居的主题,广东养女霓喜先后与开绸缎店的印度商人、药材店主、"英国"小官吏同居,为他们照顾家务、生儿育女,却始终盼不到正式的妻子名分与地位,不过她仍然泼辣顽强地生活下去。"在男人堆里讨生活的女人"的主题在中国叙事传统中是绝无仅有的,中国读者熟悉的或是旧传奇的动人爱情(如《霍小玉》),或是秦淮歌伎与文人的诗酒风雅(如《桃花扇》),或是新文学中"出走的娜拉"勇闯社会的悲喜剧(如丁玲笔下的系列新女性)。霓喜的经历虽然坎坷,却不被读者喜欢,不能获得读者的怜悯与同情。

不过,类似主题却可以在英国小说中找到呼应。笛福小说《摩尔·弗兰德斯》的同名主人公和霓喜的经历就颇为相似。同样是出身养女,同样是通过一次次不被法律认可的婚姻和同居来谋生,同样有过美貌的巅峰和被男人热烈追求的魅力,同样有落魄时刻,最后都过上了安稳生活。梁遇春曾经翻译过笛福这本小说,她在当年把标题改译为《荡妇自传》。这本小说在当时

---

① 黄康显:《张爱玲的香港大学因缘》,载陈子善编《记忆张爱玲》,济南:山东画报出版社,2006,第163页。

的中国具有一定影响，曹禺《雷雨》的人物关系设置就有着《摩尔·弗兰德斯》的影子：兄弟两个同时爱上一个在自己家寄身的姑娘，其中自私的兄长与姑娘有私情，弟弟却单纯质朴；开始姑娘不清楚自己的身份，后来从亲生母亲那里得知，丈夫（或情人）竟然是自己的兄弟。弗吉尼亚·伍尔夫把《摩尔·弗兰德斯》归入少数"无可争辩的英国小说巨著"，认为摩尔"是一个有独立人格的女子，并不仅仅是一系列惊险故事的主人公"，肯定她热爱生活，"生气勃勃"。①恐怕这也是当时中国读者接受这部小说的认识框架。《连环套》和《摩尔·弗兰德斯》都采用了传记式的叙事方式。更有意思的是，两者都是以主人公晚年回顾自己一生的方式开始叙事的。

《连环套》背后有英国小说的影子在浮动吗？或许故事本身就有迹可寻，印度商人、"英国"小官吏、西班牙修女等人，构成了广东养女的生活世界，或是清末民初华洋杂处的殖民地现实环境。当看到霓喜一生只是从这人之手传入那人之手时，也无怪乎傅雷形容这部小说是"西洋镜式的小故事杂凑"。但这种叙事方式不正是笛福《摩尔·弗兰德斯》所吸纳的流浪汉小说的文体吗？

傅雷对《连环套》的批评很激烈，就技术和结构而言，"没有心理的进展"，"像流行的剧本"，"像歌舞团的接一连二的节目"；就小说主题而言，内容"贫乏"，"没有中心思想"，"恶俗"。傅雷的批评指向一点——"给大众消闲和打哈哈"，也就是说，完全是通俗文学的写法。有趣的是，《摩尔·弗兰德斯》也曾被批评缺乏"在现代小说中通称为心理分析的名词"。而且，伊恩·P. 瓦特指出，《摩尔·弗兰德斯》的一个重要特征就是把"小说伪装成真正的自传"，为此甘愿冒着"造成形式上的单调"的危险，"用以交换可能实现，而且确实是相对容易实现的绝对真实"。②

张爱玲的《自己的文章》一文对傅雷的批评进行反驳，其中很多笔墨花在辨析《连环套》的主题上。张爱玲反复申明，"我只求自己能够写得真实些"。她指出，现代文学作品"不再那么强调主题"，"却让故事自身给它所能给的，而让读者取得他所能取得的"。她自信"写真实"的信念与方式并不错，只是新旧文人囿于各自的局限不能了解："鸳鸯蝴蝶派文人看看他们不够才子佳人的多情，新式文人又嫌他们既不像爱，又不像嫖，不够健康，又不够病态，缺乏主题的明朗性。"③言下之意，傅雷正是此类"新派文人"，只能理解"健

---

① 弗吉尼亚·伍尔夫：《笛福》，载伍尔夫编《普通读者》，刘柄善译，北京：北京十月文艺出版社，2005，第51、54、55页。
② 伊恩·P. 瓦特：《小说的兴起：笛福·理查森、菲尔丁研究》，高原、董红钧译，北京：三联书店，1992，第117页。
③ 张爱玲：《自己的文章》，载《苦竹》，1944年第2期。

康"或"病态",只会要求"主题明朗",无法体认现实的复杂性。

张爱玲为何如此自信,相信自己走在"写真实"的正路上?难道在于霓喜确有其人?原来,霓喜的原型是好友炎樱家人的朋友麦唐纳太太。张爱玲曾见过麦唐纳太太一次,也曾见过追求她女儿的印度人,而她的故事大都是从炎樱那里听来。这或许能部分说明,为何遭傅雷批评时,张爱玲自辩是在"写真实"。然而,多年后解说小说本事的张爱玲却悔其少作,称"三十年不见,尽管自以为坏,也没想到这样恶劣,通篇胡扯,不禁骇笑"。[①] 看来,有无真事并不能说明小说的真实。艺术的虚构还另有渊源,另有标准。

那么,为何后来张爱玲自己也彻底否定了《连环套》?也许,我们需要再次回到与《摩尔·弗兰德斯》的对比中寻找解答的线索。不管张爱玲是否参照了《摩尔·弗兰德斯》来构思《连环套》,两部小说不仅故事相似,而且它们文体上对传记体、流浪汉小说的吸收也很相似——两个作者都试图通过这种独特的文体来"写真实"。但是,两者确实存在着不同。笛福的小说以主人公为第一人称讲述她过往堕落的生活,叙事中存在不少矛盾的地方,这包括情节事实上的出入,也包括叙述语调的内在矛盾。比如,晚年摩尔以忏悔姿态回顾往事,但回忆过程中又对自己的美貌和狡诈沾沾自喜。同时,笛福笔下那些接近摩尔·弗兰德斯的人,没有一个完全认识到她的真实性格。于是,这个小说人物就成了"普通人时代的'蒙娜丽莎'"。最终,《摩尔·弗兰德斯》成为一个反讽作品,有批评家干脆宣称这部小说是"一部伟大的,也许是最伟大的英国小说"。

然而,这并不是说笛福在有意识地进行反讽叙事,对于坚持经济个人主义的笛福来说,摩尔的自私自利与《鲁滨孙漂流记》的主人公的个人主义实质并无基本区别。伊恩·P. 瓦特认为,笛福处于"小说的兴起"的时代,后来人们才以越来越严肃的态度来看待小说。《摩尔·弗兰德斯》中的讽刺正是后人的辨认,在我们看来,笛福的经济个人主义和对精神拯救的关心形成了小说中的反讽,而两者在他的意识中却并无冲突。笛福几乎是无目的地专心于他的男女主人公的活动,他无意识地、未加考虑地把他们的和他自己的关于他们所生活其中的湮没无闻的世界的想法混合起来,使许多动机和主题的表现成了可能。

如果说,笛福写作《摩尔·弗兰德斯》缺乏反讽的自觉,但是他通过观察力、专注力以及另辟蹊径糅合了自传回忆录与流浪汉小说文体的讲述方式,从而既创造了一种新的主题,又为实现它而创造了一种新的文学形式,那么,

---

① 张爱玲:《张看自序》,载张爱玲《重返边城》,北京:北京十月文艺出版社,2009,第89页。

张爱玲写《连环套》是怎样的情形呢？对于傅雷批评的"内容贫乏"，"错失了最有意义的主题"，张爱玲的回应如前所述，她先是承认写作《连环套》时"欠注意到主题"，转而强调这"缺乏主题的明朗性"不过是不合新旧文人的口吻，自己仍是有主题的。这在当时的中国文坛，无疑也是"一种新的主题"，而小说本身的形式是否适合这个主题呢？

在《连环套》的开头，"我"遇到老年霓喜，不久后造访后者，听她回忆往事，其间不时掺杂叙事者"我"对霓喜讲述的纠正和评论。这里的双层叙事结构——伪自传叙事（内层）和听故事人的评论（外层），呈现出与《摩尔·弗兰德斯》相似的含混性和反讽意味。而小说开头却是傅雷唯一有所肯定的地方。对照张爱玲的其他作品，我们考察到小说的叙事手法，显然是对反讽的有意识的经营。然而，接下去讲述霓喜第一次被卖给印度商人雅赫雅时，小说转而完全变成普通的第三人称叙事，对霓喜形象的刻画再无丝毫的含混，反讽不见了，故事的发展也有些单调重复，因此，这和张爱玲同期的成熟之作相比逊色不少。傅雷批评她"熟极而流"，"把不住舵"，张爱玲后来干脆自贬是"通篇胡扯"。

每个作家都有自己的主题，张爱玲的确没有义务完成傅雷为霓喜故事想象的主题，但在与相似主题的《摩尔·弗兰德斯》对照中，我们可以看出，文学形式的力量甚至比主题的自觉更强大。

笛福并无反讽的自觉，却通过自己创造的文学形式赋予小说以丰富性，造成事实上的反讽效果。无论是否得益于《摩尔·弗兰德斯》，张爱玲在写作时不无反讽自觉，能够在小说开头设置双层叙事结构。可惜的是，这个设置没有坚持下去。在小说进入霓喜早年经历的叙述时，这个叙事方式被匆匆地放弃了。于是，《连环套》的故事及其主题封闭起来，直至无法收束，不能终篇。

（二）金钱与感情的冲突

《摩尔·弗兰德斯》中非常有生命力的女主人公体现了笛福以及他的时代对经济个人主义的信仰。《连环套》显然透露出相似的立场，肯定女主人公"对物质生活的单纯的爱"，而这种经济个人主义还往往体现在有关继承权的个人事务上。继承权问题在笛福和18世纪其他英国小说家的作品中也是非常重要的情节元素，比如弗朗西斯·伯尼的小说《塞西莉娅》中女主人公就为继承权与爱情的矛盾而困扰。张爱玲的《金锁记》描写了"黄金"变成"人性的枷锁"的故事，金钱与感情冲突是小说的核心。这对于中国叙事传统来说具有填补空白的意义。这里"黄金的枷锁"正是披了"继承权"的外衣，吸引着女主人公。傅雷也盛赞《金锁记》刻画黄金欲与恋爱欲的激烈冲突。傅雷肯定张爱玲此篇中凸显情欲的作用,写得可谓"圆满"。的确,作者对七巧与季泽两次调情的描写,细节饱满,充满张力。

除了描写金钱、压抑情欲,《金锁记》还刻画了金钱如何扼杀亲情。七巧剥夺儿女的幸福,尤其是七巧与长安的母女冲突,写来更是动人心魄。傅雷也称赞小说后半段描写曹七巧变态的"报复"——对儿女的折磨。七巧破坏子女的婚姻,形成亲子冲突,既有心理扭曲的一面,也有理智上怕人算计自己金钱的一面。比如,她甚至疑神疑鬼地怕亲侄子打长安的主意,索性把侄子赶走。而这亲子对立,特别是母亲为了自己的利益而牺牲女儿的骇人故事,也出现在笛福小说《罗克珊娜》中。

1. 不可兼得的继承权与爱情

曹七巧由小家碧玉而高攀望族,她的悲剧起因似乎是门户错配。老太太一念之仁让七巧做了自己残疾儿子的正室,而她本来是要被讨做姨奶奶的。七巧做了名正言顺的二奶奶,手里仍然拿不到真金实银,以致兄嫂来探望时心里非常憋屈。但是,她毕竟有希望在丈夫去世之后通过继承权获得货真价实的财富。这继承权的吸引力愈大,也就愈加带来了人性的压抑与扭曲。

七巧与季泽借着"敲核桃"第一次调情,季泽忽然抽身而退,这里有他怕麻烦的因素,更重要的是不值得因沾染上二嫂而影响他在家族中的身份,此时七巧也为着继承权的希望而努力压抑自己。第二次季泽挑逗七巧,已是二爷去世、姜家分家之后。通过继承权获得了财富的七巧,此时峻拒季泽,原因是发觉对方意在骗自己的钱。在中国叙事传统中,金钱与爱欲的冲突不能说没有,但是将金钱与继承权联系在一起,进而与爱欲产生矛盾,而爱欲的对象为同样的矛盾困扰,从而造成女主人公的人生选择困境,这在中国文学史上乏见先例。

然而,类似继承权与爱欲之矛盾的情节模式,正是弗朗西斯·伯尼的小说《塞西莉娅》的基本情节设置。年轻的塞西莉娅即将继承叔父的大量遗产,可是,叔父遗嘱里设置的附加条件却造成了她的困境。那就是,塞西莉娅未来的丈夫婚后必须换上她的姓氏(更准确地说是她叔父代表的家族姓氏),否则,她就要失去继承的资格。而塞西莉娅却和一位拥有贵族血统和姓氏的德威尔先生相爱,对方还是家族的独生子。于是,继承权与爱欲的矛盾成为爱情双方共同的困境,双方的继承权互相冲突,他们都难以轻易放弃各自的继承权。为了爱情,塞西莉娅终于放弃了自己的继承权,在一系列的波折与煎熬中,她一度精神崩溃,变成了一个别人眼中无名无姓的疯女人。

虽然《金锁记》更多描绘了七巧与季泽的自私，《塞西莉娅》则突出了女主人公和德威尔先生的高贵无私，然而，男女双方之间在继承权上的冲突却是相似的，个人的继承权与爱欲之冲突也是相似的。七巧放弃了爱欲，得到了继承权（金钱），心性却日渐扭曲。小说中透过来访的童世舫之眼，写出了这个"疯人"如何令人"毛骨悚然"。塞西莉娅放弃了继承权，却被逼得一度精神失常，虽然后来康复，并与德威尔先生最终成婚，但"大团圆"的结局带着鲜明的人工痕迹。

此外，《塞西莉娅》还塑造了一个为了继承权而接受不美满婚姻的蒙克顿先生。他为了金钱压抑爱欲，并因此造成阴暗心理，在某种程度上，这个角色更接近七巧。为了金钱和地位，蒙克顿娶了一位 67 岁的玛格丽特女士，对方几乎比他年长 40 岁。蒙克顿本来喜欢塞西莉娅，希望等老妇人去世后他获得遗产就可以迎娶暗恋的姑娘。遗憾的是，直到 77 岁，玛格丽特依然活得很好，而塞西莉娅却另有意中人。蒙克顿为此痛苦不已，也由此心态扭曲，恶意破坏塞西莉娅与德威尔先生的关系。七巧和蒙克顿都遭遇了自己亲手选择的不幸婚姻，他们本来令人同情，可是，当他们自己不能获得幸福时，他们扼杀别人的幸福，于是，他们终于将"悲剧变成了丑史，血泪变成了罪状"，这令人晞嘘。

2. 亲子冲突

在《在金锁记》的后半段，七巧将"报复"施诸子女，比之《塞西莉娅》中蒙克顿的由爱生恨，心理扭曲程度更胜一筹。俗语说，虎毒不食子，张爱玲却偏偏描绘了一个"食子"的母亲。被金钱腐蚀了的母亲，心态扭曲，视女儿为仇敌，这又是中国叙事传统中罕见的主题。

以"扼杀亲子"的方式表现道德震撼，西方文学传统素来有之。古希腊悲剧《美迪亚》中女主人公为了报复丈夫伊阿宋的背叛而杀死亲生子女。对女性不幸命运之同情，对女性畸形复仇心态之刻画，欧里庇德斯可谓首开先河。当然，这不过是上溯"因报复而食子"的悲剧可以找到的神话起源，而在笛福小说《罗克珊娜》中，却有着与《金锁记》中母女对立、母亲牺牲女儿的情节模式极为相似的人物关系设置。

同为笛福的作品，《罗克珊娜》的故事与《摩尔·弗兰德斯》有一定的相似性。该小说描写一个被丈夫遗弃的女人，不得已抛下五个孩子，改名换姓，依靠出卖色相从底层逐渐爬到上层社会。在小说结尾，女儿苏珊上门认母，罗克珊娜害怕自己的身份被揭穿，这会摧毁她依靠谎言建立起来的奢靡生活。终于，在多次内心争斗后，她默许对自己绝对忠实而又胆大泼辣的女仆杀死了苏珊。弗吉尼亚·伍尔夫很推崇《罗克珊娜》，称它与《摩尔·弗兰德斯》属于"少数几部无可争辩的英国小说巨著之列"，这口吻倒令人想起傅雷称《金锁记》"至少也该列为我们文坛最美的收获之一"。

对于《罗克珊娜》结尾的评价，英美学界有一个有趣的转变。起初，很多学者认为小说的结构存在严重缺陷，尤其是结尾罗克珊娜与苏珊母女的一段纠葛，破坏了小说的完整，打乱了故事的主题，小说变成了两个不同的故事的叠加，前一个是"幸运的情妇"，以婚姻结束，后一个是"女儿苏珊的故事"，结局阴暗而不确定。然而，随着18世纪英国小说重新成为研究的热点，尤其是伴着伊恩·P. 瓦特《小说的兴起》开创的学术新视野，研究者对这一时期英国小说的认知也发生了决定性的转向。18世纪不再被简单地视为理性时代，学者们重新发现了这个时代以个人主义和"自我"的发现为标志的现代性观念，它们恰恰伴随着偏执、压抑和初始的疯狂而展开。在这个意义上，笛福恰恰通过创造一种形式现实主义的叙事方法，展示人物的复杂内心，在小说叙事上开创了一个新的境界。而苏珊故事的存在，正是构成《罗克珊娜》具有张力的叙事魅力之重要因素，体现了小说的道德深度。

当然，《罗克珊娜》和《摩尔·弗兰德斯》在结构上有着很大相似，它们都依赖自传框架和形式现实主义的叙事手法，把缺乏直接关联的情节逼真地串联在主人公的生平故事中。这既造成了笛福小说结构上的某种松散，也为小说带来了真实感、反讽效果与心理深度。张爱玲在《金锁记》《连环套》《创世纪》中也采用了类似的传记写法。《金锁记》接近《罗克珊娜》，《连环套》接近《摩尔·弗兰德斯》，《创世纪》像是《罗克珊娜》叙事顺序的反转（先讲子辈，后引出祖辈、父辈）。不过，其中只有《金锁记》获得了成功，后两篇都未完成，这或许证明这种通过曲折情节和松散结构来追求真实感的笛福式传记叙事方法，在现代并不容易复制成功。

类似《罗克珊娜》，《金锁记》也可能面临着"前后两截断裂"或者"两个并列故事"的结构问题。它的成功，恐怕很大程度取决于主题上的开拓。中国传统女性比之英国女性地位更低，几乎与继承权无缘，自主选择婚姻的机会也很少，依附性更强，缺乏经济独立的可能，更缺乏独立意识。因此，在中国女性身上不太容易展开金钱与爱欲冲突的叙事。亲子冲突，在中国叙事传统中倒不乏先例。不过，古代的亲子冲突往往是忠孝不能两全，或者是亲情与爱情的两难。五四新文学的亲子冲突，则基本沿袭"子辈反抗父辈的专制/压迫"的主题。《金锁记》却与之不同，亲子冲突从外在矛盾变成了内在的心理剧。

在张爱玲的其他早期小说中，父母与女儿冲突的根源还往往在于利益的对立，这也是中国叙事传统中很少触及的世情。张爱玲写了不少"嫁女"的故事，这类小说基本上都存在父母与女儿利益的冲突。《琉璃瓦》《花凋》是典型，此外，《金锁记》《多少恨》《十八春》中也有类似的内容。"嫁女"主题很容易让人联想起简·奥斯汀的小说，尤其是《琉璃瓦》和《傲慢与偏见》很相近，它们都写了只有女儿的家庭在一次次"嫁女"过程中的世态人情。在奥斯汀小说中，父辈与子辈利益冲突固然有迹可循，但并非其主旨所在。和简·奥斯汀对父母辈善意的微讽不同，张爱玲小说中对父母的批评要严厉得多，父母与女儿的关系也由于经济利益而紧张。比如，《琉璃瓦》中姚先生很明白"女儿是赔钱货，但美丽的女儿向来不在此例"；又如《花凋》中川娥得了病，郑先生、郑太太都不肯为她花钱，甚至把这层意思直接告诉女儿，使川娥失去求生欲望；再如《多少恨》中父亲不顾尊严去求爱恋女儿的雇主；《十八春》中母亲和姐姐联手葬送了妹妹曼桢的幸福。

奥斯汀小说受弗朗西斯·伯尼影响很深，延续了伯尼对女性、婚姻、道德与金钱的关注，她将18世纪的罗曼蒂克更替为19世纪以嫁女为主题的"世情小说"，脱去了伯尼小说的言情色彩，发展了小说的反讽艺术与道德深度，达到了小说叙事的新高度。或许正是有了这样的新标杆，张爱玲在"嫁女"故事中也体现了更为圆熟、完满的叙事风格，将"亲子冲突"写得微妙而深入。

（三）变形"灰姑娘梦"

张爱玲小说中还有一类"灰姑娘故事"，这也可以从英国小说中找到相似的对应。塞缪尔·理查森的小说《帕梅拉》首开先河，弗朗西斯·伯尼、奥斯汀、夏洛蒂·勃朗特、盖斯凯尔夫人等先后重演了英国小说中绵延不绝的"灰姑娘之梦"的叙事传统。"灰姑娘之梦"的系列故事，自然不无笛福式的经济个人主义色彩，因为这个叙事模式的核心之一就是女主人公经济地位的上升。不过，理查森开创的这一叙事模式，更重要的在于强调了女主人公强烈的自我意识和道德感。不论是理查森的帕梅拉、克拉丽莎，伯尼的伊芙琳娜，奥斯汀的伊丽莎白·班奈特，还是夏洛蒂·勃朗特的简·爱，莫不如此。小说着力刻画个体自我意识的觉醒，这是18世纪英国个人主义观念在文学上的表征，也是伊恩·P.瓦特把理查森作为"小说的兴起"的重要代表的原因。

关于《沉香屑·第一炉香》对弗朗西斯·伯尼《伊芙琳娜》等作品的借鉴，下一节会进一步详述。《多少恨》中女家庭教师与有妻室的雇主之间感伤的爱情故事，也容易让人想起《简·爱》。更有趣的是，《倾城之恋》这个变形的"灰姑娘故事"和开创了英国小说"灰姑娘梦"的理查森小说《帕梅拉》《克拉丽莎》有着更多内在的同构性。从其人物形象设定、情节模式、甚至

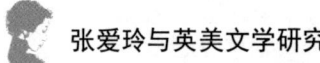

不少具体细节，都不难看出后者的影响印迹。

《倾城之恋》发表之后，特别是由作者改编的同名话剧上演之后，很多人把它与好莱坞电影《乱世佳人》相提并论，认为柳原这个人物尤像"《飘》里的白瑞德"。①也有论者认为，《乱世佳人》和《蝴蝶梦》"非常深刻地启发和影响了张爱玲的创作"，"好莱坞的现代罗曼蒂克（传奇）"正是"张爱玲叙事模式的现代性之源"。②而当时的批评者也认为，张爱玲的《传奇》"像好莱坞的电影脚本"。

将《倾城之恋》与好莱坞罗曼蒂克联系起来，确实很有道理。同样是"传奇"，中国旧小说的经典言情模式是《西厢记》式的"公子落难佳人相助"，而西方罗曼蒂克的经典类型则是"王子拯救灰姑娘"。《乱世佳人》《蝴蝶梦》等好莱坞罗曼蒂克遵循的是西方传统的"灰姑娘传奇"叙事模式，《倾城之恋》讲述的也是一个变形的"灰姑娘传奇"，小说的核心情节正是通过身份较低的女主角成功地和身份更高的男主角结婚而改变了命运。只不过，这里的女主角不再是单纯无知的美少女，而是一个不够年轻的离婚女人，男主角不再是高贵无私的英俊王子，而是一个身家富有的浪子。遵循"灰姑娘模式"，流苏也有个"教母"般的帮手——徐太太，她把流苏引进了"王子的舞会"。如同灰姑娘的后母，母亲也不站在流苏一边。流苏虽然是她亲生的，她却怕人说闲话，不肯袒护流苏而有意捧着非亲生的宝络。流苏还有两个对自己恶言相向的嫂嫂，正如灰姑娘那两个坏姐姐。甚至在流苏成功嫁给柳原后，四嫂也像灰姑娘的姐姐硬要试水晶鞋般也要学流苏离婚。

《倾城之恋》的故事并非张爱玲虚构出来的，其题材取自作者母亲的两个牌友。张爱玲曾经谈到，当年在香港见过他们，这两个人本是到香港小住，遇到珍珠港事件，"就此同居"了，这是《倾城之恋》的"起因"。他们的故事，张爱玲写了不止一遍。在《小团圆》中，项八小姐和毕大使的关系很像流苏与柳原，两个女人都希望通过婚姻获得"经济地位的提升"。此外，《小团圆》中南西与杨医生、《易经》中缇娜与吴医生这两对夫妻的故事也极为相像。从他们身上，我们也可以看出流苏和柳原的影子。他们故事的核心是"同居还是结婚"的冲突。不过，张爱玲也说过，其实赋予《倾城之恋》动因的是两个人给自己的"印象并不深"。流苏和柳原的形象与项八小姐毕大使、缇娜吴医生、南西杨医生都不太像。如果不是作者自己讲明，读者不容易看

---

① 苏青《读〈倾城之恋〉》（上海《海报》1944年12月10日）认为，"柳原的个性有些像《飘》里的白瑞德"。沙岑《评舞台上之〈倾城之恋〉》（上海《平报·新天地》1944年12月21日）认为，范柳原是"一个风流的人物，有点像似《飘》中的白瑞德的人物"。
② 解志熙：《"反传奇的传奇"及其他》，载《中国现代文学研究丛刊》2009年第1期。

出第一对和后几对小说人物有着相同的题材。这样说来,香港所见真的只是一个"起因",流苏和柳原的故事已经离开了触发作者创作灵感的由头。

《倾城之恋》发表于1943年9月的《万象》杂志。张爱玲认识胡兰成还在半年之后的1944年初。一个没有爱情经验的作家,又并未按照现实中的原型来描摹,她是怎样创造出文学史上这一对经典形象的呢?完全是出于天才的想象?如果是,这想象又是从何而来的呢?有何依据呢?对比《倾城之恋》与塞缪尔·理查森的小说《帕梅拉》和《克拉丽莎》,我们会发现前者与后两者有很多难以称之为偶然或巧合的相似点,也许这正是一个突破口,证明张爱玲确实从18世纪英国小说借鉴很多。

五、《倾城之恋》与理查森小说

1907—1917年出版的20卷《剑桥英国文学史》是备受推崇的权威著作,该书设有专章论述理查森小说,内容包括《帕梅拉》取得巨大成功的原因和《克拉丽莎》的独异之处。张爱玲当年在英式教育背景的港大读书成绩很好,是获得奖学金的优等生,按理说应该像一个中国大学生了解曹雪芹或蒲松龄一样了解理查森。其实,在张爱玲创作《倾城之恋》的时代,理查森的作品在中国早有介绍和翻译。周作人当年在北大讲授"近代欧洲文学史"时就提及以上两部作品,赞其"写女子心意,皆至微妙"。[①] 周瘦鹃也曾缩译《克拉丽莎》,并以《焚兰记》为题,收入其于1925年出版的翻译小说集《心弦》。张爱玲熟悉周瘦鹃的小说,母亲和姑姑又都是周瘦鹃的小说迷,她亮相文坛的第一篇小说《沉香屑·第一炉香》即因经亲戚介绍亲往周瘦鹃家投稿自荐而发表的。有鉴于此,按常情推断,张爱玲或许不难注意到作为《心弦》首篇的《焚兰记》。遗憾的是,似乎缺乏资料证明她确实研读过理查森的小说。张爱玲在文章和访谈中虽然提及很多英美小说家,偏偏没谈过理查森,不知是否存在"影响的焦虑"。

《帕梅拉》出版于1740年,是塞缪尔·理查森的第一本书信体小说,讲述了虔诚美丽的女仆帕梅拉如何抵制主人B先生的威逼利诱,保持自己的贞洁,并最终以美德赢得了B先生的爱慕,两人成婚的故事。《克拉丽莎》(1741—1748年分部出版)是继《帕梅拉》之后理查森创作的更复杂更具深度的一部书信体小说。小说的女主角克拉丽莎和帕梅拉一样虔诚美丽,家人为了利益,逼她嫁给一个粗鄙的富商。克拉丽莎为了反抗不合理的婚姻逃出了家门,不幸却落入花花公子拉夫雷斯的圈套。后者设下种种计谋,逼克拉

---

① 周作人:《近代欧洲文学史》,止庵、戴大洪校注,北京:团结出版社,2007,第95页。

丽莎做他的情妇。但事与愿违后竟然强暴了她。经历了精神和肉体的双重折磨后，克拉丽莎不肯屈服，最后面对死亡完成了精神的升华。这两部小说奠定了理查森在英国文学史上的地位。《帕梅拉》被看作英国最早的小说之一，而且是英国第一部畅销小说。它在一年之中五次再版，引发了当时文化生活的一场轰动，效仿的作品（如《帕梅拉在上流社会中》《帕梅拉传》等）、反对的声音（著名如海伍德的《反帕梅拉》、菲尔丁的《莎梅拉》等）接踵而来。《克拉丽莎》则是英国文学史上最长的小说，这部杰作启发了卢梭《新爱洛伊斯》、拉克洛《危险的关系》、歌德《少年维特之烦恼》等重要作品。理查森创造了英国现代小说的典范，深刻影响了后来的英国小说和欧洲小说，乔治•艾略特、简•奥斯汀、亨利•詹姆斯等后世诸多小说家身上多少都叠映着理查森的影子。

（一）《倾城之恋》的不透明叙述和理查森小说的情节模式

《倾城之恋》是张爱玲的代表作之一，但细读之下我们会发现小说中多少有些奇怪的成分，或者说是不够自然的叙事痕迹。比如，柳原和流苏只跳了一支舞，他就不辞辛苦地设下香港情局，还放心大胆地利用生意伙伴之妻徐太太，让后者帮忙把流苏从上海带到香港。比如，小说中徐太太这个人就有点怪，身为白流苏家的亲友，本要把柳原介绍给流苏的妹妹，后来却转而热心地为流苏和柳原牵线。她明知道柳原并无娶流苏的意思，也不怕白家人埋怨她。而白家人竟然对徐太太带流苏去香港的举动听之任之，并无异议。还比如，流苏第二次应柳原之请返回香港后，她有一次晚间从浴室熄灯出来，而在此之前偏偏忘记了开房间的灯，黑暗中柳原已经藏在她床上，却不知他缘何能够进得门来。之后他自然而然逼流苏就范，拿准了她再无反抗的勇气。流苏的形象也有不够自然的痕迹。她出身世家，能够毅然和不成器的前夫离婚，能够和哥嫂据理力争，能在和柳原的关系中一直尽力保持矜持，然而，她竟然不曾读过书，连起码的《诗经》也听不懂，还要柳原给她解释。

当然，张爱玲有讲故事的天分，她在叙述中尽可能地使上述不够自然的桥段平滑顺畅，于是给了很多理由，诸如柳原是华侨，又是浪子，还是有钱人的私生子，行事和旁人有别情有可原；徐太太的先生是柳原的合作伙伴，要巴结他，商人重利，为了自己的利益牺牲亲友家一个离过婚的女儿不算什么；流苏家人呢，多少觉得她是个累赘，不关心她的死活；流苏是个新旧时代交替中的旧女性，她的精明和自尊也兼有新旧时代的印记……当把《倾城之恋》与理查森的《帕梅拉》《克拉丽莎》对照时，我们才会发现这些不自然之处恰恰可能是借鉴时没有完全消化而遗留下来的痕迹。

首先,《倾城之恋》和《克拉丽莎》共享同一个非常重要的人物关系设置:男主角先后追求女主角姐妹两人。柳原本是妹妹宝络的相亲对象,后来却转而追求姐姐流苏。拉夫雷斯开始是姐姐阿拉贝拉的追求者,后来却转向了克拉丽莎。这在一定程度上使得女主人公的家庭很难同情她。又如,《帕梅拉》多次描写 B 先生潜入帕梅拉的房间欲行非礼,而《克拉丽莎》中拉夫雷斯则刻意以夫妇名义安排两人住在旅店相邻房间,并多次试图闯入克拉丽莎的房间。柳原最后追流苏就范,正和 B 先生和拉夫雷斯的行事方式相同。其实,对比《倾城之恋》与理查森小说,可以找到支撑小说情节进展的五个非常相似的情节模式。

1. "灰姑娘与王子"式的男尊女卑关系

男主人公的身份、地位要高于女主人公,男主人公有着浪子的秉性,不愿承诺婚姻,同时希望从精神上"征服"女主人公,让她甘心做情妇。《帕梅拉》中 B 先生与帕梅拉是主仆关系。《克拉丽莎》中,拉夫雷斯比克拉丽莎所属的哈娄家身份高得多,拉夫雷斯显然看不起商人出身的哈娄家族,说他们是"从粪堆上发家的"。因此,伊格尔顿将拉夫雷斯与克拉丽莎的"战争"看作是贵族和资产者的阶级之战。《倾城之恋》中,范柳原是正当壮年的"标准夫婿",有不少产业,更有"无数的太太们急扯白脸的(编者注:地)把女儿送上门",而白流苏是离过婚的女人,已经不够年轻,寄住在娘家,经济上也有些捉襟见肘。帕梅拉和克拉丽莎都能够书写文法很好的日记、书信,但在文化修养上仍不能跟 B 先生、拉夫雷斯相提并论;流苏虽出身世家,但没有读过书,反倒是华侨柳原常常引经据典。

2. 女主人公被困于相对隔绝的异地,处于男主人公的掌控中

在《帕梅拉》中,帕梅拉发现 B 先生对自己的不良企图之后,要求辞职回家,B 先生表面上答应,暗地里却设计让马车夫把帕梅拉带到了自己的另一处庄园,把她幽禁起来,试图使她屈服。在《克拉丽莎》中,女主人公逃出自己的家庭之后,先是被拉夫雷斯带到旅店,后来又被他骗到伦敦的一家妓院,软禁起来。《倾城之恋》中,则是柳原将流苏从家乡上海引到了香港,住在浅水湾饭店里。

3. 男女主人公之间有一个媒介,往往由中年女性担任

在《帕梅拉》中,B 先生在他幽禁帕梅拉的庄园里安置了一个败德的女管家朱克斯太太,用她来看护和说服帕梅拉。而之前在 B 先生自己家里,帕梅拉和女管家杰维斯太太关系很好。尽管杰维斯太太很善良,但她对 B 先生却非常忠诚,对 B 先生觊觎帕梅拉这件事也持较为宽容理解的态度,这在某

第四章 张爱玲与英美文学

种程度上助长了B先生的气焰（在菲尔丁的戏仿之作中，暗示杰维斯太太本人就是一个老鸨）。在《克拉丽莎》中，拉夫雷斯让辛克莱这个老鸨冒充守寡的良家妇女，把妓院房间加以改造，骗克拉丽莎住了进来，从而使这个无辜少女处于邪恶的辛克莱的控制中。在《倾城之恋》里，柳原则利用有求于他的徐太太。在"理查森模式"中，作为媒介的败德中年女人是必不可少的。张爱玲借鉴了此模式之后，把这个女人变成了徐太太。

4. 男主人公严重"得罪"女主人公一次，但他没有得逞

在《帕梅拉》中，B先生经过许多次利诱威逼却失败之后，夜里悄悄扮成喝醉了的女仆，要和帕梅拉、朱克斯太太睡在一张床上，试图趁机强暴帕梅拉。帕梅拉激烈反抗之后晕倒，B先生放弃了原来的打算。在《克拉丽莎》中，拉夫雷斯自导自演了一场假火灾，妄图让克拉丽莎投进自己的怀抱。饶是拉夫雷斯精心设计，克拉丽莎还是不肯就范，苦苦哀求、以死相逼，拉夫雷斯不得不放弃了他的打算。在《倾城之恋》中，流苏第一次来到香港时，柳原一直保持"君子风度"，"连她的手都难得碰一碰"。只有一次在海边沙滩上，两个人借着打蚊子互相"劈劈啪啪打着"，"流苏突然被得罪了"，一个人断然拂袖而去。

5. 男主人公设计夜晚藏在女主人公房间，逼其就范

在《帕梅拉》中，B先生曾经扮女仆藏在帕梅拉睡房试图强暴她，遭到反抗，帕梅拉昏倒。在《克拉丽莎》中，拉夫雷斯多次设想用巧计潜入克拉丽莎的睡房。拉夫雷斯刚带克拉丽莎离家出走，住到旅店，安排她住在隔壁，并为此心神荡漾（信97）。后来，他曾编造出一个"富家孤女"帕廷顿小姐，要和克拉丽莎住在同一间房（信158）。但是谨慎的克拉丽莎觉得事有蹊跷，拒绝了这个请求。在《倾城之恋》中，流苏第一次来到香港，柳原安排她住在自己隔壁房间，这让流苏心里一惊。流苏第二次来到香港，柳原恰恰就像B先生或者拉夫雷斯预想的那样，黑暗中神不知鬼不觉地成功躺在了流苏房间的床上。当然，这一次流苏没有拒绝，B先生和拉夫雷斯千方百计不能实现的梦想，就由柳原来完成了。流苏不够情愿地做了这个浪子的情妇。

通过这些类似情节设置的对比，《倾城之恋》中柳原、流苏、徐太太以及白家众人身上那些不透明的叙述不难得到有效的解释，那正是借鉴中没有完全消化的痕迹。当然，如果《倾城之恋》确实存在借鉴的话，更多的是成功，尤其在男女主人公形象的刻画上。

（二）矜持淑女：流苏的低头与帕梅拉的昏倒

作为"灰姑娘传奇"中身份较低的女主角，流苏的形象设定和帕梅拉多有重合：美丽而矜持，不无心机，并被男主人公判定有造作之嫌。一个美丽的女主角才能获得男主人公的爱慕，这是罗曼蒂克的惯例，也最容易获得读者的认可。这不言而喻。而流苏和帕梅拉身上最重要的矜持特征，一方面表现了她们面对不够真诚的求爱者时保有理智或者精明，另一方面表现了她们重视贞操，并以此作为淑女的标志。

在帕梅拉的时代，阶级的壁垒、性别的差异等社会文化因素，都使得B先生不道德的"情妇计划"在当时的英国并不少见，倒是他后来和帕梅拉结婚的决定让周围的人大吃一惊。人们不肯相信一个女仆竟然有着自己的主见、高尚的道德和人格，不肯相信她竟然成功跃上女主人的宝座。[①] 其实，就连B先生一直也以为帕梅拉是在装模作样，称她"小妖精"，一次次提高价码，甚至开出了明码标价的包养契约。直到最后，他才发现帕梅拉的虔诚、对贞操的珍视并非故作姿态。不过，小说中很有意味的描写就是，帕梅拉一直怀着对贞操被夺的巨大恐惧，甚至草木皆兵。但是，她一方面谴责B先生的"邪恶"用心，另一方面对他却并无恶感，相反还很关心对方的安危。等到B先生真诚地向她求婚时，她马上就非常幸福地接受了，并对出任B太太这一社会角色表现出异乎寻常的热情。因此，小说出版后，在赞美帕梅拉的声音之外还出现了一种反对帕梅拉的声音，认为帕梅拉深藏心计，她表现出的贞洁只是为了更高的报偿——成为梦寐以求的女主人。如果说《帕梅拉》中十五岁的女主人公形象中存在某些自相矛盾和模棱两可的地方，或者如有学者指出的，她对"美德"的"强调和坚持至少有一半是出于对个人现世福利的关怀"，[②] 那么菲尔丁的戏仿之作《莎梅拉》就干脆重新讲述了一遍这个故事，把帕梅拉改写成假装正经，实际上却在精心策划勾引男主人的坏女人。

在《倾城之恋》中，流苏的形象无疑包含了理查森的"帕梅拉"和菲尔丁的"莎梅拉"两种成分。而她们最终获得如意婚姻，很大程度上取决于她们的理智（或者说精明）。在流苏的时代，一个离过婚的女人本来就没有多少选择，而不够年轻、不够富有的处境更使她缺少矜持的本钱，但正因为如此，她更加需要保持着最后的身价——"淑女的身份"。柳原"得罪"她时，虽然流苏的家教和修养注定了她不可能不有所抗议，但是她不肯以身相许更包含着细致的算计。从流苏的角度来看，她把这场博弈看作一场必须打赢的

---

① 参见吕大年：《理查森和帕梅拉的隐私》，载《外国文学评论》2003年第1期。
② 黄梅：《推敲"自我"：小说在18世纪的英国》，北京：三联书店，2002，第140页。

战争，她的"现实主义"和"精刮盘算"也是由她的处境所导致的。

在强弱悬殊的关系中，处于劣势一方的流苏，既要矜持，又不能显出偏执的无礼和傲慢，于是她有意无意地在淑女风度中保持一种适宜的谦卑姿态，以退为进，既得体，又富于吸引力。柳原其实很明白流苏的心态，了解她和自己的交往掺杂了很多私念——逃离那个没有什么亲情的家庭，为后半生找个经济后盾。因为看出了流苏的温顺谦卑中多少有着故意伏低的成分，于是柳原戏谑流苏喜欢低头。但如果批评流苏是全然做作的，这对她并不公平，因为她的这种风度当然也得之于她破落望族的家教。

帕梅拉与B先生的身份差距更甚于流苏与柳原，所以她的保持尊严也就更加具有"形式感"。面对B先生的非礼，帕梅拉既不能顺从，又不能激烈反抗，她的方式是"昏倒"。在B先生面前，她昏倒过三次。对于这一而再，再而三的昏倒，B先生不无嘲讽地说她很幸运地掌握了昏倒诀窍并能随时随地昏迷过去。几次昏倒并没有改变B先生对帕梅拉的看法，直到他拿"情妇契约"谈判被拒绝以及随后看到帕梅拉的日记，他才打消了对她的疑虑。

与B先生的关系中，帕梅拉在金钱、地位上都处于劣势，不过她的家庭是支持她的，只是力不从心。在与家庭的关系中，流苏和帕梅拉的境遇是不同，倒是和克拉丽莎更接近。在《克拉丽莎》中，女主人公继承了祖父的遗产，这使她变得富有，但同时也引起了父亲，尤其是哥哥、姐姐的嫉妒和不满。他们一起逼迫克拉丽莎嫁给粗俗。

流苏在家里的境遇与克拉丽莎颇有类似之处，哥嫂用完了流苏的钱，就希望她赶紧嫁给徐太太介绍的中年丧偶者。流苏在哥嫂那里受了气，向母亲哭诉，母亲只是息事宁人、隔靴搔痒地安慰两句。在张罗两个女儿的婚事上，母亲怕人说闲话而一味捧非亲生的宝络，却忽视了流苏。所以流苏不无伤心地想到，她想象中能够依赖、祈求的母亲，"与她真正的母亲根本是两个人"。流苏的母亲或许不是不爱女儿，可是她要维持在家庭中的地位，就要认同儿子儿媳。她的软弱、自保也是流苏在家庭中孤立无援的重要因素。这正和克拉丽莎的母亲一样，后者也爱女儿，却软弱无能，以忍让换取家庭的和平，结果丧失了自己仅有的一点权力，不能给克拉丽莎任何帮助。

论者往往认为张爱玲善于揣摩女性心理，流苏这个人物的塑造比男主人公柳原要饱满。然而，傅雷批评小说对流苏的刻画在小节上存在不少漏洞，比如流苏"没念过两句书"而居然能够和柳原针锋相对，比如没有追述流苏离婚以前的生活经验，这使她离家以前和以后的思想行动显得不可解。这的确是很敏锐的观察，不过，与其判定这些"漏洞"缘于作者缺乏对现实生活的观察，倒不如说是摹仿理查森小说带来的结构性问题。因为克拉丽莎是一个读书很多、具有独立思想倾向而缺乏生活经验的商人之女,帕梅拉则是虔诚聪明而文化水平欠佳的女仆。或许在融合这两个人物的个性塑造流苏时,纵使张爱玲十分善于吸收改造,仍然留下了不够圆滑的笔触。

六、虚无浪子:柳原与拉夫雷斯的真情瞬间

如果说流苏与帕梅拉不无相似,那么柳原更像造成克拉丽莎悲剧的拉夫雷斯。理查森当然是把拉夫雷斯当作坏人来写的,但却不能阻止读者为这个浪子着迷。以至于理查森不得不为小说加上注脚,提醒读者拉夫雷斯的败德。这个有魅力的引诱者和迫害者,他离经叛道的思想,不乏锐利和前瞻,何况他在相貌、智力和勇气上,都超过他人。前面讲过,在《倾城之恋》的小说和张爱玲自己改编的话剧面世后,读者和观者都把柳原与当时的"万人迷"——《飘》中的白瑞德联系起来。苏青评价柳原时也强调,他"能给女人以美妙的刺激"。① 柳原当然自有其魅力,无怪乎有人在几十年后专门为他做了一部小说《范柳原忏情录》。

在范柳原这个人物的身份设定上,我们可以看到他和拉夫雷斯有微妙的相似。首先,他们都是上层社会的成员,在经济上、相貌上都有自负的资本。第二,比起同阶层的人,他们立身处世可以较有自由,因为两人都是父母双亡。第三,他们的上层身份都有不够尊贵或不够稳定之处。柳原是私生子,母亲是交际花,为此他的继承权也来之不易。拉夫雷斯虽有贵族血统,但他本人没有封号,按照英国的贵族制度,伯父死后他才有可能被重新册封,因此严格来讲他本人不是一个贵族,只是一位中产阶级绅士。理查森对这类中产阶级有着特别的关注,《帕梅拉》中B先生也是这个阶层的一员,他上过大学,是下议员(不能进上议院,可见也不是严格的贵族)。张爱玲在《沉香屑·第一炉香》中也塑造过与柳原身份很接近的乔琪乔,后者也是个私生子,其父是一位爵士。

在《倾城之恋》中,范柳原的亮相是很讲究的。在小说尽情铺叙了流苏在家庭中的尴尬地位后,柳原才出场。先是作为妹妹宝络的相亲对象,由徐太太向白公馆隆重介绍柳原,接着由四嫂绘声绘色地描述,相亲时"姓范的"如何"掏坏"。他的正式亮相,还要等到流苏住进香港的浅水湾饭店。在男主人公的"迟到"这一点上,《克拉丽莎》和《倾城之恋》非常相似。作为书信体小说,拉夫雷斯的名字虽然一开始就出现在了克莱丽莎和好友安娜的信件中,起初身份却是克拉丽莎姐姐阿拉贝拉的追求者。迟至第三十一封信,

---

① 苏青:《读〈倾城之恋〉》,载陈子善编《张爱玲的风气:1949 年前的张爱玲评说》,济南:山东画报出版社,2004,第 104 页。

拉夫雷斯才正式"开口",在写给朋友约翰·贝尔福德的这封信中,他透露了对克拉丽莎的极大兴趣,并洋洋洒洒地叙述了对她和她所属的哈娄家族的看法,尽显一个浪子矛盾复杂的心态及其不无骄矜的"纨绔哲学"。①

在行事上,柳原身上往往藏着拉夫雷斯的影子。比如,两人都喜欢引经据典。柳原对流苏援引诗经,但他偏偏篡改了句子,把"死生契阔,与子成说"的后一句改成"与子相悦",本是缔结约定的"成说",变成了不肯承诺的"相悦"。于是"执子之手,与子偕老"的誓言也变成了"最悲哀的一首诗"。这只证明了那誓言的虚空。有意思的是,拉夫雷斯也很喜欢引用莎士比亚、德莱顿等人的诗句。他诡辩时援引的诗文在被搬离原来语境后却并不总是适合他,"经常在一定程度上构成了对他的讽刺"。又比如,柳原和流苏在浅水湾海岸散步,被别人误作夫妇,他坏笑着对她说"你别枉担了这个虚名",这让流苏"蓦地里悟到他这人多么恶毒"。而拉夫雷斯将克拉丽莎带到伦敦之后,让她以拉夫雷斯夫人的名义住店,理由是不让人产生怀疑,实际上却是为了更加牢牢禁锢住她。这两个浪子的行事方式如出一辙。

读者为拉夫雷斯着迷,甚至同情、认同他,因为理查森让他自己开口讲话,把他塑造成了一个具有多重复杂人格的悲剧人物。他一方面要挑战克拉丽莎的"完美",要靠巧诈和强力征服这个"美德"的象征物;另一方面他对克拉丽莎也有着发自内心的爱恋与敬畏。在面对这个圣洁美丽的姑娘时,也会情不自禁地流露真情。可惜的是,克拉丽莎虽然读书很多,是个内心丰富的女性,但是她与这个浪子的思想差距太大,尽管被他吸引,却不可能理解他的矛盾与纠结,也就不可能准确地认知和把捉到那些弥足珍贵的真情时刻。《克拉丽莎》有一段精彩的描写(信200—信202),它描绘出了浪子拉夫雷斯的"片刻真情",以及克拉丽莎与他之间的隔膜与交错。在伦敦,拉夫雷斯用逼真的假求婚骗过克拉丽莎之后,他却感到了一种真诚的幸福。接着两人去剧院看戏,克拉丽莎注意到拉夫雷斯也被悲剧深深感动了。当他们回来时,拉夫雷斯久久不愿让克拉丽莎离开,分手时又请求第二天尽早与她相见。但他的热情却吓着了克拉丽莎,她有意一再推迟见面的时间,见面之后拉夫雷斯的表现又让她惊得托词逃开,不肯听他的表白。给贝尔福德的信中,拉夫雷斯描述当时"自己的感情和克拉丽莎一样纯洁"。可是,当他接下来等了一天也不见克拉丽莎时,他的心态慢慢转变,最后变成了愤怒。

沟通与交流的可能性并非不存在,然而这种可能性是如此微弱,浪子的片刻真挚最终只能成为惊鸿一瞥,随后沉入黑暗。正如克拉丽莎不能理解拉

---

① 黄梅:《推敲"自我":小说在18世纪的英国》,北京:三联书店,2003,第179页。

夫雷斯，流苏也不能理解柳原。流苏第一次来到香港期间，柳原对她曾有三次试探性的自我剖白，或者说，小说描写了柳原的三个真情瞬间。

流苏刚到香港，两人从香港饭店的晚宴舞会出来，在浅水湾的月色下，在冷而粗糙的高墙下，柳原忽然生出"天荒地老"的感慨，这是他的第一次剖白与试探。柳原带流苏去大中华吃上海菜，喝茶时柳原将玻璃杯里的茶叶想象成马来亚的森林，进而想到将流苏带到马来亚去——"回到自然"，会不会使两人放下那些矫饰？这是第二次剖白与试探。第三次则是柳原深夜打给流苏的电话。流苏到香港已经一个多月了，两个人这样僵持下去，谁也不肯让步。进退两难中，流苏深夜接到了柳原的电话，那声"我爱你"，像是剖白，而那句"你不爱我"，又像是绝望，仿佛拉夫雷斯一次次冲克拉丽莎喊"you hate me, madam!"（您恨我！）。可惜的是，和具有过于强烈的自我保护意识的克拉丽莎一样，流苏的敏感和自尊都使她心心念念于保持自己的尊严和仪态，而无法体会柳原的内在矛盾和偶尔真诚，错失了沟通的契机。经过几番试探与波折，他们终究错过了这些潜藏着沟通可能的瞬间。只是阴差阳错，在此后太平洋战争造成的"倾城"时局下，他们才克服了各自的个人主义，双方有了"刹那间的谅解"。

将柳原对照理查森塑造的拉夫雷斯，进而把他放入欧洲诱惑小说中的浪子系列（如拉克洛《危险的关系》中的瓦尔蒙子爵、亨利·詹姆斯《一位女士的画像》中的埃德蒙斯等），我们能够发现这个小说对男主角的塑造并不逊于对女主人公的塑造。所谓张爱玲对男性的刻画弱于女性的判断，起码对《倾城之恋》来说是不准确的。傅雷批评《倾城之恋》"对人物思索得不够深刻"，"过于偏向俏皮而风雅的调情"，其实，他未免像流苏一样，忽视了柳原那"虚中有实"的浪子真情瞬间，看不到流苏与柳原两人之间真正的隔阂与潜在的沟通可能，也就无法体味到，小说描写现代人的虚无、自私而又追求真诚的深刻之处。

七、为何是18世纪英国小说

张爱玲是否直接借鉴笛福、理查森、伯尼的小说？她的小说叙事在多大程度上涉及18世纪英国小说？反观张爱玲避而不谈上述作家作品，也许并非出于"影响的焦虑"，也不是讳言创作取径，可能仅仅出于一些更简单的理由。一则，她的取法也许有时不甚自觉，那些曾经有过印象的经典情节、人物形象在创作时悄悄影响了构思，只是作家没有自觉意识到而已，就像有人会误把前人诗句当作自己的偶得；二则，当时张爱玲对这些作品的评价并不高，或者说她显然并不十分欣赏这些多少带有道德说教色彩的18世纪小说，这会进一步压抑以上作品在她头脑中的清晰程度。不过，在列举了以上诸多难以称为巧合的相似点之后，若要撇清张爱玲与18世纪英国小说的关系，恐怕不是那么容易的。在这个意义上，探讨张爱玲与18世纪英国小说的关联，并不会动摇作家的重要性，也不会降低对其创造力的评价，而是能更好地认识到作家作品的价值及其在文学史上的位置。

那么，为何是18世纪英国小说，而不是张爱玲曾经提及的19世纪、20世纪英国作家作品，也不是其他时代、其他国家？正如伊恩·瓦特指出的，笛福小说的自传体回忆录模式，强调了小说中个人经验的首要地位。理查森小说以道德冲突为核心，细致逼真地描写十分接近实际经验的事物，并且高度重视内景描写。因此，瓦特将他们的小说与前辈作品区别开来，称之为"小说的兴起"。小说，在这里意味着形式现实主义，从而最充分地反映出这个时代最具特色的个人主义哲学。笛福的经济个人主义，理查森（以及弗朗西斯·伯尼）对个体"自我意识"和道德感的开掘，都塑型了一种与以往的流浪汉小说、罗曼蒂克传奇完全不同的新的小说形态。对18世纪英国小说的重新发现塑型了不一样的文学评判标准。与之相比，以19世纪批判现实主义小说为文学坐标的傅雷，其批评体现的价值观反而显得不无狭隘。

以《传奇》为代表的张爱玲早期小说，恰恰在创作方式上呼应着18世纪英国小说的形式现实主义，在小说主旨上呼应着笛福式的经济个人主义、理查森式的自我意识觉醒，进而偏离了"感时忧国"的"五四"新文学主流，而开创了中国文学的另一种现代性叙事。

第二节　张爱玲的英国情缘

一、缘起

1924年夏天，张爱玲母亲和姑姑结伴赴英国留学。此后，母亲从英国给张爱玲和弟弟寄来玩具、草帽，还有用照片制作的明信片。这是张爱玲对英国的最初记忆，可以说，她将英国与姑姑和母亲追寻自我的主动精神联系在一起。8岁那年，她全家搬回上海，不久之后，母亲从英国回来。对张爱玲而言，英国不仅是一个梦幻而别致的地方，也承载着她的求学理想。1936年母亲回国后，张爱玲的母亲就安排张爱玲下年中学毕业后投考伦敦学院。1938年张爱玲参加伦敦大学远东区入学考试，以第一名的成绩考取伦敦学院，但欧战爆发，英国求学之行受阻，不得以改入香港大学。虽然张爱玲的英国情缘最初始于姑姑和母亲,并将求学理想与英国联系在一起。但耐人寻味的是,据现有史料分析,张爱玲并没有亲历英国。在很大程度上,张爱玲对英国的体认主要来自她从英国文学阅读中所获取的感知印象以及当时在英国占领区香港的生活经历。求学香港的三年让张爱玲感受到了浓厚的英国氛围,也接触到了形形色色的英国人,但她当时所置身的毕竟是有英国色彩的香港,而不是真正的英国。也就是说,虽然三年香港生活把张爱玲对英国的体认距离得以拉近,但还是隔着一层。这期间,中西文化碰撞是张爱玲所获得的最大感悟,她也开始自觉地以中西对比的眼光来看中国和中国人。相比当时在英国占领区香港的生活经历,张爱玲从英国文学中所获得的感受认知同样丰富,并带有浓厚的情感体验色彩。对英国文学的阅读,不仅从文学层面充实了张爱玲的英国认知,也给她的文学创作带来深远影响。

二、张爱玲笔下的英国形象

张爱玲对英国及英国人描写的文本以创作中期第一阶段与创作后期的为主,如《洋人看京戏及其他》《公寓生活记趣》《烬余录》《私语》《忘不了的画》《双声》《华丽缘》《谈吃与画饼充饥》《谈看书》《谈看书后记》《沉香屑·第一炉香》《沉香屑·第二炉香》《倾城之恋》《连环套》《红玫瑰与白玫瑰》《相见欢》《浮花浪蕊》以及晚年的自传体小说《小团圆》等。也许是由于未曾亲历英国,所以在张爱玲并没有对英国自然景物及都市风景的描写。张爱玲笔下的英国形象主要集中在对英国社会风俗习惯及英国人的印象感知上。

(一)英国的风俗习惯

张爱玲对英国风俗习惯的关注主要包括服饰用品、饮食、礼仪交际等内容。对服饰偏爱的张爱玲对英国的服饰也很关注。《小团圆》中多次提到英国服饰,九莉的袜子是"英国货白色厚羊毛袜","九莉的父亲头戴英国人在热带惯带的白色太阳盔",以及公寓的两个山东大汉门警,"不知道从什么杂牌军队里退伍下来的,黄卡其布制服,夏天是英国式短裤,躺在一张籐躺椅上拦著路,突出两只黄色膝盖。"[①]虽然提到英国服饰,但描写的是中国人,从中可以看出当时英国在中国的影响。此外,在提及短袜子和长统靴时,张爱玲还联系到英国的天气。在用品摆设方面,《小团圆》中九莉洗碗打碎了一只茶壶,《连环套》中米耳先生虽然人在中国,但家依然是英国式摆设。服饰用品的描写或深或浅地折射出当时的社会历史情境。

在饮食方面,张爱玲的描写更为细致。《谈吃与画饼充饥》回忆在香港

---

① 张爱玲:《小团圆》,北京:北京十月文艺出版社,2009,第160页。

读大学的时候,每次上城都去买半打"司空"。而后来,当她再回香港时却买不到了。事隔多年还记忆犹新,可见张爱玲对此印象深刻。除了司空,张爱玲还饶有兴致地谈到英国的威士忌酒和奶油。在寓所附近路口的一家小杂货店里,张爱玲发现了这种"黛文郡奶油"。

除了服饰用品和饮食,张爱玲对英国礼仪交际方面的习俗也很关注。《异乡记》中"英国人宴席上的烧猪躺在盘子里的时候,总是口衔一只蒸苹果,如同小儿得饼,非常满足似地"。[1]由此,我们不难看出,张爱玲对英国文学的熟知。除了描写英国规矩习俗,张爱玲也关注这些英国风在中国的渗入。此外,张爱玲在这篇小说中对梁太太家举行的园会更是展开过细致描写。

香港当时有浓厚的英国氛围。这体现在《倾城之恋》中,范柳原说香港饭店是他所见过的最古板的舞场。除了香港,上海的英国化氛围也是很浓厚的。

(二)英国的社会历史和法律

张爱玲在文章中多次提及英国的社会历史及法律。《小团圆》中说到"英国尽多孤僻的老独身汉,也并不是同性恋者"。[2]可见张爱玲对英国社会历史不乏了解。作为具有自觉女性意识的作家,张爱玲对英国的离婚法律也很关注,在《沉香屑·第一炉香》和《沉香屑·第二炉香》中都说到英国的离婚法律。除了上述,在后期的《谈看书》和《谈看书后记》中,张爱玲还提到很多英国社会历史及法律方面的情况。晚年的张爱玲注重考据,这种对历史的关注,在一定程度上成为张爱玲思想情感的寄托,并折射出她内心深处的寻根需求。

从上述两类英国形象来看,张爱玲的描写大都映照出当时英国风在中国的盛行和影响以及所潜藏的中西对比与冲突;而张爱玲对服饰、饮食、离婚法律等问题的关注既与她对英国文学的广泛阅读有关,也与她在海外的生活经历、她本人的女性意识,以及她在日常生活中对风俗习惯的一贯关注密切相关。

(三)英国人形象

构成张爱玲笔下英国形象之主体的,还有英国人形象。张爱玲在文中多次说到英国人的悠闲从容与镇定克己。如《异乡记》中"我忽然变成了英国人,仿佛不介绍就绝对不能通话的"。[3]

---

[1] 张爱玲:《异乡记》,北京:北京十月文艺出版社,2010,第52页。
[2] 张爱玲:《小团圆》,北京:北京十月文艺出版社,2009,第44页。
[3] 张爱玲:《异乡记》,北京:北京十月文艺出版社,2010,第19页。

第四章 张爱玲与英美文学

当然，在对英国人的总体感知之外，张爱玲笔下也有一些具体的英国人形象，虽然比较零散，但具有一些大致共同的特征。除了《烬余录》中的历史教授佛朗士和《沉香屑·第二炉香》中的罗杰，大都是一些负面的男性形象。

张爱玲固然不赞同英国的殖民政策，但她对和善友爱的英国教授有喜爱、怀念和惋惜，从对佛朗士的评价中，可以看出张爱玲是一分为二地看待问题的。

张爱玲笔下负面的英国男性形象主要体现在一些英国官兵上，他们不是故事的主角，散落在文本边缘。

从中我们可以看出，张爱玲笔下的英国官兵基本是一些负面形象，他们酗酒、轻浮，而且带着种族偏见与歧视。对负面英国官兵形象的描写，在一定程度上折射出当时的社会历史情境。当然，除了从对英国官兵形象的描写中可以窥见英国人形象外，在一些只言片语的叙述中，也可以窥探到当时的历史氛围。

除了英国官兵，张爱玲笔下负面的英国男性形象还有《连环套》中的米耳先生和汤姆生，以及《小团圆》中的劳以德和马寿。与对英国官兵的印象式勾勒不同，张爱玲笔下这类负面的英国男性形象大都有了相对具体的面貌特征。不过和张爱玲笔下的其他中国男性一样，他们也带有明显的丑化特征。英国人汤姆生和霓喜生活并育有子女，却不愿意娶霓喜为妻，并且不准霓喜使用他的姓氏。《小团圆》中的劳以德和马寿虽然仅在文本中一笔晃过，但他们的面貌同样具有丑化特征。

当然，在英国男性之外，张爱玲笔下也有一些英国女性形象，如《连环套》中的英国尼姑铁烈丝，《沉香屑·第二炉香》中带有犹太血液的英国人哆玲姐，以及《红玫瑰与白玫瑰》中的艾许太太。我们可以看出，在对这些英国女性的描写中，也带有丑化特征，但嘲讽中夹杂同情。

通过以上的分析，我们可以对张爱玲笔下的英国形象做如下总结：以英国的风俗习惯而言，张爱玲在很大程度上是将其作为异域情调来描述的，注重的是日常生活层面的异域风景，并显示中西文化的杂糅对比及当时英国风在中国的影响；就对英国社会历史及法律的关注而言，既反映出张爱玲对社会历史的偏好，"我大概是向往'遥远与久远的东西'"，也在一定程度上折射出张爱玲的寻根需求；就英国人形象而言，一方面通过对负面英国官兵的描写，折射出当时的社会历史情境，另一方面则以一种有距离的异域他者眼光来观看英国人的悠闲从容与淡然镇定。总体言之，无论是对英国风俗习惯、社会历史法律的关注，还是对英国人悠闲从容与淡然镇定的表现，张爱玲并不着眼于改造国民性的角度，虽然提到英国人的淡漠与自足，但并没有进行中英国民性格素质孰优孰劣的评价对比,也没有国民性批判和文化利用的意味,也就是说,张爱玲笔下的英国形象没有寄寓改造国民性和重建国民理想人格的功能,虽然不乏面貌丑化的英国男女形象,但着重关注的并不是这些他者形象背后的国家政治意义,而更多的是以女性意识叙说。张爱玲笔下的英国形象为什么会出现与中国现代主流文学的偏离呢,推测起来,原因有三:第一,与张爱玲作为女性,她本人在实际生活中对日常生活的喜好,以及对饮食、服饰礼仪的关注有关。第二,张爱玲一直对政治革命宏大叙事有偏离,而也因为这种偏离,张爱玲笔下的英国形象没有承担这样类似的叙事功能。第三,张爱玲性格中的冷静与理性,使她在打量异域他者形象时同样保持了一种有距离的观看态度。对英国的感知体认,不仅扩展了张爱玲的视野,也同时丰富了她的创作。这种英国形象的获得,既来自张爱玲的家庭感染、个人生活阅历,也与她的性情品质和审美趣味相关,当然,对于实际上并未亲历英国,喜欢读书,并且不善与人交际和生活在自我世界中的张爱玲来说,对英国文学的阅读是她感知英国的一个重要途径。

第三节　张爱玲对英国文学之选择

追溯张爱玲与萧伯纳、赫胥黎、毛姆、威尔斯、劳伦斯这些英国作家在个人经历及家庭背景上的某种相通,我们可以发现他们都出生在不甚完整的家庭中,都经历了人生的诸多颠簸与波折。萧伯纳从小父母感情不和,中途辍学,成长之路很是艰辛。赫胥黎也是从小经历家庭变故,10岁的时候二哥自杀,14岁时母亲因癌症去世,中途辍学,而且一次眼疾几乎让他失明,治愈后视力也很微弱。毛姆同样家庭不幸,不到10岁母亲和父亲就先后离世,成为孤儿,由当牧师的伯父抚养,而且由于身材矮小和口吃,读书期间经常受到嘲弄侮辱,这些都给毛姆内心留下痛苦的创伤,使他养成孤僻内向的性格。威尔斯出生在一个贫苦的家庭中,少年时代父亲破产,家道中落,一度辍学去当学徒、信差、店员、教员,靠着坚持不懈的信念和勤奋,完成了高等教育。劳伦斯的父母也感情不和,关系紧张。在这样的环境中成长的劳伦斯,身心受到影响,学校生活也是不愉快的。与这些英国作家类似,张爱玲也是从小家庭不幸,在成长中经历了父母离异、求学理想破灭,成年之后的生活更是发生了很多变迁。虽然生活的国度和时代背景有差异,但这种个人经历及家庭变迁上的诸多相似,无疑可以拉近张爱玲与英国作家的距离。不过,个人及家庭经历的大致相似并不能完全解释张爱玲喜爱萧伯纳、赫胥黎、毛姆、威尔斯、劳伦斯这些英国作家的缘由，更为重要的是，在这些英国作家的作品中，张爱玲找到了让自己情感和创作发生共鸣的东西。

一、理性旁观

英国文学中的理性认知是很突出的，从奥斯汀、萨克雷、萧伯纳到威尔斯、毛姆、赫胥黎等，他们的文本都表现出清醒的理性态度，并且他们采用冷眼旁观的客观写作视角对世事进行审视。奥斯汀以不动声色的语调和平静的言辞对故事内容进行叙述；萨克雷一向与笔下人物保持距离，展示生活真实；萧伯纳以理性的观察者身份，对资本主义社会生活形态进行多方面揭露；虽然威尔斯和赫胥黎的笔下不乏乌托邦色彩的科幻小说，但在对未来科技文明发展的描绘之下，我们可以鲜明感觉到文本中所蕴含的深刻现实意义；毛姆则扮演着冷眼旁观的叙述者角色，通过人物言行和情节发展表现客观真实，展示主题。

英国文学中这种理性旁观的叙述角度，除了与作家本人的艺术取向有关，从一定程度上说，也与英国人淡漠、自守的性格特征存有关联。淡漠和自守会让人对世事保持一种有距离的旁观态度，从而便于以客观视角进行审视。张爱玲在《公寓生活记趣》《红玫瑰与白玫瑰》中说到英国人性格的淡漠和漠然。这一方面说明张爱玲对英国人性格特征的一种认知，同时通过张爱玲的这一认知，我们也可以捕捉到张爱玲在个人精神气质上与英国人的某种相通之处。理性气质的接近与潜在交汇，让张爱玲进一步自觉地接近英国文学。在作品中，这种对世事有距离的审视态度主要表现在理性旁观的叙述角度上，这在张爱玲笔下是很显然的特征。在小说中，张爱玲始终以理性的他者眼光审视故事人生的流转变迁。张爱玲说自己不喜欢浪漫主义文学。在一定程度上，也就是因为浪漫主义缺少这种强烈的理性旁观视角，所以对于"德国、法国、英国的浪漫文学她都不感动"。当然，除了这种理性旁观的叙述角度，张爱玲与英国文学在题材内容和思想体悟上也有着共鸣契合之处。

二、城市生活

与俄国文学对农民题材的关注和表现不同，对城市题材的关注是英国文学的主流。英国文学的此种创作倾向与英国城市的发展及英国的工业化程度密切相关，特别是19世纪中期英国完成了由传统农业社会向现代工业社会转型，城市中产阶层不断壮大，引起了文学的广泛关注。在萧伯纳、赫胥黎、毛姆、威尔斯笔下，所展示的大多是一些城市生活图景，出现的是城市中产阶级形象。萧伯纳笔下的人物基本生活在伦敦，《鳏夫的房产》《人与超人》

《巴巴拉少校》《康蒂妲》《华伦夫人的职业》《伤心之家》等所展现的就是一些城市中产阶级的生活场景，萧伯纳在这些作品中对各种问题进行了广泛涉及与探讨。在《旋律的配合》《滑稽的环舞》中，赫胥黎勾勒了游戏人生的中产阶级生活图景，以敏锐的眼光对城市中产阶级知识分子日常生活及心理状态进行了讽刺描写，对他们传统的道德观念和习俗进行鞭挞，揭示出城市中产阶级知识分子的精神危机和道德堕落。毛姆笔下的人物虽然种类繁多，但生活在城市之中的中产阶级同样是他创作的主体，如《大班》《外表与事实》《午餐》《宝贝》等从不同侧面对城市中产阶级众生相进行了描绘。威尔斯的作品虽然以科幻创作为主，但在这些小说中出现的也大多是一些英国城市中产阶级形象。他力图揭示中产阶级的生活状况，对他们的价值观念进行了道德审视。除了上述作家，在萨克雷、盖斯凯尔夫人、狄更斯、福斯特、贝内特等作家笔下都有对英国城市生活及思想的多角度展现。

张爱玲生活在城市，感兴趣的是城市，以城市题材为主的英国文学当然对她具有一定的吸引力。张爱玲笔下的人物也大都生活在城市，而且着重关注和表现的是城市中产阶级的生活场景。虽然英国文学以城市为主的题材取向很契合张爱玲的创作喜好，但张爱玲没有借鉴他们的批判笔墨。可以看到，英国作家对城市的描写大多是讽刺与批判的，他们以小说为武器，揭露英国城市中产阶级的虚伪、自私和冷漠，批判城市欲望与生活，将笔触指向英国社会，具有强烈的现实批判意义。但在张爱玲笔下，对城市生活的表现并不是批判和讽刺的，对城市中产阶级的叙述笔触也不是贬抑的，而是夹杂温情的。这种转变与她的个人经历感悟、创作倾向有关，其中既饱含了张爱玲对世俗生活的认同，也蕴藏了她内心深处永不褪色的上海梦。在一定程度上，张爱玲通过对城市的书写，营造出了城市日常生活的审美形式。

三、幻灭感

如果说理性旁观的叙述角度和城市生活的题材内容是张爱玲与英国作家在文本表现上大致相通的认知取向和题材特征，那么幻灭感则是他们之间所发生的切身思想共鸣。因为幻灭感不仅是使张爱玲与英国作家之间产生强烈共鸣的关键因素，让张爱玲对英国作家的体认更为内在深刻，还涉及这些英国作家对张爱玲生命意识生长的重要问题，所以它在张爱玲精神结构中具有重要位置。

进入张爱玲视野范围内的萧伯纳、赫胥黎、毛姆、威尔斯、劳伦斯等英国作家大多处于19世纪末20世纪初。回顾当时的社会历史情境，英国在总体上处于平稳状态，科学技术、物质文明和经济的飞速发展预示着世界的新前景,让人们对未来充满信心。但与此同时,也滋生着不稳定因素,战争、繁荣、社会流动和城市文明,使传统的生活习惯淡化了;科学、怀疑精神、现代主义和相对主义,将固定的道德观念打碎了。经济的跌宕起伏让人们开始对资本主义的稳定性产生怀疑。

到了20世纪,一方面,科技文明继续突飞猛进,人们的物质生活大大改善,另一方面,日新月异的科技并没有使社会消除贫困和苦难,而是使其潜隐着更大的危机和不安。生灵涂炭的两次世界大战的爆发,让人们更深刻地看到了科技发展所带来的巨大灾难和令人不寒而栗的恐怖后果。经济危机不断爆发,失业人数猛增。与此同时,尼采的超人哲学、弗洛伊德的精神分析学、柏格森的直觉主义、萨特的存在主义等各种哲学思潮应运而生。社会的变动转折让人们的价值观念发生变化,使人们充满精神创伤,人们也因此对自身及所处的时代产生深深的质疑。对于英国现当代作家来说,20世纪的英国四处弥漫着不满失望情绪,这是一个充满生存焦虑与信仰危机的时代。社会动荡起伏、民众矛盾激化、信仰缺失、价值匮乏引发的一种深深的幻灭情绪笼罩在他们心头。在萧伯纳、赫胥黎、毛姆、威尔斯、劳伦斯笔下都有对幻灭感的深切表现,这既与他们的个人经历有关,更与当时的社会历史情境紧密相连。

萧伯纳虽然"相信人类的进步",但幻灭情绪成为他后期创作的表现主题,这在《伤心之家》中有集中体现。肖菲特船长、爱丽的言行举止都透露着无法掩盖的幻灭感。人物处在失意之中,他们充分意识到生活无意义,并为即将降临的灾难的预感所苦恼。他们对社会不满,却又没有勇气面对,退缩在虚幻中获得一种自我欺骗与满足。赫胥黎作品中弥漫的幻灭情绪和焦虑感也是很显然的。在早期小说中,赫胥黎以滑稽和讽刺来记事。《旋律的配合》在人物表面的寻欢作乐下夹杂着更为内在深沉的悲观与萎靡幻灭。毛姆的小说同样渗透着幻灭情绪。他认为生活是毫无意义的,而且不可能变成另外一种样子。《刀锋》《人性的枷锁》等作品表达了现代人的孤独、隔膜和虚无情绪,透露出深深的幻灭感。威尔斯科幻作品中对世界末日、人类毁灭等各种恐怖景象的描写,让人毛骨悚然,一切都显得不安。在他的小说里,人从生到死,无论成功与失败,都是虚度一生而已。劳伦斯对现代英国和机械文明深深失望,有一种末日情绪。他宣称基督教的和自由主义的理想都死光了,工业资本主义是没有心肝的,现代生活没有爱,并说这个世界糟透了,糟到了难以容忍的地步。

这些事实显然在提醒我们,萧伯纳、赫胥黎、毛姆、威尔斯、劳伦斯共有的对人类及现代文明的幻灭感与精神危机唤起了张爱玲强烈的情感共鸣。

张爱玲与英美文学研究

因为张爱玲在文本中也有类似的情感表达,而且张爱玲也处在社会历史转折的情境中,并亲历战争(在香港经历的战火岁月,曾让她置身毁灭的荒原中,触摸到死亡,价值观念发生转变)。对此问题的探讨若仅止于此,未免有些粗线条,因为虽然都有幻灭情绪,却并不意味着张爱玲与英国作家的幻灭感是全然类同的,共鸣只是一种大致相似,由这种相似而拉近张爱玲与英国文学的距离,所以接下来我们试图透过表面的相似,深入中西文化内蕴底层,对其内涵进行辨析。仔细勘寻,可以发现其中存在着深沉差异,即与这些英国作家相比,张爱玲的幻灭感有着不同的旨归,萧伯纳、赫胥黎、毛姆、威尔斯、劳伦斯虽然都有幻灭情绪,但他们幻灭之后都投向了对宗教信仰的寻求,张爱玲虽然也有幻灭情绪,却将幻灭后的视线转向了对现世生活的审美把握。

萧伯纳有自己的"创造进化"哲学。赫胥黎曾在小说中宣扬神秘主义信仰。这种神秘主义信仰,也是赫胥黎没有放弃对归属和希望之追求的证明。《刀锋》中的拉里虽然觉得人生没有意义,但没有放弃对真理的探求,最后在印度神秘主义宗教中找到归宿。劳伦斯则在原始丛林中寻求一种血性意识,并希冀以此拯救人类和现代文明。

可以看到,萧伯纳、赫胥黎、毛姆、威尔斯、劳伦斯虽然对人类社会及历史文明有着悲观的态度,但他们实际上并未完全放弃对未来的希望。相比之下,张爱玲则没有依靠宗教信仰,而是转向了对现世日常生活的审美关照。这种差异,推究起来,既源于他们个人经历感悟的不同,也源于中西不同的文化背景。

我们看到,理性旁观的叙述角度、城市生活的题材内容、幻灭感是张爱玲与英国文学之间共通的特征,这种情感体认与共鸣契合让张爱玲进一步自觉地接近英国文学。当然除了共鸣相通,英国文学也给张爱玲的创作带来实际的影响。

我们或许还应该关注一下萧伯纳、赫胥黎、毛姆、威尔斯、劳伦斯这些英国作家在张爱玲精神结构中的位置和作用,因为张爱玲对于进入她视野范围内英国作家的选择接受,也是与她自身的审美气质及生命沉思紧密关联的。萧伯纳、赫胥黎、毛姆、威尔斯、劳伦斯不仅给张爱玲的创作带来影响,同时也给她的心灵世界带来激荡,这种精神上的共鸣契合最为紧要的核心点除了上文提到的幻灭情绪,还有生命意识,两者相辅相成。英国作家的幻灭情绪启示了张爱玲对现实人生重新审视,另外,他们强烈的生命意识也对张爱玲生命意识的生长产生了十分重要的影响。

张爱玲的生命意识也是很强烈的,虽然她对世事有着悲观和幻灭认知,

但这只是问题的一个方面,问题的另一个方面是,透过张爱玲文本的灰暗,我们可以感悟到那个更深层面上对个体生命真切体验并执着热爱的她。两者并不相悖,正是因为真切意识到仅有一次的生命历程的短暂、渺茫与凄凉,才对个体现世生命充满疼惜。不可否认,张爱玲的幻灭感和生命意识与她自身经历及领悟有关,但就在与这些英国作家的精神联系中,张爱玲进一步强化了自己的感悟认知。这些英国作家的幻灭感和生命意识对张爱玲精神上的影响是交叉混合,互相纠结的。

第四节　英国文学作为有效的参照与影响

一、女性婚姻观的启发与加深

英国是世界上城市化较早的国家,在世界工业和贸易中居于垄断地位。19世纪中叶,英国的工业生产处于遥遥领先的地位,这是由于它在纺织、炼铁、铁道、造船和各类机器制造等方面的创新。这许多的创新,使英国制造品的成本大为降低,能够在世界市场上跃居几乎独一无二的地位。工业的发展、科技的进步,推动了城市的发展。作为世界上第一大资本主义国家,工业革命与经济的现代化给英国社会带来了深刻变革及发展契机。在经济领域,工业革命的一系列进展使英国社会面貌发展,工业社会逐渐来临。工业革命改变了妇女的生活,让她们逐渐走出家庭、步入社会。而政治上的民主化及一系列妇女解放运动,也让妇女的社会地位得以改善和提高。从19世纪起,英国妇女在子女监护、婚姻自由、财产、教育等方面获得的权益保障明显增多:1839年的幼儿监护法案、1857年的离婚法改革、1870年和1882年已婚妇女财产法案,赋予了妇女支配其在婚前或婚后所得的财产的权利。此外,1870年的教育法案、1875年的婚姻和离婚法案等也都大大加快了女性解放的步伐。不过,虽然19世纪进行了一些改革,但政府仍然很少把关心社会中的弱者看作一种义务。除了妇女之外,男性公民都享有选举权,享有思想和言论的自由。直至1928年,英国妇女才获得了选举权。由此可见,妇女解放运动并不是一蹴而就的,当中经历了很多曲折与艰辛。

女权运动的兴起和发展不仅提高了英国妇女的社会经济与政治地位,同时也促进了英国女性主义文学理论与批评。19世纪英国妇女生活、妇女运动在整个世界女性主义史上具有特殊意义。因为当时英国是世界经济中心,也是世界女性主义运动的中心,所以,英国妇女争取自身权利的斗争影响着欧美各国的妇女运动,在运动中产生的自由主义、女性主义等理论思想对当时各国的女性主义运动具有指导意义,甚至影响着当代女性主义理论。社会上如火如荼的妇女解放运动是英国女性文学兴起的时代条件和现实原因。在作为女性文学黄金时代的19世纪英国文坛,出现了奥斯汀、夏洛蒂·勃朗特、盖斯凯尔夫人、乔治·艾略特等一批女性作家。她们在创作中以对女性完善自我人格、个性解放与主体性的追求,向以男性为中心的传统社会价值观念发出挑战。① 在这些女作家笔下,女性人物一改传统柔弱无助、多愁善感与自怨自艾的形象,反而出现了众多坚强、独立的女性形象。奥斯汀对女性婚恋平等权与女性智慧的表现,夏洛蒂·勃朗特对女性独立自主人格的追求,盖斯凯尔夫人对女性社会作用的强调,艾略特对女性教育权的肯定等,无不彰显出女性主体意识的觉醒。作为英国女性文学的先驱,她们的创作也大大声援了当时的妇女解放运动。

随着女权运动的发展和不断壮大,一批男性作家也在创作中开始关注和探讨妇女问题,如哈代、萧伯纳、劳伦斯等。他们笔下都出现了一些新女性形象。作为西方女权主义运动的倡导者,萧伯纳在《人与超人》《巴巴拉少校》《圣女贞德》《康蒂妲》《华伦夫人的职业》《匹克梅梁》等剧作中绘就了一群自强独立的新女性形象。她们不再囿于家庭,逆来顺受,而是认识到自我的地位和价值,在爱情婚姻方面的平等意识也逐渐增强,并自觉地承担起一定的社会使命。《康蒂妲》打破传统的男尊女卑思想,女主人公康蒂妲精神上的强大,让莫瑞尔和马本克黯然失色。《人与超人》中的安不再是传统意义上的女性,她敢作敢为,在与田纳的关系中处于主动地位。萧伯纳认为男性是女性实现生命力的工具,这不仅与社会对女性的传统规范定义相背离,也是对男性生殖崇拜的一种颠覆。哈代的《德伯家的苔丝》中的苔丝虽然失去贞洁,但哈代并没有根据传统观念将她贬低,而称苔丝是一个纯洁的女子。在劳伦斯小说中,女主人公也大多是一些觉醒的新女性形象,具有自主意识,如厄秀拉、古娟、康妮等。劳伦斯重视女性的独立精神。

英国作家笔下的这些新女性形象,不仅给传统的女性观念带来有力冲击,也对女性主义运动及社会发展起了不可忽视的推动作用,并在世界文坛上产生了深远影响。作为一种有效的参照和可能的影响,对英国文学的阅读,特别是英国文学中女性问题的探讨,应该说在很大程度上启发了张爱玲的女性之思。处在不同历史时空和国度的张爱玲,在创作中以对女性命运的深切关注与冷静思考,对千百年来女性可悲处境所做的演绎和揭示,成为中国女性

---

① 参见潘迎华:《19世纪英国现代化与女性》,杭州:浙江人民出版社,2005,第33页。

文学史上无法忽略的重要存在。虽然与英国作家在表现的具体人物和场景内容上有差异，但从对女性问题的着力表现来看，应该说张爱玲受到了英国文学或深或浅的启发。

张爱玲和奥斯汀、夏洛蒂·勃朗特、乔治·艾略特她们一样，以对女性日常生活的叙写为手段，表现出强烈的世俗关怀，凸显出她们在日常生活空间的合理位置，同时又在一定程度上，以这种构筑的女性日常空间传达出叙说自身的渴求，并以女性日常生活叙事对主流男性话语展开潜在对抗。不过，张爱玲虽然欣赏英国文学中对女性的关注和表现，而且与19世纪英国女作家一样，对女性问题的感悟思索体现出发自内心深处的真切与细腻，但没有沿袭她们的故事表现，而是对女性问题的思考显得更为透彻，并赋予了苍凉色调。

奥斯汀在《傲慢与偏见》中描写了四对男女的婚姻，虽然有对女性反抗旧礼教、追求幸福婚姻生活的表现，但在情节安排上仍然受制于门当户对的传统观念。夏洛蒂·勃朗特笔下的简·爱虽然追求女性独立平等人格，但她所希冀的却是用男性的价值来武装自己，而且也是对门当户对婚姻的表现。当简·爱获得一笔意外之财时，她才能回到罗切斯特的身旁。盖斯凯尔夫人虽然注重女性与现实政治的融合，以女性的社会功用对抗传统社会观念，但这种反抗是注定要失败的，因为它维护妇女有男人一样的权利，换句话说，就是用男性的价值来奴役自己。乔治·艾略特呼吁女性独立人格，却强调女性要甘于平庸与平淡生活才能获得幸福。在这种婚姻观念的背后，一定程度上仍然暗含着男尊女卑的传统思想，以及在父权文化下的阉割情结和妒羡心理。

张爱玲在作品中对传统父权制和男性价值观念进行了反抗，并以冷静的文字书写女性的匮乏及自我压抑生存法。她一方面叙写女性的悲屈命运，揭示出男权社会的种种压制，另一方面又深刻地揭示出女性的奴性心理，并通过对女性生存的真实演绎，对男权社会进行反扑。

虽然劳伦斯在作品中赞美女性，表现女性意识的觉醒及社会地位的提高，但他对女性的态度是很矛盾的。他既欣赏女性的独立意识与自我追求，又对女性感到恐惧，而且在"战争结束后，劳伦斯的厌女症有了新的发展。劳伦斯在变本加厉地攻击女性的同时，也更加侧重于树立'理想'的女性样板。劳伦斯认为，被战争颠倒了的两性关系、两性地位和女性角色，现在应该重新颠倒过来。女性应该放弃她们优势心理和独立地位，恢复她们固有的性格，学会服从男人；而男人有必要享有妇女，并坚定地领导她们。"[①]在创作后

[①] 刘洪涛：《荒原与拯救——现代主义语境中的劳伦斯小说》，北京：中国社会科学出版社，2007，第166页。

期,劳伦斯宣扬阳性力权威以调整两性关系的思想正是男性中心意识形态的显现。他笔下的女性形象烙有深刻的父权观念的印迹,她们远离了女性存在的真实本质,而被抽象、扭曲或理想化。哈代笔下的苔丝,在一定程度上仍然是按照男权审美标准塑造出来的,苔丝的美貌、宽容忍让和吃苦耐劳等贤良美德,满足了男性对女性的审美及道德期待。萧伯纳也同样如此。那些充满活力的女性形象,虽然让人耳目一新,却又难免打上了父权社会的印痕。对女性的推崇在一定程度上掩盖了当时的历史真实,不妨说是一种想象,而潜意识还是希望女性做出更大的牺牲和奉献。虽然这些男作家们着力打破传统意识形态中根深蒂固的父权制观念,表现女性的独立与坚强自立,但这些由丧失女性特征而男性化的女性形象,在一定程度上成了父权社会的筹码和工具。他们的性别和经历使他们无法全然站在女性的立场来设身处地地审视问题。这些迷失自己的女性,终归会变得更加迷茫,或以改头换面的形式被重新纳入父权制之中,而这将使她们受到更为沉重的压制,男人一旦把女人变成了他者,就会希望她表现出根深蒂固的共谋倾向。所以,由于不具备确定的资源,由于认为把她与男人相连接的纽带虽不可缺少但又和相互性无关,由于热衷于扮演他者,女人也可能不要求有主体地位。

但要指出的是,不管怎样,英国作家笔下的这些女性形象,在一定程度上撞击和改变了人们长期以来对男女地位与作用的看法,引起对女性问题的关注和思考,并使对女性问题的探讨走向深入。性别叙事是无法逃避的,但是经过努力,我们清醒地意识到它们是怎样影响着我们的。我们可以着手审视我们内心的人格分裂,审视我们的自我意识所遭受的不必要的束缚,审视我们关于异性的带有过度防御性质的各种成见,从而反省自己心灵生活的盲点。为了做到这一点,我们还需要修正我们自我反思的方式。无论是从个人生命体验的角度,还是从理论考察的角度,我们都需要转变自己的意识态度。不妨说,正是这些英国作家作品中仍然潜在的父权观念,让张爱玲更深刻透彻地思考女性问题。虽然她以中国女性为思考对象,但笔触延伸至世界,这不仅对现当代文学的女性形象塑造产生了重要影响,也对当今社会的发展进程起了推动作用。

除了女性形象,在婚姻观方面,张爱玲与英国文学也存在着千丝万缕的联系。在对萧伯纳、毛姆、赫胥黎等英国作家的阅读中,我们可以发现他们对婚姻的看法有些另类。毛姆主张最好的婚姻也是男女之间最不正常的关系。他不相信男性和女性因为法律和条文被绑在同一屋檐下生活,因为它构成了对隐私的侵犯,粉碎了平静的思想,打断了独立的思想和行为。萧伯纳认为婚姻制度是不合理的,甚至主张废除婚姻和家庭,因为它把性行为神圣化了,并掩盖之。此外,婚姻还有奴役的影子。在萧伯纳看来,性是为了延续种族而存在的,与感情无关,因为性是为了繁衍种族,而且会不断寻求最优组合,但婚姻与家庭阻碍了物种的进化及超人的产生。与这些英国作家相比,张爱玲在其文章中所表述的关于婚姻的看法也是大同小异的。张爱玲认为现代人多是疲倦的,现代婚姻制度又是不合理的。她还主张人是高级动物,所以动物更可怖。她也认识到了群居的危害性。

近现代以来,中国的婚姻是一夫一妻制,社会强调妇女的温柔贤惠,而张爱玲在文本中所表露出的对婚姻的看法却与众不同。张爱玲坦言读过萧伯纳、毛姆、赫胥黎的作品,既然读过,那么这些人对她的婚姻观的影响就不是凭空架设的,而是具有存在的合理性。与对婚姻的否定相对应,他们笔下也几乎没有完美的婚姻。张爱玲与英国作家对婚姻的否定态度,表现出对社会伦理的逆反,虽然带有偏激的否定态度,但从一定程度上说,也是对不合理的社会现象的不满和抗议。值得注意的是,虽然张爱玲的文本表现出她对婚姻的看法有一定的开放性,但她本人的爱情婚姻观实际上依然是非常保守和传统的。17岁时,张爱玲最喜欢的是爱德华八世,爱德华八世是温莎王朝的第二位国王,为了与离过婚的美国平民女子辛普森夫人结婚选择退位。张爱玲对爱德华八世的喜爱,说明她内心深处对真挚爱情的渴望。

由此我们认为,作为一种有效的参照物英国文学,可能给了张爱玲更宽广的视野,让她从多角度来思考问题。但作为一个女人,张爱玲同样渴望一份天长地久的纯真爱情与婚姻。

二、人性理念的吸收与偏转

张爱玲笔下的人性透视是学界广为论述的。她的小说世界充斥着人的自私、虚伪、冷漠、孤独与隔绝,没有虚幻的美好,只有赤裸裸的不可逃脱的人性。这种冷峻的素描是对人的本质与生存状态的真实揭露。以《金锁记》中的曹七巧为典型代表,她的病态与疯狂,她的被虐、自虐及虐人,都让人触目惊心。张爱玲以冷静深刻的笔墨,触摸到了人性深处。虽然在曹七巧之外,张爱玲并未塑造其他类似疯狂的人物形象,但对人性复杂性的剖析与透视却是她的一贯特色:《红玫瑰与白玫瑰》中佟振保的双重自我,《浮花浪蕊》中洛贞的心理揭示,以及《小团圆》中九莉对亲人和自己毫不留情的揭发等。它们都显示出张爱玲对人性的犀利透视。张爱玲虽然不遗余力地揭示人性,却又把"因为懂得,所以慈悲"的悲悯同情注入对笔下人物的情感体认中。她认为她能够原谅自己所写的人物,有时还喜爱他们,因为他们是真实存在的。《金锁记》中的曹七巧从伦理道德判断上是一个恶女人,但她所历经的压抑与悲凉又让人在可怖中心生可怜。

张爱玲对人性的深刻透视，显示出她对中国传统文学的偏离，这与以儒家为代表的中国传统人性论也有着本质区别。孔子强调人的本质为仁，并积极引导人向善。性善论在中国文化中居于正统地位。由于中国古代强调对人性善恶的区分和道德戒律的重要性，所以，在中国古代文学作品中，人性善恶的表现大多是对立的，如《三国演义》中的好人一切皆好，坏人一切皆坏。儒家仁义道德思想之社会意义在这种好坏的平面对立中得以彰显，而且在表现恶时，大多流于表面，没有深入内心进行剖析。

不可否认，社会时代、弗洛伊德精神分析学说以及个人生活经历感悟是使张爱玲对人性有如此深刻洞察的主要原因，但若以英国文学作为一种有效的参照物，我们同样可以发掘到两者的又一关联之处。相比之下，西方文化中占主导地位的是人性恶理论，他们认为恶是人性之本源，是人性自身存在的问题，人性中的隐蔽与阴暗面加剧了人的悲剧存在。这与基督教的原罪说有关，原罪说认为人出生时是有罪的，人性是有局限和缺陷的，具有恶的内在倾向。对人性恶的关注和思考一直是西方文学的重要表现主题。

作为西方文化体系的重要组成部分，英国文学对人性有着同样深刻的认知。在英国文学中，揭示人内心深处的阴暗、反思探讨人性的作品不绝如缕，如莎士比亚的《麦克白》、史蒂文森的《化身博士》、威尔斯的《莫洛博士岛》《隐身人》、康拉德的《黑暗的心》以及毛姆的《雨》，等等。

《麦克白》中的麦克白在欲望和野心的不断膨胀下滥杀无辜，他双手沾满鲜血的残暴行为让人骇然不已。《化身博士》中的杰基尔医生内心隐藏的邪恶与狂野和荒岛上孩子们身上所表现的黑暗人性，同样让人触目惊心。在威尔斯的反面乌托邦小说中，一旦社会与自我的囚笼被打破，经受了文明教化的个体依旧会陷入邪恶之中。《莫洛博士岛》中的兽人虽然经莫洛博士的命令、威胁和惩罚而有所改变，但一旦管制手段出现纰漏，兽人就会回到兽性状态，莫洛博士最后也死在这些兽人的利爪之下。《星际战争》对大逃亡中人性深处阴暗面的表现和《隐身人》对隐身人为满足自己的欲望而不择手段的行为都让人寒心。《黑暗的心》中的库尔兹在自身欲望的不断驱使下，成为一个邪恶、贪婪的殖民者。毛姆把人性矛盾和阴暗面发掘到了相当的深度。毛姆在作品中把人的自私、丑恶、凶残与伪善等赤裸裸地剖示出来，如《雨》中的戴维森、《信》中的杀人犯克罗斯比太太，《蒙德拉古勋爵》中的蒙德拉古勋爵，等等。毛姆认为男人和女人的本性是卑劣的，所以如果写一个人的真实面目，那无人会相信你。

和众多英国作家一样，张爱玲在对人性恶的揭示上入木三分。她将人性

真切地呈现在读者面前，而且注重往深处发掘。由此可见，张爱玲注重人性深处的探讨。表现人性恶的一面是西方文学的重要主题，但作者并不流于表面的揭发，而是注重通过心理冲突与矛盾来进行。如《麦克白》中的麦克白虽然是个暴君和刽子手，但他内心的冲撞交集和灵魂所遭受的挣扎与拷问，又让人心生同情之感。《化身博士》中的海德是杰基尔医生内心欲望与野心的象征，杰基尔一方面对自己的行为有认识和自责，另一方面却又不能抵制自身的恶。《黑暗的心》中的库尔兹也同样如此，临终前对人性的深刻体悟，让他绝望地发出"太可怕了"的喊叫。在这些英国作家的笔下，作为人身上根深蒂固的本性，恶不可摆脱，在种种自私欲望本能的侵袭下，个体最终会被吞噬。由于西方对人性恶的体认是与基督教文化背景有关的，人性之恶是一种原罪，所以人缺乏自救的手段，不能依靠自身力量去克服和摆脱，这无疑加重了人的悲剧感。同时，由于人自身无法摆脱作为原罪的恶，要想获救只能通过上帝，所以，在英国作家笔下，既有对人性的深刻审视，也有对人性之救赎的表达。麦克白、库尔兹虽然都无法摆脱自身恶的存在并毁坏了自己的生活，但他们对自身恶的反思及一定程度上的斗争过程也就是一种可能获救的方式。只要内心拥有负罪和忏悔感，就有被上帝救赎的希望，并可以在反思、忏悔的过程中被上帝拯救。

相比之下，张爱玲虽然认为人性是矛盾、复杂、有缺陷的，但她所关注的主要是对恶的深刻窥探和揭示，认为恶是人的固有缺陷，并没有试图对人性之恶进行救赎。在这一点上，张爱玲在一定程度上偏离了西方文学和中国传统文化。中国传统文化虽然有对人性恶的表现，但常常流于表面，而且强调通过社会制约来使人性之恶得以改善，通过道德训诫和规范进行感化教育，这其实也是一种救赎的方式。与英国作家相比，张爱玲更关注的是对人性的深刻透视，她并不着眼于对人性之恶的救赎，即便她小说中的人物对自身之恶有一定程度的认知，这些人也没有那种在对人性之恶清醒认知和悲剧抗争之后蒙上帝拯救的意味。也就是说，张爱玲在对人性恶进行深刻揭示的同时，也平息了这种对恶的转化、改善和救赎的要求。她虽然对人性中不可理喻的非理性因素进行了深刻揭露，但并不寄希望于通过上帝和道德训诫来引导升华。在对人性的深刻透视上，张爱玲用她一贯的苍凉色调，对人生存之本相进行理性审视。这种对人性的深刻反思和揭示，加深了人们对自己生存现状的领悟和思考，丰富了人们对人性及现代社会的认识，提醒了人们对人性的残缺应保持清醒的态度。

三、反讽艺术的借鉴与融合

英国素有反讽的文学传统,因此出现了很多反讽艺术名家,如斯威夫特和菲尔丁。菲尔丁为了使他的叙述更加滑稽可笑,常常采用戏拟的讽刺手法或他自己所谓的滑稽讽刺的方法。除了斯威夫特、菲尔丁,萧伯纳、毛姆、威尔斯、赫胥黎等作家也经常使用反讽。萧伯纳经常采用似是而非的言语和颠倒的场景对人物及故事内容进行深层揭露,毛姆在作品中大量运用戏剧性反讽,这使故事既引人入胜,又发人深省。在威尔斯的乌托邦和反面乌托邦小说里,反讽艺术都得到了充分展示,他通过幻想和现实的强烈对比凸显出作品的反讽力量。在《美丽新世界》中,赫胥黎用一种超然和漫不经心的语气对故事内容进行叙述,还以错位反常的手法从整体上对文明世界进行反讽,引起读者深思。

就艺术手法而言,英国文学中的反讽对张爱玲的影响最大,反讽是一种可以衍生批判力的意识,它是指能看到一个事态的弦外之音、一重意义背后的相反含义、一种立场的自我颠覆。在她笔下,我们可以看到她对言语反讽、情景反讽和戏剧性反讽等艺术手法的广泛运用,这里不拟详加论述。不过,需要指出的是,张爱玲对反讽艺术的接受,是与她的人生经历和对个体生命的苍凉感悟有关的,张爱玲对世事冷眼旁观的立场及理性沉思的态度是她心仪反讽艺术手法的心理缘由之一,也是形成其作品中最重要的艺术特征的原因之一。对张爱玲而言,反讽既是一种艺术手法,也是一种创作精神和人生态度,张爱玲以她对生命及生存的悲剧体认为底色,借助反讽来表达对人生的清醒认知及对人性的深刻揭示。更重要的是,张爱玲虽然心仪反讽艺术,却没有机械照搬,而是在借鉴过程中融合了自身的苍凉特质。这种细腻而敏感的女性情怀,使张爱玲的反讽艺术显得更为低徊,并且她的反讽艺术因为蕴含着对现世生活的一种理性沉思,传达出了她对个体生存境遇的深刻体悟与悲悯诉说,所以将启示意义推向深广,进而彰显出独特的艺术美感。

第五节 美国文学场中张爱玲《金锁记》的自我改写

一、张爱玲与《金锁记》

随着文学界"张热"的兴起,张爱玲的译者身份也逐渐进入学术界的视野。因此,有关张爱玲翻译活动的研究逐渐步入正轨,相关学术论文及专著也不断出现。

第四章 张爱玲与英美文学

学术界对张爱玲翻译活动的日益关注表明了研究者对其翻译活动进行深层探讨的复杂性与必要性。纵观张爱玲的翻译活动年表，我们注意到一个颇为特殊的现象，即张赴美后对其早年作品《金锁记》的几度改写与翻译。《金锁记》是张爱玲于 1943 年创作的一部中篇小说，该作品在国内发表时广受好评，被誉为"中国文坛上最美的收获之一"。而与其蜚声上海形成鲜明对照的是，《金锁记》在美国却几度受挫。1956 年，其首个英文改写本 *The Pink Tears* 遭出版商退稿，之后几年中，该文本虽屡经修改但仍未能在美出版。至 1967 年，《金锁记》的改写本 *The Rouge of the North* 才由英国凯塞尔出版社（Cassell）出版，但读者反应甚为冷淡。1971 年，张爱玲应夏志清之邀将《金锁记》译为 *The Golden Cangue* 并收入 *Twentieth-Century Chinese Stories*。至此，《金锁记》才进入美国广大读者的视野并引起巨大反响。

这一特殊现象目前已引起了国内外学术界的广泛关注。周芬伶、王德威分别从"历时演进"与"反复叙事"的角度对此进行了探讨。他们认为张氏借助作品演进中的叙事来重组自身及其他女性散落的记忆。陈吉荣先后从女性主义、语篇互文性和本位观等视角解读了《金锁记》、*The Pink Tears*、*The Rouge of the North*、《怨女》和 *The Golden Cangue* 五个文本的关系，并认为张爱玲是立足于中国文化、作者本位和女性立场而翻译与改写自己作品的。那么，《金锁记》与 *The Rouge of the North* 的关系究竟该如何界定？张爱玲为何如此执着于这个"怨女"的故事以至屡次受挫仍不离不弃？《金锁记》的后续改写本无法得到彼时美国社会认可的原因是什么？作为一名才华出众的作家和精通双语的译者，张爱玲曾立志效仿林语堂，以英文写作成大名，却缘何最终止步于美国大学中文系所的门堂？

二、美国文学场中张爱玲对《金锁记》的自我改写

就《金锁记》与 *The Rouge of the North* 二者关系而言，张爱玲本人曾提到过"改写"这个字眼，却并未对此做过明确界定，致使学术界对此众说纷纭，各执一词。多数学者倾向于使用"重写"或"改写"这类比较模糊的说法；有些学者认为后者是前者的"展开本"；也有学者指出这是"两部迥异的小说"；另有学者认为张氏的"改写"具有"某些双语写作的性质"，两个文本间的关系更趋近"自由模仿"。

就其本质而言，张爱玲对《金锁记》的"改写"是具有双语能力的作者在非母语背景下对自己作品的一种特殊翻译现象。理由如下：首先，在"改写"过程中，身为原作者的改写者在作品的人物刻画、情节编排乃至叙事策略等层面都做了较大幅度的调整，从而使改写活动体现了近似于双语创作的特征；

其次，改写者与原作者合二为一的特殊身份凸显了改写本与原文本的关联性，也决定了改写本不可能完全摆脱原文本的影响，因此，改写者难免在改写过程中保留对原文本的翻译；再次，在用非母语介绍或阐释母语文化时，原作者不可避免地要回归自己的母语记忆，文本内部隐含的翻译特质便再次应运而生。双语创作与翻译交织在一起，使文本呈现出作中有译、译中有作的特殊面貌。因此，用"自我改写"来定义这种居于"自创"与"自译"之间的特殊现象更为合理。从场域的视角来看，张爱玲对《金锁记》的自我改写应是其内在的惯习与外部文学场共同作用的产物。

（一）惯习影响下的自我改写

一部文学作品的生产，必然涉及作家对其经验世界的加工，而考察作品最直接的方式正是分析行动者（此处即作者）的"惯习"。按照布尔迪厄的界定，"惯习"指的是在场域中经由积累传递而逐渐形成的一种持久的、可转换的性情倾向系统，即一些有结构的结构，倾向于作为促结构化的结构发挥作用。就张爱玲而言，她出身名门，却偏逢末世，遭遇诸多变故。张氏的个人经历、家庭背景与所处时代已在她身上打下了深刻的烙印，为她之后创作观、人生观的形成埋下了伏笔。而这种经由"外在的内化"而形成的"惯习"在她的文学实践中转变为了"内在的外化"并覆盖了她对《金锁记》自我改写的整个过程。张爱玲的"惯习"主要体现在她"平淡自然"的创作主张、叛逆的女性书写与其对母语记忆的追溯等三个方面，这些都对她的自我改写产生了直接的影响。

1. "平淡自然"的创作心态

张爱玲有着显赫的贵族血统，但生不逢时，年少时家道中落，又逢父母离异，过着寄人篱下的生活。缺乏关爱的童年造就了忧郁敏感、悲观绝望的张爱玲，也让她在作品中抛弃了理想的喧嚣而去寻找俗世的真实。她试图在人生的"永恒"与"安稳"中找寻自己的出路。

对比《金锁记》与 The Rouge of the North，我们不难发现两者在情节上存在着共通之处：一个小户人家的女子，嫁入名门望族，丈夫落下了残疾，自己则因出身贫贱而饱受歧视。对爱情的追求让她幻想着与小叔子的暧昧，这段私情却无疾而终。多年后，媳妇熬成婆的她把积怨发泄到子女与旁人身上，自己则俨然成了个"怨女"。

但二者的相同之处仅此而已。在两部小说中，作者对女主人公的形象塑造发生了很大的变化：The Rouge of the North 中的 Yindi 在报复反抗时远不及《金锁记》中的曹七巧来得彻底和癫狂。首先，作为原作中关键角色之一的曹七巧的女儿长安在 *The Rouge of the North* 中却被"无情地"删去了，她的缺席使 Yindi 在泼辣与狠毒上较之曹七巧不免逊色几分。再者，从对待旁人的态度上看，Yindi 也比曹七巧更显人性化。从曹七巧到 Yindi，两位女主人公的形象变化及迥然不同的人生际遇，正是作者本人创作心态的变化在前后两个文本中的折射。

在创作《金锁记》时，张爱玲更强调"人生飞扬的一面"，因而创作风格则偏向"大红大绿"式的对照。作为张爱玲早年的成名之作，《金锁记》笔锋犀利，文字激昂，文中随处可见人性的矛盾与挣扎，无不彰显了她"出名要趁早"的年轻气盛。但这样极端的心态终究还是与其秉性相左。

在张爱玲看来，自己置身于一个"旧的东西在崩坏，新的东西在滋长中"的时代，人和事都没有彻底的好坏之分，"斩钉截铁的事物不过是例外"，良莠交错的"参差的对照"才能给人真实的启示。

与创作《金锁记》相比，在"创作"*The Rouge of the North* 时，张爱玲已步入中年，并从中国到了美国。事业和生活的挫折让她阅尽生存的艰辛，往昔的壮志已经被岁月磨蚀。此时的张爱玲褪去了早前的锋芒，这使她能从更深的层次审视人生，因而自然获得了一份愈加成熟、趋于沉稳的心态。从曹七巧的极度疯狂到 Yindi 的四平八稳，这一转变折射出了张爱玲在自我改写过程中趋近"平淡自然"的心态变化。应该说，*The Rouge of the North* 中女主人公的身份更符合张爱玲所说的"广大的负荷者"形象。这种顺应现世的安稳、有点小奸小坏的人物更能代表一种普遍的人生态度。因此，如果说《金锁记》的成功应归因于其故事情节的大起大落，那么，*The Rouge of the North* 给人的反思则在于其间人生际遇的安稳淡然。张爱玲正是在这类平凡的现世与真实的命运中渗透了她"平淡自然"的诉求。

2. 叛逆的女性书写

从张爱玲对两部作品中主人公形象的塑造上，我们不难看出，她在 *The Rouge of the North* 中刻画的 Yindi 延续了《金锁记》中曹七巧的怨愤挣扎。与中国传统文学中逆来顺受、三从四德的女性形象不同，她们没有心甘情愿地领受施舍来的贞节牌坊，也不再对现实一味地忍气吞声。

但反对传统女性形象并未使张爱玲陷入西方女权主义式的极端。从个人经历看，疏离的母爱让张爱玲无意欣赏母亲那种深受女权主义影响的反抗旧式家庭的新女性形象，*The Rouge of the North* 中满目怪诞而冷漠的亲情人性正是张爱玲对自己与母亲关系的写照。对于西方女权主义者将女性受压迫的根源归咎于男权统治一说，张爱玲一针见血地指出了女性主义者们不愿正视的事实：女性受压迫不全是外部男权社会施加重负的结果，归根结底还是女性自身的精神枷锁在作祟。她坚持女性之所以被男性征服，是因为体力上的劣势，但男性同样比不上野兽，却不为野兽屈服。所以她得出结论：单怪别人不行，女性自己要自强自立。与西方女权主义倡导的女性独立及中国五四运动宣扬的妇女解放不同，张爱玲在 The Rouge of the North 中进一步将关注与反思的焦点转向了女性群体自身，她的文字从里层反映出女性在社会、家庭中的面貌，真实展现了女性内心压抑和矛盾的状态。可以说，这种叛逆式的女性书写是张爱玲的惯习在自我改写中的又一显著体现。

3. 对母语记忆的追溯

张爱玲自幼饱读诗书，深谙古典小说技法，也曾尝试过不同体裁的小说创作，如今古奇观体、演义体、笔记体、鸳蝴派、正统新文艺派，等等。此时，传统文化已经成了张氏文学创作中不可或缺的来源，并进一步影响其后相关的文学实践。《金锁记》和 The Rouge of the North 中不少场景描写与人物对话乃脱胎于《红楼梦》与《海上花》。从整体来看，相较于《金锁记》，The Rouge of the North 篇幅由原先较为紧凑的中篇变为布局细致的长篇。在叙事时间上，《金锁记》故事一开篇就已是女主人公嫁入姜家五年之后的事，作者借旁人的寥寥数语交代了曹七巧的身世背景，这使叙事时间与故事时间呈现出一种"错时"结构。同时，小说多处借鉴了西方的电影手法，加快了情节推进，这让小说整体上节奏紧凑，扣人心弦。而 The Rouge of the North 的叙事则严格按照故事时间层层推进。小说叙述了女主人公从出嫁前的心理斗争到嫁入姚家后的变化，临摹了一个女子最终沦为封建遗老、在愁云惨雾中聊度余生的故事。故事时间与叙事时间重叠在一起，更贴近中国传统章回小说的特点。叙述中，一个旧时女子的人生轨迹仿佛在我们面前铺陈开来。

如果说《金锁记》将西方文学创作技巧与中国传统技法融为一体的做法体现了张爱玲创作风格的双重性，那么成书于 20 年后的 The Rouge of the North 则多少有了复归传统诗学的意味。在对中国式话语的保留和传扬上，The Rouge of the North 比《金锁记》有过之而无不及，如将"圆光"表述为"Hire a round lighter"，"长命百岁，长命富贵"表述为"Long life, hundred years or longevity, wealth and influence"，"女大十八变"表述为"Girls change eighteen times as they grow"，"一白遮三丑"表述为"Whiteness alone hides three blemishes"等。这样的英文表述无疑都深深打上了中国传统文化的烙印。在自我改写过程中，张爱玲刻意在自己的"译作"中保留了大量的中国人文风俗形象，试图忠实地传达东方文化所独有的美学特征，从而在文化层面上造成了一种强烈的陌生化效果。

在语言层面上,张爱玲则颇具创意地使用了音译加注释这种语言杂合的方式,在英文文本内保留了中文发音上的特点,这在当时乃至现在的翻译实践中都是极为罕见的。比如,以下描写 Yindi 结婚场面的句子中就有大量这样的"杂合"现象:

"Have tea, Gu ya and Gu Nana", Bingfa's wife used the polite terms for the son-in-law and the married daughter of the house, called Master of Miss and Madame Miss. She offered them tea with a green olive on the lid of the cup and quoted the well-wishing phrase that puns on ching guo, green olive, "Ching ching jurh jurh, billing and cooing".

对应的中文:炳发老婆捧上茶来,茶碗盖上有只青果。"姑爷姑奶奶吃青果茶,亲亲热热。"

"Bride and groom, have some mi tzao," she chirped. "Tien tien mi mi! So sweet on each other!"

对应的中文:新郎官新娘子吃蜜枣,甜甜蜜蜜。

"Bride, have some dzao dze and gwei yuen. Dzao sheng gwei dze, give birth soon to a son who will be a high official."

对应的中文:新娘子吃枣子桂圆,早生贵子。

上述三例含有许多关于中国婚俗礼仪传统的词汇。我们可以从中看出,张爱玲在处理这些文化词语时并未简单地用地道的英语来表述,而是费尽周折,刻意先用音译处理,再用意译复述,试图在"译文"中忠实地保留这种独特的中国文化意象,从而使英语读者在阅读 The Rouge of the North 时能够同时在宏观和微观上了解中国文化。譬如,张爱玲在处理"姑爷","姑奶奶"这些中国文化中表示尊称的词语时并未简单地用"son in law"和"daughter"一笔带过,而是先用威妥码拼音音译,再通过解释各自含义的方法加以补充。再如,在中国文化中,"青果""蜜枣""枣子桂圆"等词常寄寓着人们对新郎新娘的美好祝愿,为了传达其负载的双关用意,张爱玲并未按常规译法译为"green olive"和"date and longan",而是别具一格地先用"ching guo""mi tzao""dzao dze and gwei yuen"加以替代再进行解释。同样,在翻译汉语四字成语时,张爱玲依然坚持在译文中保留汉语读音的特殊的双语杂合方式,比如,将"亲亲热热"译为"Ching ching jurh jurh, billing and cooing",将"甜舌甘蜜蜜"译为"Tien tien mi mi! So sweet on each other",将"早生贵子"译为"Dzao sheng gwei dze, give birth soon to a son who will be a high official"等。

可见，张爱玲在赴美之后用英语改写 The Rouge of the North 时，她通过一种独特的"改写"手法，不仅保留了大量具有汉语特色的习语和惯语，而且充分阐释了中国文化所独有的饮食、婚丧嫁娶等传统。这表明，张爱玲在对《金锁记》进行自我改写时既充分考虑了英美读者的理解和接受，又始终坚守着自己的文化立场，"译文"里渗透着的浓厚本土文化意识和双语杂合方式充分彰显了中国文化对她的耳濡目染和她复归中国传统诗学的坚定立场。

（二）美国文学场中的自我改写

张爱玲在自我改写过程中所遵循的正是这样一种以渲染作品东方色彩为主、兼顾英语读者接受能力的双重标准。首先，她通过自己的笔还原了中国社会真实的民俗风貌，触及了封建社会背景下民众的现实生活。作品所描写的人物和场景无不浸润着浓厚的东方色彩和东方意识：古老繁杂的婚丧嫁娶，个性鲜明的作品人物和纠结不清的人生际遇等。对于英语读者来说，这些都有着强烈的吸引力。而文本语言中所渗透的中国情结则打破了英语读者对于他们固有印象中神秘东方语言的习惯、自发的感觉，延长了他们阅读时的感知过程。然而，这部作品为何在美国历经坎坷，不为美国大众所认识？这其实是与张爱玲自我改写时所在的美国文学场密切相关的，正是深受权力场操纵的美国文学场扼杀了张爱玲亲手改写的 The Rouge of the North。

1. 权利场操纵下的美国文学场

"冷战"的开始让战后的美国陷入了另一场政治浩劫。美国国内的右翼分子把世界划分为以其为首的资本主义阵营和以苏联为首的社会主义阵营，并在国内竭力推行"遏制政策"以镇压共产主义的发展。20世纪50年代以降，美国国内麦卡锡反共浪潮疯狂肆虐，大批进步人士与持不同政见者也被加以莫须有的罪名而惨遭迫害。一时间人人自危。处于边缘地位的美国文学场此时也难逃政治迫害的腥风血雨：许多在30年代研究马克思主义的进步作家都出现了反复，有的转而大肆宣扬美国化来改变先前的批判立场，有的则干脆闭门研究他物，文坛中批评社会的作品几近绝迹。可以说，"冷战"时期的美国文学场在政治场和经济场等共同操纵下已经完全沦为了权力场的附属品。

2. 美国文学场中各行动者的关系结构

此时的美国文学场在权利场的掌控之下，外部政治风暴暗流涌动，内部结构关系错综复杂。作为占据主动位置的行动者，文学场内部的出版社与大

第四章 张爱玲与英美文学

众读者分别依据各自的"惯习"力图建构符合自身利益的文学场。

处于内忧外患的美国文学场中,来自中国大陆女作家的张爱玲要想跻身主流文坛可谓举步维艰,尤其是她将自己赴美的第一站选在了商业文化中心——纽约。20世纪50年代的纽约云集着众多知名出版社,文学作品能否出版往往取决于是否符合出版商的口味。张爱玲这部"平淡自然"的作品要想找到风格相近的杂志也绝非易事。显而易见,没有一家美国书商对它有兴趣。而受政治风暴的影响,出版商同时也把持着文学作品思想审查的大权。1956年,斯克里布纳公司(Scribner)拒绝出版 The Pink Tears。

那么,作为文学场中行动者之一的美国读者情况又如何呢?据美国学者金凯筠考证,当时的美国读者主要是那些从第二次世界大战结束到越南战争中期这段时间出生,习惯阅读《读者文摘》及《生活杂志》的大学生及中年中产阶级人士。尽管经历了朝鲜战争和越南战争,但他们的记忆仍然停留在赛珍珠对古老东方的叙述中,"对中国普遍存有好感";而且美国政府在越战中的表现也让他们试图"在完全陌生的农民文化社会中,找寻'真实的象征'",因此,当时的中国成了这批读者急于前往的地方。然而,与同时期韩素音和赛珍珠等同样以中国为背景但带有商业性的伤感气味小说相比,张爱玲作品中对人性的揭露和探索,对社会道德的批判和谴责,却让美国读者想用如田园诗般和平安宁的中国文化救赎欧美的精神文化危机的梦想瞬间成了泡影。这也是张爱玲的"译作"在美国多年得不到读者接受的主要原因。

从中西文化交流的历史来看,处于相对弱势的汉语文化要想取得与较为强势的英美文化平等的对话权绝非易事。英美文化习惯将自己的价值观强加给外来文本,这种对来自东方的异质文化的压制最直接地体现在对译作语言的要求上。英美对译本的要求很高,比如不仅让读者看懂,还要让读者觉得不是译本而是原本。故而要求语言流程、风格相近,符合英美的思维和个性。反观改写后的 The Rouge of the North,它无论在作品主旨、叙事策略还是艺术表现方式上都更偏向汉语思维。张爱玲的英文写作功力虽然深厚,但在小说中却并未套用英语中的惯语和俗语,反而有意采用保留汉语特色的杂合手法,以求尽量避免给英语读者造成"以华为夷"的印象,从而彰显了中西诗学碰撞中东方文化自尊自信的姿态。但这种与美国文学场相悖的行文特征和诗学观也在很大程度上阻碍了她在异乡前行的脚步。

张爱玲在对《金锁记》进行自我改写的过程中并未消极地顺应美国文学场这一外部因素的制约,而是在个人惯习的作用下积极建构自身的文学理想。首先,她选择了自己一贯钟情的《金锁记》进行改写,在自我改写中贯彻了自己所主张的"平淡自然"的文学创作观,并不自觉地批判了当时盛行的女权主义。然而,此种"平淡而近自然的境界"是很难得到一般读者的赏识的。因此,即便是作品中女性命运的叛逆书写也未能唤起读者的兴趣。其次,因希望借作品中的东方文化来吸引外国读者,张爱玲在自我改写时试图不断重现汉语文化的特色,其间无论是作品中的称谓、物名还是习语都采用了直译甚至音译的手法。这种近乎完全异化的方式虽然忠实地传播了中国文化,却不免给英语读者的阅读带来了较大负担。再者,在异乡经历了创作失败与生活坎坷的双重打击后,张爱玲深感作为一名来自中国的女作家想要在美国文学场立足是何等艰难。严酷的现实让张爱玲的美国梦化为泡影,异国的失落也使她在创作上不再迎合西方,而是选择了复归母语怀抱和回溯自身记忆。这样,张爱玲在自我改写中虽然一方面彻底打碎了西方读者眼中的东方"他者"形象,但另一方面,所体现出了与当时受权利场支配的美国文学场格格不入的"惯习"。

第五章 张爱玲与伍尔夫女性主义创作比较研究

第一节 呐喊的女性

女性意识,是女性对自己生命本体的特殊性和本质性以及对女性作为人的价值的体验和认识,它是由女性自己拿起笔来以独特的话语方式向社会、向文化、向人性发言。

在性别的组成上,人类是由男性和女性构成的,二者是互相依存的关系,但长久以来男性和女性的社会地位却是极不平等的。在男权社会中,女性处于被奴役的地位,女性在长期被压制的过程中慢慢麻木了,她们没有社会地位,经济也不独立,更没有反抗意识。但随着社会的发展,女权主义运动开始兴起。1791年,法国妇女领袖奥伦比·德·古日发表了著名的《女权宣言》,主张妇女与男性有同样的天赋人权,尤其是反抗压迫的权力。同年,英国的玛丽·沃尔斯通克拉夫特写了《女权辩护》。该文以理性为武器,以妇女自己的声音,向世界提出了妇女权利的要求,主要针对妇女的平等受教育和受平等教育的问题展开了自己的"辩护"。她认为女性应该被教育成独立的个体,而不是男性的附属物。女权运动向文化领域的渗透,为后来女性主义文学理论的产生与发展奠定了基础。

一、女性意识的觉醒

作为女性作家,张爱玲与伍尔夫都意识到了她们所在的社会的以及历史上的女性的生存状态:在男权社会,女性是男性的附属品,女性天生就是为男性服务的,她们不仅没有社会地位,而且受教育水平有限,经济不独立。她们认为作为一个人,女性应该拥有独立的思想,即使女性争取独立自由的道路是漫长而又曲折的,女性还是应该坚定地站出来,勇于表达自己的要求,在男权社会中占有一席之地,而不是一味地听天由命。

随着社会的发展,封建思想在历史舞台上渐渐退去,文艺复兴运动和启蒙运动使自由平等观念深入人心。在解放思想的历史浪潮中，女性意识渐渐苏醒。伍尔夫不仅是英国杰出的意识流小说家和散文家，也是女性主义文学批评的先驱，她的一生都致力于女性主义创作，关注妇女问题，并将自己的理论主张融入其文学创作中。伍尔夫在其著作《一间自己的房间》中充分展现了她强烈的女性意识。她认为女性在历史舞台上之所以不能发挥与男性类似的作用，不是因为女性先天能力不足，而是因为社会并没有把女性与男性放在同等的位置上去看待：女性在结婚前，出于性别的原因，从小在家里就受到了与其他兄弟不同的待遇，她们不能接受与男性相同的教育，到了一定年龄之后就要听从父母之命结婚生子；婚后的女性在家庭里更是没有地位可言，她们是丈夫的附属品，在家庭里没有独立的空间和经济收入。这样的社会处境，又该如何让女性去发挥与男性相同的社会作用呢？长久以来，女性的时间、空间和独立生存的能力都被男性剥夺了，女性若想摆脱男性的束缚，不仅要有娜拉那样离家出走的勇气，还要有独自生存的能力，否则，到最后依然只能向男权社会低头，继续过着被奴役的日子。

　　自古以来，封建思想便侵蚀着中国的女性。在古代，男性可以三妻四妾，而女性只能任男性摆布，毫无地位可言。她们从小接受的教育不是四书五经，而是三从四德，相夫教子是女性天生的命运。直到"五四运动"，西方女性主义思想才传入中国。在当时的文学作品中，我们经常可以看到娜拉的影子，而摆脱男性束缚、争取女性独立的思想也越来越被人们接受。作为"五四运动"以后杰出的女作家，张爱玲认为女性在社会中依然处于从属地位，她们在男性的束缚和压迫下显得极为弱小和无能为力，即使社会发生了变革，封建政权落幕，封建思想依然根深蒂固地存在于男性和女性的思想中，男性习惯了支配和压迫女性，而女性则无法将自古以来的被动意识剔除，女性意识依然淡薄。为此，张爱玲在其创作中，一方面极力表现女性的弱势地位，希望作为旁观者的女性可以意识到自己的位置，从而激发女性意识的觉醒；另一方面通过两性社会地位的失衡来让男性意识到自己行为的不合理性，从而慢慢改变男性对女性的看法。

　　张爱玲与伍尔夫虽然生活在不同的社会文化环境中，但作为各自所属时代的杰出的女性作家，她们都有很强的女性意识，并充分认识到了女性这一社会群体在社会中的生存状况。在两位作家看来，导致女性在男权社会处于被压迫地位的原因也极为相似：首先，长久以来的男性霸权思想使女性被看作男性的附属品，因此，整个社会从根本的思想观念上轻视女性，这种恶性循环使得女性在社会历史舞台上很难有优异的成绩，从而更加巩固了男性对女性的看法；其次，女性的受教育程度十分有限，男权社会教育女性的内容

局限于玩偶式的生活方式，女性难以接受与男性相同的知识性教育；再次，由于女性在婚姻前后都以家庭为中心，没有经济收入和独立的生存能力，这致使女性的反压迫思想和生存相冲突，妥协思想便油然而生；最后，自古以来的从属思想在女性中已然根深蒂固，潜在的女性意识被女性自己所压制。

二、在社会变革中呐喊

19世纪末至20世纪中期，资本主义迅速扩张，科学技术迅猛发展，社会变革的步伐越来越快。经历了两次世界大战之后，世界格局发生了根本性的变化，人们的思想也冲破了旧思想的禁锢，自由、平等与和平成为人们思想的重要组成部分，自由与平等不仅存在于阶级之间，还应该存在于男性与女性之间。张爱玲与伍尔夫一生都致力于女性主义创作，她们希望用自己的作品来唤醒女性内心的自由平等意识，呼吁女性要勇敢地摆脱男性的束缚，不再做家庭的玩偶，同时也由此来让男性认识到，在男权社会的强势之下，女性不合理的生存状态。张爱玲的作品以中短篇小说居多，然而它们篇幅虽短，但并不影响表达自己的主张。作为新旧时代交替下的女性作家，张爱玲深知封建思想根深蒂固的女性的生存状态，而她也接受了新思想的熏陶。张爱玲新旧思想的冲突蕴含在她的文学作品中，而这些作品揭示出了女性意识觉醒的迫切性。伍尔夫在《一间自己的房间》里已经充分阐明了自己的观点：女性并非没有卓越的创作能力，在男权的压迫下，女性失去了独立的空间，外在环境压得她们喘不过气来，因此，女性创作需要时间、金钱和一间自己的房间，这样女性创作的天赋才能得到充分发挥，女性作家在文坛上才能异军突起。而在《妇女与小说》中，伍尔夫也提到，女性作家的创作不仅要抒发自己的思想，还要通过女性视角来全方位地审视并书写这个社会，并且运用女性独特的话语进行诗意的创作。而这些也都要求女性要有独立的时间和经济能力，并且积极参与社会生活，而不是仅仅局限于家庭这个狭小的空间。这些关于女性创作的主张也表现出了伍尔夫强烈的女性意识。作为女性作家，张爱玲与伍尔夫在社会变革的浪潮中高举女性主义的旗帜，用自己的文学创作来关注妇女问题，在文化领域促进了女性思想的解放。

（一）以变革的社会为作品的背景

文学作品来源于生活又高于生活，作者在进行创作的过程中大多会选择当时的社会作为作品的社会背景，从而更加真实地反映生活。虽然在不同的文学思潮中，作品对现实生活的再现程度各有不同，但从作品中故事所发生的社会背景中，人们还是能够看到现实社会模糊的影子的。又或者说文学作品在一定程度上是现实社会中某个领域的缩影,虽然作品没有刻意交代社会背景,但作品中人物的生活细节却是对现实社会的真实再现,从而引起人们对现实社会中某些社会现象的深入思考。张爱玲与伍尔夫小说中的故事情节大多以当时的社会作为故事发展的社会背景,这一方面可以给读者一种熟悉感,另一方面也有利于揭示当时社会的状况,呼吁女性要从麻木的生活状态中走出来,做一个独立的自由人,而不是男性的附属品。她们的作品也间接地揭示了战争给人的身体和精神带来的无法愈合的创伤。在当时的社会背景下,人物的命运与社会的变化息息相关,人们竭力支配自己的命运,使自己的生活属于自己,可是残酷的战争摧毁了社会秩序,人们在慌乱中怀念着那已成为幻想的理想,在现实中慢慢地向命运低头,而忘却了自己自由独立的权利。

　　张爱玲生活在新旧时代交替的上海。作为一个大都市,上海受西方的影响较大。20世纪初,人们的生活发生了很大的变化,女性在社会上也有受教育的机会,尤其是家境优越的女性可以在学校学习,甚至可以出国深造。然而,当时的社会贫富差距依旧较大,生活在下层的人们虽然也有受教育的机会,但相比之下,满足基本的生存需求更为重要。而且受传统观念的影响,下层男性受教育的机会都要比女性多。此外,一些女性虽然受了西方自由平等观念的熏陶,渴望能够改变传统的生活方式,却没能摆脱传统观念的束缚,最终沦为变革社会的牺牲品。张爱玲前期的小说以中短篇为主,而作为一部长篇小说,《半生缘》以战争前后的上海为背景。在当时的社会,虽然女性有一定的生存能力,然而她们的力量很渺小,依靠男性而生存的想法依然存在于大多数女性的思想观念之中。小说以顾曼桢和沈世钧的曲折爱情故事为线索进行叙述。小说中的顾曼桢虽然受过新式教育,有突破传统思想束缚的勇气,但在具体的实践中却一次次向旧势力妥协。她虽然没有像曼璐那样彻底牺牲自己,但为了亲人,她还是牺牲了自己的爱情,与世钧只有半生的缘分,而后半生两人却要在苦闷中度过。同时苦闷的还有世钧的妻子翠芝。四个人都没有勇气站出来表明自己的感情,从而造成了四个人的悲剧。虽然当时的上海是思想比较开放的都市,然而封建思想依然存在,人们不善于表达自己的感情。以曼桢的母亲为代表的女性依然遵循旧思想,认为女性要想过好生活,必须嫁给有能力的男性,而男性的人品倒显得不那么重要;曼璐虽然有对自由恋爱的向往,但养家的重担让她选择了一条不归路,她一旦认识到自己的牺牲是不值得的,便成了助纣为虐的人;而以曼桢为代表的女性则追求自由恋爱,有自己的思想观念,可是她们纵使有突破传统的独立意识,但在残酷的社会现实面前还是选择了让步。"她一直知道的。是她自己说的,他们回不去了。他现在才明白,为什么今天老是那么迷惘,他是跟时间在挣扎。从前最后一次见面,至少是突如其来的,没有诀别。今天从这里走出去却是永别了,清清楚楚,就跟死了的一样。"① 封建思想中的门当户对观念依然根深蒂固,女性要想挣脱封建思想的束缚,不仅要有独立的思想,还要有不依赖男性也能独立生存的能力,否则只会再度沦为社会洪流的牺牲品。

《金锁记》虽然篇幅不长,但足以展示出当时社会对女性的摧残和压迫。封建社会失败的婚姻制度,尤其是包办婚姻依然存在;作为衡量一切的标准,金钱慢慢地腐蚀人性,直到人异于人。在当时的社会,女性自己选择婚姻的权利是极为有限的,她们多是听从父母或兄长之命,而家长往往以金钱和地位作为选择的标准,而男性的人品则放在次要位置。曹七巧也曾有自由恋爱的机会,可是这个机会却被贪财的哥哥无情扼杀了——把她嫁给姜公馆患有骨痨的二少爷。曹七巧的婚姻从一开始就是畸形的,这煎熬的婚姻生活慢慢地也把她腐蚀了——她抽大烟,年纪轻轻便守了寡。带着儿女独自生活的她并没有改变自己畸形的心理,而是演变成一种病态心理,"三十年来,她带着黄金的枷。她用那沉重的枷劈杀了几个人,没死的也送了半条命。她知道她儿子女儿恨毒了她,她婆家的人恨她,她娘家的人恨她……喜欢她的有肉店里的朝禄,她哥哥的结拜兄弟丁玉根、张少泉,还有沈裁缝的儿子"②。在她看来,他们只是一时的喜欢,但只要和其中一个结婚生子,男人多少会对她有点真心。从一个被害者沦为害人者,曹七巧这一形象的演变也恰恰说明了社会环境对女性的迫害之深。身处在这样的环境下,女性应该保持独立冷静的头脑,与封建思想进行抗争,改变现状并提高自己的社会地位,而不是沦为封建思想的帮凶,更不应该只是依靠男性而活。

伍尔夫经历了两次世界大战,即大英帝国由盛转衰的时期。战争的残酷是难以想象的,战争的阴影向人们安逸的生活慢慢渗透。处在战争前线的人们及其家人饱受战争的摧残,即使战争结束了,他们依然无法摆脱战争所带来的伤害,然而上层社会依然沿袭着以往的生活观念,并没有反思战争的危害,社会的变革让世界在一天天进步,然而人们也为此付出了惨痛的代价。作为伍尔夫意识流小说的代表作,《达洛卫夫人》用一天的生活彰显了小说中各个人物之间的关系的发展变化,以及人物的性格特征与命运变化的原因。小说写了战后伦敦一天之中从早到晚的景象:伦敦各街道看不见战争的影子,花店会正常营业,人们会正常参加别人举行的舞会,并且邀请别人来参加自

---
① 张爱玲:《半生缘》,北京:北京十月文艺出版社,2012,第343页。
② 张爱玲:《倾城之恋》,北京:北京十月文艺出版社,2012,第260页。

己的舞会……一切都显得井然有序,生活并没有什么异常,对参加过战争的人或他们的家人来说,战争的阴影却是挥之不去的,这阴影伴随着他们的余生,直至精神崩溃。"战争已经结束,不过还有像福克斯克罗夫特太太那样伤心的人,她昨晚在大使馆痛不欲生,因为她的好儿子已经阵亡……还有贝克斯巴勒夫人,人们说她主持义卖市场开幕时手里还拿着那份电报:她最疼爱的儿子约翰牺牲了……眼下正逢六月。国王和王后都安居在宫中。虽然为时过早,到处都已响起赛马奔腾的得得声,板球拍的轻扣声。"① 一战后的伦敦没有反思战争给人们带来的苦难,而是陷入一片歌舞升平的状态之中,阵亡战士的母亲在痛苦中悼念自己的儿子,而统治阶级却依然过着享乐的生活,丝毫不考虑战争给人们带来的阴影。从战争中幸存下来的士兵赛普蒂莫斯身心俱疲,他虽然活了下来,却饱受战争阴影的困扰,他终于再也受不了精神的折磨和人们对待他的眼光而选择了自杀,留下了独自伤心的妻子雷西亚。统治阶级热衷于通过战争来彰显本国实力,试图在战争中获取利益,然而男性的战争却让女性来承担后果——失去儿子的母亲和失去丈夫的妻子承受了战争的苦难,却也只是默默忍受着。女性在男权社会没有话语权,更没有反对战争的权利,她们拥有的只是战争带来的苦难,这也揭示出女性的觉醒和争取话语权的迫切性。

《到灯塔去》是一部回忆与现实并存的作品。小说以一战前后的社会为背景,以维多利亚时期典型的家庭模式为描写对象。拉姆齐先生热衷于哲学研究并且非常渴望别人能够赞同他的研究成果。他的生活除了研究就是和其他同行进行探讨交流。而拉姆齐夫人则善于交际。在拉姆齐先生和其他人聚会时,拉姆齐夫人要做的就是负责招待来宾,并且让他们有宾至如归的感觉。拉姆齐夫人试图让每个人都能满意,这样,她的丈夫才会对她满意,并且她也不失贤妻的身份。"她如此出于本能地渴望帮助别人、安慰别人,是为了使自己得到满足,是为了使别人对她赞叹:'啊!拉姆齐夫人!可爱的拉姆齐夫人!拉姆齐夫人,可真没说的!'并且使别人需要她,派人来邀请她,大家都爱慕她。"② 拉姆齐夫人以拉姆齐先生的妻子自居,她是丈夫的附属品,人们对她的称赞等同于对拉姆齐先生的认同。在这样的家庭模式下,拉姆齐夫人忽略了她自己作为一个女性所拥有的能力,一切都是以丈夫为先,即使心有不满,也只是一言不发,任时间把一切冲淡,然后再恢复以往的平静。

---

① 弗吉尼亚·伍尔夫:《达洛卫夫人》,孙梁、苏美译,上海:上海译文出版社,2011,第2页。
② 弗吉尼亚·伍尔夫:《到灯塔去》,瞿世镜译,上海:上海译文出版社,2008,第49页。

战争的爆发使得这样一个模范家庭不再平静,他们的儿子安德鲁·拉姆齐死在战场上,他们曾经聚会的地方由于许久没人来住已经失去了往日的风采。战后拉姆齐先生带着孩子们回来了,但经过战争和时间的洗礼之后,一切都难以恢复原样。失去了拉姆齐夫人的家庭变得支离破碎,孩子们在父权的压迫下难以呼吸,她们怀念母亲的宽容与谅解。这展现了女性在家庭中的重要地位,而这种地位有时甚至比男性更为重要。这也提醒了男性不要只把女性当作家庭的仆人来看待。在家庭里,女性的地位绝不亚于男性。这表明了社会环境的变化影响了整个家庭的命运,也让人们认识到个人命运是和社会息息相关的,逃不开也躲不了。

在设置作品的社会背景时,张爱玲与伍尔夫都尽可能地以当时的社会环境为背景。虽然社会物质文明和精神文明整体上都以前所未有的速度在进步,然而处在这一过程中的人们的生活和精神却备受折磨,人类为此付出了惨痛的代价。上层社会的人们虽然有机会接受新思想的熏陶,然而他们内心的传统观念更为牢固。人们在优越的物质生活中带着精神的枷锁慢慢走向死亡,而生活在社会底层的人们为了生存出卖自己的灵魂,他们在生存面前变得麻木,在现实面前一次次低头,直到再也抬不起头来。两位作家以旁观者的角度向人们揭示了女性生存现状的根源所在。她们呼吁无论处在上层社会还是生活在社会底层,女性都要在封建思想根深蒂固的现实社会中意识到自我价值,既要有拥有独立人格的勇气,又要通过努力来提升适应社会生活的能力,做到即使离开男性的供养,也依然可以独立存活。只有这样,她们才能让男性刮目相看,从而改变女性的生存现状。

(二)向父权制社会屈服的女性形象

从父系社会开始,女性的地位就开始下降,到封建社会,两性社会地位严重失衡。进入资本主义社会,自由平等观念慢慢深入人心,女性开始意识到自己的弱势地位,女权运动慢慢兴起,并渗入文化领域。虽然男性作家的作品也会塑造女性形象,但是这些女性形象大多只是单纯的人物形象,很少带有女性意识的色彩。女性作家群体的兴起使作家开始从女性的角度来发出自己内心的声音,并渐渐地涉及书写整个社会女性的现状。关注妇女问题,为女性文学的发展和女性追求自由平等的权利奠定了基础。张爱玲和伍尔夫所刻画的女性形象分为两类:一类是虽然能够意识到女性本身的价值以及男性霸权给自己带来的苦痛,却没有独立的勇气,依旧带着精神的枷锁依赖男性而生存的女性;另一类是在意识到自身的价值后,开始追求独立自由生活的女性,她们虽然力量微弱,在独立自由这条道路上会异常艰辛,但依然勇往直前。在张爱玲与伍尔夫的小说作品中，向父权制社会屈服的女性形象具有社会典型性，这些女性形象的生活经历和心理变化正是当时社会上很多女性生存现状的写照。两位女性作家以独特的女性视角客观地展现了女性在传统思想的束缚下，依然习惯于屈服的状态及原因，从而向人们揭示了女性所共有的生存现状，进而呼吁女性要摆脱习惯被男性摆布的心理，做一名拥有独立自由思想的女性。

张爱玲的笔下也不乏这种向男性屈服，没有独立观念，认为女人的一生是靠男性来过活的女性形象。她们把嫁人当作保障生活的筹码，如果离开男性，她们的生活会发生翻天覆地的变化，她们想不到去自力更生，并认为改变命运的途径就是嫁给一个能够让自己衣食无忧的人。在她们看来，婚姻的双方是以金钱和容貌为基础的，夫妻双方各取所需，没有什么感情可言。在张爱玲的小说中，这类女性也有讲究自尊的时刻，可这个时刻很快就被生存的现实所淹没。她们最后沦为男性和金钱的奴隶，陷入一种恶性循环之中而不能自拔。《连环套》中霓喜曲折的一生是与其婚姻密切相连的。霓喜的一生有三个丈夫，可是在法律上讲，她却未曾有过真正的婚姻。她的第一任丈夫是印度人雅赫雅。她是被买来的，所以雅赫雅从来没把她当作妻子来对待。被雅赫雅赶出来后不久，霓喜又被药店老板窦尧芳看中，五年以后窦尧芳去世。不久之后霓喜便跟了英国人汤姆生。霓喜出身不好，她也跟其他女性一样，没有独立意识，任人摆布。在被男性抛弃之后，她想的不是如何自立自强，而是寻找下个可以供养她的目标。她选择丈夫的标准很低：只要可以在社会上生存下去，不再去过以前的苦日子，谁做她的丈夫已不再重要。婚姻只是她生活的工具，在婚姻中，她扮演的角色和丈夫是完全失衡的，她的丈夫们因为她的长相而选择了她，虽然她有选择丈夫的权利，可是现实并没有给她选择的机会。她的一生都在被男性选择着，直到她年老色衰，甚至即使年老了，她也只是把自己的生活寄希望于自己女儿的身上——她的女儿又成了被选择的对象。小说最后，三十一岁的发利斯托人向她十三岁的女儿瑟梨塔提亲也暗示了这种恶性循环的开始。女性因为自己的长相而被男性选择，他们并没有把女性放在与自己同等的地位，而是把她们当作自己的私人物品，喜欢时微笑以对，厌烦时就像丢掉一件物品一样丢掉她们，包括孩子；而女性除了接受这被抛弃的惨剧之外，别无他法。她们只是逆来顺受。小说虽然篇幅不长，却充分展现了一个女性被男性摆布的一生，由此，也毫不保留地揭示了女性软弱的一面。作者借此也希望具有类似命运的女性，不要一味地接受现实，而是跳出女性被男性奴役的恶性循环的怪圈，摆脱被选择的命运。

伍尔夫主张女性不仅要有自己独立的思想，而且要敢于表达自己的心声，而不是在纠结中默默忍受。伍尔夫的作品中有很多女性形象,她们虽然有独立的生存能力,可是依然会选择大多数女性的生活道路,在婚后过着不够独立的生活。《达洛卫夫人》通过达洛卫夫人一天的生活展现了她的一生。为了晚上的宴会,达洛卫夫人做了很多准备。作者通过意识流的手法,将她一生的经历与心理变化展现出来:她年轻时也曾有过选择真爱的机会,她和彼得·沃尔什的爱情是理想化的,并不能走入婚姻的殿堂,因为彼得·沃尔什放荡不羁、不谙事故的性格让她几乎陷入疯狂,所以她选择了理性又有社交能力的理查德·达洛卫。在现实生活面前,爱情显得苍白,她选择了做达洛卫夫人,从而放弃了独立与自由的机会。婚后的她便以丈夫为中心,她的社交活动也是为巩固理查德的社会地位而服务。她在家庭中失去了自我,"显然她很世故,过分热衷于社交、地位和成功……尽管她的才智超出达洛卫两倍,她却不得不用他的眼光去看待事物——这是婚姻的悲剧之一。虽然她自己也有头脑,却老是引用理查德的话……像她这种女人投入的无休止的社交活动,确实令人身心交瘁,她却真心实意地乐此不倦,乃是出于天性吧"[①]。与理查德结婚后,克拉丽莎由一个独立的女性变成了达洛卫夫人,她的一切活动都潜移默化地打上了丈夫理查德·达洛卫的烙印,即使她有自己的想法,这种想法也被以夫为天的思想给打压了,在理查德独自参加别人的宴会时,克拉丽莎并没有觉得自己是自由的,而是觉得无比的孤独,因为自己被丈夫撇下了,她忘了自己其实也是一种独一无二的存在。作为英国当时上层阶级女性的代表,达洛卫夫人的生活状态具有代表性。而大多数人已经习惯了这样的生活状态,她们并不觉得女性这种存在方式是不合理的,即使有些不满,那也是短暂而又没有深度的,她们的思想已经程式化了。

  作为女性作家,张爱玲与伍尔夫深知女性在社会上的地位以及男性与女性不平等的关系。她们以女性的视角来审视思想麻木的女性,并将这些女性融入自己的作品之中。她们通过塑造具有社会代表性的女性形象来向社会揭示女性的生存状态,将女性命运与心理客观地展现出来,让人们从一个局外人的角度来重新解读自己的生活意义,从而唤醒女性潜在的自主意识。虽然两位作家描写的文化背景是有差异的,但是她们笔下的这些屈服于男权的女性形象的形成原因是有共同性的。首先,长久以来的文化熏陶让女性深深地相信女性在社会上是没有独立的一席之地的,她们只有依附于男性才能更好地生存;长久以来,女性在家庭和社会上的贡献是有限的,女性并没有什么值得男性刮目相看的举动,所以,在男性眼中,女性的这种生存状态是理所

---

① 弗吉尼亚·伍尔夫:《达洛卫夫人》,孙梁、苏美译,上海:上海译文出版社,2011,第72页。

当然的。其次，由于社会长期以来都由男性占据主导地位，女性所能从事的职业是极为有限的，这也导致女性没有独立的经济收入，所以即使女性主观上想摆脱男性的束缚，但出于对生存现实的考虑，她们也会对这种举动望而却步。换句话说，当物质与精神发生冲突时，人往往会选择前者，更何况是在社会上处于弱势地位的女性。张爱玲与伍尔夫都意识到了这些，虽然她们表现的手法不同，但在作品中，她们都揭示出了社会观念的改变与经济独立对提高女性的社会地位、寻求一种新型的两性关系的必要性。

（三）觉醒与束缚的对比存在

张爱玲与伍尔夫在作品中都采用了对比的手法：通过女性形象之间的对比来展现觉醒与束缚的女性形象的不同命运，同时，通过男女形象之间的对比来展现男女地位之间的失衡，从而既可以唤醒女性的意识，又可以向男性展示他们的霸权意识对女性造成的伤害。只有男性和女性共同觉醒，男女性之间失衡的关系才能早日找到平衡点。长久以来的文化渗透已经使男权思想根深蒂固，随着全世界女权运动的发展以及向文化领域的渗透，提高女性在社会中的地位，使女性作为一个独立的自由人在社会和家庭中受到重视，让女性在生活中充分发挥自己能力、展现自己价值的呼声越来越高。而作为女性作家，张爱玲与伍尔夫通过作品中人物形象的对比，展现了人物命运的变化以及改变女性地位的重要性。

在张爱玲的小说中，她对人性的彰显既是含蓄的又是触目惊心的。现实社会中悲哀的人性总是让人痛恨，但又会让人们不由地叹息。人们不免会思考这种种可悲的人性背后究竟隐藏着怎样的原因。在张爱玲的小说中，觉醒与妥协的对比既有不同女性形象的对比，又有男女形象之间的对比。男性在她的作品中不再以伟大的形象出现，他们在女性形象面前显得懦弱无能，而女性自我价值的提升和独立自我的完善，反而会让男性改变传统的看法，对女性刮目相看。作为一部长篇小说，《半生缘》的人物关系并不复杂。小说以战争前后的上海为背景，以顾曼桢半生的经历为线索进行叙述。曼桢接受的是新式教育，在她的思想观念里，女性是可以不依赖男性而独立生存的，对女性来说，男性是一种感情寄托，而不是物质上赖以生存的对象，在一个家庭中，男女之间的地位应该是平等的，婚姻应以感情为基础。在和沈世钧交往的过程中，曼桢试图通过自己的努力来改变家庭的现状，而并不是依靠与世钧的婚姻来维系家庭。在被囚禁的过程中，她刚开始以为的世钧可以救自己出去的想法被实践证明只是一种奢望，自己的命运是掌握在自己手中的，能够拯救自己的人就只是自己而已。在逃出祝家后，她开始了独立的生活，在战乱的年代，生和活都是困难的，可她依旧靠自己的双手活了下来。她虽然曾为孩子妥协过，但在小说的最后依然觉醒了：她没有依靠祝鸿才，也没有乞求沈世钧，而是独自带着孩子度过余生。与曼桢相对的是曼璐，作为顾家的长女，曼璐在父亲去世后，为了家庭而牺牲了自己的爱情和青春，做了一名舞女。这虽让她养活了一家人，可是她的职业却是家人的耻辱。到她年老色衰了，她依然是想通过结婚来改变自己的生活。曼璐想通过自己的努力来改变家庭的现状，可是她选错了方式，她的一生都在依靠男性中度过，而忘了靠自己去争取，她的态度也决定了祝鸿才对她的态度。祝鸿才觉得她没有什么价值可言，他反而喜欢一向独立的曼桢。曼璐和曼桢在人生中都在为他人而奔波，可是她们所选择的方式有本质上的区别：曼璐的一生不断地向男性妥协，她把男性当作自己的归宿，最后却让自己的生命变得一文不值；而曼桢在男性面前一直保持自己独立的人格，虽然生活拮据，但依然可以靠自己的双手独立地活下去，这反而赢得了男性的尊重。这两个女性形象的对比也揭示出女性的生存状态虽然和社会环境密不可分，但很大程度上还是取决于女性的生存态度，拥有独立人格的女性是可以在社会上有一席之地的。女性应该敢于独立生存，依靠男性的存在只会让自己处于被动位置，从而输掉了自己的一生。

《红玫瑰与白玫瑰》中的振保在英国留过学，成绩优异，在毕业前就已经接到了英商染织厂的聘书，一回到上海就有工作。在外人看来，振保通过自己的双手挣得了现有的地位和名利，他的成功是很多人梦寐以求的。然而到小说最后，人们才发现，原来振保依然是一个意志软弱的人。对于朋友的妻子王娇蕊，他是有感情的，可是当王娇蕊愿意放弃一切和他在一起时，振保选择了逃避，并随便选择了一个名叫孟烟鹂的大学生结婚。他的妻子和王娇蕊不同，王娇蕊思想开放，有独立的思想，而孟烟鹂在婚前就"很少说话，连头都很少抬起来，走路总是走在靠后。她很知道，按照近代的规矩她应当走在他前面，应当让他替她加大衣，种种地方伺候着她，可是她不能够自然地接受这些分内的权利，因为踌躇，因而更为迟钝了。"[①] 振保结婚以后不久就对烟鹂失去了兴趣，他宁愿在外面宿娼也不愿回家面对烟鹂。对于思想独立又有些叛逆的王娇蕊，振保既向往又懦弱，而对于顺从的贤妻烟鹂，振保却是厌恶至极。烟鹂极力想扮演好一个贤妻良母的角色，然而在振保眼里，她却是乏味至极的。几年之后，烟鹂慢慢地开始有些独立了，振保反而开始回归家庭，振保对待烟鹂的态度因烟鹂的独立而开始产生变化。作品中男性

---

① 张爱玲：《红玫瑰与白玫瑰》，北京：北京十月文艺出版社，2012，第81页。

对女性的态度是因女性的改变而产生变化的，这也揭示出女性独立自主的重要性。即使在家庭之中，女性也应该保持思想和经济独立，否则只会让自己处于被动地位。而与振保的懦弱相比，王娇蕊敢爱敢恨，能勇敢地面对男性给自己带来的伤害，这也是男性地位下降的预示。

在其小说中，伍尔夫在塑造一个被男权约束的女性形象的同时，也塑造了试图改变传统的生活方式、对自己的命运进行一次反世俗的变革的女性形象。这虽然是其个人的一种改变，但也预示着女性意识的觉醒。女性开始在自己身上寻找男性所没有的独特价值，从而改变男性对女性作用的看法，让男性意识到，女性在社会上不只是生活在家庭之中，还可以走出家门，以独立的身份步入社会；而男女形象之间鲜明的对比更加让人们清楚地看清了男女关系的失衡，并让人们意识到传统的男性与女性不平等的关系给女性群体带来的深远恶劣的影响。如果两性之间的关系有所改善，那么女性的生活状态将会得到前所未有的改变。女性的命运不应该掌握在男性手中，女性应该充分意识到自身的独特价值，并将这种心声大声地表达出来，而不是像玩偶一样任男性摆布。

《到灯塔去》中的拉姆齐夫人和莉丽·布里斯库就是相对而存在的一对女性形象。拉姆齐夫人是一位贤妻良母，对内，她要照顾丈夫和八个孩子的生活起居，对外，为了维护拉姆齐先生的社会地位，她要尽量招待好应拉姆齐先生所请而来赴宴的每个人，而且还要为其他人的婚姻操心。拉姆齐夫人认为女性遇到合适的男性就应该果断地嫁人，因此，她极力撮合保罗和敏泰，却不曾考虑两人是否真的合适。她自己是维多利亚式家庭的受害者，却又在晚年转变为策划这种不合理家庭方式的人，而且丝毫没有觉察出这种家庭生活方式的不合理之处。拉姆齐先生容不得妻子有任何的反抗，即使关于第二天的天气，妻子的不同意见都会让他大怒。"如此令人吃惊地丝毫不顾别人的感情而去追求真实，如此人性、如此粗暴地扯下薄薄的文明的面纱，对她来说，是对于人类礼仪的可怕的践踏。因此，她迷惑地茫然凝视，她低头不语，好像让那倾盆而下、有棱有角的冰雹，那湿透衣裙的污水，都溅落到她身上而不加反抗。她没什么可说的。"[1]拉姆齐夫人对于这种无理的愤怒虽然不满，但还是选择了一味地妥协。对于丈夫，她提出了质疑，但很快又被自己的思想给镇压了。而作为一名大龄女画家，莉丽·布里斯库并没有被世俗的眼光所改变，即使自己年龄大了，她也不会仓促地对待自己的婚姻。即使是到了四十多岁依然未婚，她也从容地面对生活，而不是为了结婚而结婚。莉丽喜

---

[1] 弗吉尼亚·伍尔夫：《到灯塔去》，瞿世镜译，上海：上海译文出版社，2008，第37页。

欢通过画画来表达自己的思想，展现自己的内心。即使在男性看来女性是画不出什么佳作的，她依然坚持着自己的信念，并且力图把自己所看到的景象原封不动地展现在她的画作上。在概念和感觉进行斗争之时，她时常提醒自己要保持那份勇气，并且告诉自己这就是自己所见到的景象。面对男性群体对她的压力，她依然没有放弃自己的理念，而是在传统的思想观念中艰难地保持着独立的自我，并通过自己的作品来真实地展现自己的思想，就像她喜欢把她所看到的景象用同样的颜色来表现出来一样。通过对拉姆齐夫人和莉丽·布里斯库这两个女性形象进行对比，我们可以看出在当时的社会背景下，选择独立的女性只要勇于坚持自己的信念，敢于表达自己的观点，还是可以有生存空间的。拉姆齐夫人一生想要维护的孩子在她去世之后成了丈夫霸权的对象，并且陷于父权的压迫之中而深受煎熬，她所撮合的保罗和敏泰的婚姻也破裂了，而她作为一个普通的家庭主妇就这么默默无闻地离开了。在她丈夫的心中，她只是一个妻子而已，在别人眼中，她是拉姆齐先生的夫人，而不是独立的自我；而莉丽·布里斯库虽然没有结婚，可是在小说的最后，她终于画出了心中所想的内容，这也预示着女性意识在困境中觉醒了。

在其作品中，伍尔夫不仅把女性形象进行对比，还打破了与女性形象对立存在的传统男性形象的主权地位，从而在侧面对女性形象进行衬托，突出了女性鲜明的性格特征。这些男性形象是当时社会上男权形象的代表，他们身上具有一定的时代特色，他们对待女性的态度及行为方式是时代发展的产物。他们受传统思想的影响，把女性当作自己的附属品或者社交的途径，他们容不得女性有一丝的反抗，她们的言行要和自己的思想一致。《达洛卫夫人》中的理查德·达洛卫和《到灯塔去》中的拉姆齐先生就是伍尔夫笔下典型的男性形象，他们都有自己热衷的事业，而与事业相比，家庭是微不足道的。他们十分在乎自己的名利、地位以及他人看待自己的眼光，他们总是希望在他人的评价中来寻找自己的价值所在。在家里，他们是高高在上的丈夫和父亲，是家庭的主宰者，妻子和孩子，都应该在他们的指挥下生活，容不得妻子和孩子有与他们不同的想法，只要是他们已经认定的事情，家庭成员就要无条件服从。相比于他们的社会地位，亲情的光芒是暗淡的。妻子一方面是孩子的母亲，另一方面便是他们进行社交活动的代言人，为巩固和提高自己的社会地位而服务。这些男性形象的存在从侧面更加验证了女性被男性压迫的事实，而且这样的压迫在男性看来是理所当然的。所以，要想从根本上改变这种由来已久的思想，不仅需要男性的自觉，还需要女性群体从根本上改变自己的社会角色，提升自己的社会价值。

张爱玲和伍尔夫在塑造人物形象的过程中都采用对比的手法，她们通过女性形象之间的对比和男女形象之间的对比,来凸显女性独立自主的思想对改变女性自身的生活方式和男性对女性的态度的必要性。女性的社会地位虽然是传统社会发展的产物,但是在新思想不断发展的社会,它在慢慢地发生改变。对此,女性应该顺应潮流,勇于表达自己的思想,而不是用旧思想来束缚自己的行为。女性应该意识到改变的时代来了,男性也应该认识到自身霸权对女性和家庭的伤害。总之,在这个变革的社会,人们应该用新的观念来重新审视两性关系。

两次世界大战时期,世界各地之间的联系日益密切,女权运动的发展犹如民族解放运动一样,慢慢地扩展到世界的每个角落。这一时期,女性在各个社会中的地位是类似的。无论是中国还是西方,在20世纪前期,越来越多的女性作家开始涌现,她们用独特的女性视角进行书写,从而彰显出了强烈的女性意识。在这一时期,作为中英两种不同文化环境下诞生的优秀女作家,张爱玲和伍尔夫都在用自己的作品向人们展示女性在整个社会的生存现状和形成这种现状的原因,并通过对残酷现实的揭示向人们呼吁女性应该从传统的思想束缚中解放出来,拥有独立生存的勇气与能力,并且争取与男性平等的权利,而不是生活在温室里,等待男性的支配。

三、苦闷与彷徨

在创作过程中,作家往往能将他们在现实生活中的所见所想融入作品之中,而有些典型的人物形象以及故事情节可以在现实生活中找到原型。文学作品是现实与作家思想的结合,这种结合通过作家的话语展现出来。他们能敏锐地发现现实社会中存在的问题,并寻找问题产生的根源。他们虽然能想象出社会发展的方向,却无法预知未来,对于他们在作品中所呈现的问题,他们也不能提出有效的解决办法,他们能做的就是将问题写入文学作品之中,让人们以旁观者的角度来审视自己所处的社会环境和人生阶段,引起人们对人生,对社会的深入思考,从而为社会问题的解决贡献自己的力量。张爱玲与伍尔夫在进行创作期间都经历了战争,动荡时期的人们的思想和生活都饱受煎熬,而在战乱时期,人们的生存需求超越了精神需求,故生存的压力使人们在精神上容易产生妥协。作为有独立思想的女性,张爱玲与伍尔夫极力呼吁社会上的女性应该与男性相抗争,把自己失去的权利争取回来。但是由于受传统思想的束缚和有限的独立生存能力的影响,她们也深知虽然自己的作品能够影响人们的思想,让人们充分认识到自己的现状,可是她们的力量毕竟是有限的。面对这样的局面,两位作家在她们的作品中都表现出了自己的苦闷与彷徨。从她们的作品中,我们可以看出,面对社会格局的变化,她们强烈的女性意识在动荡的年代显得苍白无力。她们的作品都提出了问题，可是没有提供解决问题的途径，实际上，解决问题的办法对作者本身来说也是未知的。

在张爱玲的作品中，很多女性形象的结局都未免让人叹息。《连环套》中的霓喜从小就生活在贫穷中，为了不再过童年时那样的生活，对于长大后的她来说，脱离过去比什么都重要。她没有独立生活的能力，但她有美貌，男性对她来说与其说是感情的依靠，倒不如说是她赖以生存的工具，明知道在他们的眼中自己的价值是有限的，可她依然会选择这些人，否则她将会回到那不堪的过去。《倾城之恋》中白流苏与范柳原的结合也是顺势而为的。流苏也知道范柳原不会一直真心对她，即使结婚，她在家里也没地位，只是范柳原的附属品。虽然之后他们结为了夫妻，但范柳原依然会在外面拈花惹草。然而作为一个离婚之人，娘家已经不是她的容身之地，虽然范柳原让她体会到了不一样的生活，然而她知道，促使她跟范柳原在一起的真正目的是经济上的安全，然而香港的沦陷更加坚定了她的决心，"他不过是一个自私的男子，她不过是一个自私的女人。在这兵荒马乱的时代，个人主义者是无处容身的，可是总有地方容得下一对夫妻"。① 霓喜与流苏的选择固然是不对的，然而在生存的困境下，不这样选，又该如何存活下去？这种的无奈也正是作者的无奈，作者通过她们的经历既展现了女性被压迫的命运，又体现了这样的境遇下做出这样的选择的无奈。

达洛卫夫人在宴会上得知一个年轻人放弃了自己的生命之后，虽然她也曾为之震惊，认识到无论如何，生命有一个至关重要的中心，而在她的生命中，它却被无聊的闲谈磨损了，湮没了，每天都在腐败、谎言与闲聊中虚度。她怀念年轻时的纯真，厌恶现在浮华的生活，因为生命褪去了以往的颜色，变得异常孤独。然而宴会依然会继续，她依然还会穿梭于她的社交圈中。她已经老了，无论多么怀念过去，如今也只能在这份孤独中走向未来。《到灯塔去》中，拉姆齐夫人在与丈夫相处的过程中也意识到了丈夫的各种问题，她也想拥有自由的空间，可是她不仅是拉姆齐夫人，还是八个孩子的母亲。要想摆脱丈夫的束缚，离开是最好的选择，因为她改变不了丈夫的性格，然而离开之后又该如何生存呢？在这个动荡的社会，充满了战争和死亡的气息，生的延续变得更加珍贵。这两位女性都意识到了自己的生活是无趣的，她们的生活被丈夫束缚着，没有自由与空间，可是如果离开她们的家庭，她们又该何去何从，她们唯有延续现状直至死亡。虽然我们在她们身上能看到作者

---

① 张爱玲：《倾城之恋》，北京：北京十月文艺出版社，2012，第199页。

对现实的批判，同样，她们也体现出了作者的无奈。作者揭示了问题，却没能给出一个从根本上解决问题的途径。

在19世纪末20世纪初，既拥有女性意识又能脱离男性束缚而独立在社会上生存的女性是少之又少的，而作为独立的女性，张爱玲与伍尔夫也深知女性的独立是需要客观条件的，即使女性意识到了自身处在一种不平等的关系之中，她们也会选择沉默。娜拉的出走是一种勇气，可是出走之后能否独立生存，会不会因为在社会上无法生存下去而选择妥协却也是众人想知道的。在其作品中，张爱玲与伍尔夫都揭示出了女性生存现状的不合理性和造成这种现象的各种深层和浅层的原因，然而，她们笔下女性的选择却又是一种无奈之举，同时，作者也没有给出一种更好的选择。这样，作者把解决问题的方法留给了读者。

张爱玲与伍尔夫都是女性意识觉醒较早的作家，她们试图通过自己的作品来向广大读者展现女性的生存状态，呼吁女性要从麻木的生活中觉醒，摆脱男性的束缚，在家庭和社会中要有独立的思想和生存能力，不断地充实自己，认识并展现女性所独有的社会价值，提高女性群体在社会中的地位，同时也希望男性能认识到自己根深蒂固的传统思想给女性带来的危害。但她们在寻求新的两性关系的过程中也都有苦闷和彷徨的时候。尽管如此，她们依然倾其一生进行创作，希望自己的作品能唤醒沉睡的人们，为女性主义的发展贡献自己的一份力量。

第二节　弱化的男性

"在以男性话语为中心、男性审美估价上升为主流意识形态的社会体系中，所有的女性类型都表现了男人对女人的希冀或评价，直接服务于男性中心文化。"[1] 相对于女性形象来说，文学作品之中的男性形象往往处于主导地位，而且性格特征鲜明。而女性作家的文学作品大多是在表达女性群体的呼声，并以女性形象为中心展开故事情节，男性形象则处在弱势地位，并作为被批判的对象而存在。张爱玲与伍尔夫都生活在父权社会体制之下，她们有着相似的童年经历。她们虽然出生在名门望族，但是作为女性，尤其是没落家族的女性，她们的受重视程度很低，甚至时常处在被压迫的地位。为了生存，她们甚至会委曲求全。她们周围的男性，尤其是父亲和兄弟，是作品中一些男性形象的原型。从这些男性身上，她们体会到了封建思想中男尊女

---

[1]　杨莉馨：《父权文化对女性的期待——试论西方文学中的"家庭天使"》，载《南京师大学报（社会科学版）》，1996年第2期。

卑的观念给女性带来的不公平的待遇。虽然资本主义平等自由的思想盛行，但是进行独立创作的女性作家，尤其是通过采用非个人化的叙事手法进行创作的女性作家是极少的。之前的女性作家虽然也进行创作，但其大多数作品是用来表达女性声音的，涉及的社会范围是有限的。而这两位女性作家在进行创作时不仅彰显女性独特的价值，而且从非个性化的视角进行全方位的叙事，所涉及的社会范围也是非常广的。她们不仅着重表现女性的价值和女性在父权制社会压迫下的悲剧化人生，同时也塑造了一系列男性形象，并用他们展现父权社会的发展状态，呼吁人们不仅要重视男性的地位，同时也要给女性独立的空间和平等的受教育的机会。她们认为人们应该摒弃性别化的观念，用平等的眼光来重新审视两性关系。平等和谐的两性关系有利于促进社会朝着和平安稳的方向发展，也是时代发展的需要。通过塑造弱化的男性形象，两位作家进一步彰显了自己的女性意识。

一、丈夫形象的衰落

家庭是社会的组成单位，家庭中的丈夫形象是不可缺少的，他与妻子的形象相对立而存在。在父权制社会，丈夫在家庭中占据绝对的统治地位，妻子处于附属的位置。在作品中，张爱玲与伍尔夫都塑造了一系列丈夫形象。这些男性与他们各自的妻子之间的婚姻是为了结婚而结婚的结合，他们只关心自己的名利和地位，妻子只是自己的附属品之一，他们从不把妻子看作与自己拥有同等地位的人。这些丈夫形象是特定社会时期的典型，他们的行为不仅没能让家庭和睦发展，反而慢慢走向衰亡，家庭的完结也促使社会走向衰落。这些丈夫在社会上的生存处境也并不是一帆风顺的，他们社会地位的下降也是两位作家弱化男性形象的表现。

张爱玲的作品中的丈夫形象也大多是弱化的男性形象，他们与妻子的关系已经失去了原有的意义，夫妻之间没有什么感情可言。对丈夫来说，家庭成了一种羁绊，他们宁愿远离也不愿回归家庭生活，这说明他们没有对家庭的责任感。《半生缘》中的祝鸿才明知道曼璐的经历，还是娶了她。这并不是因为自己有多么喜欢曼璐，而是为了曼璐有旺夫命的说法，而且他想通过曼璐来得到曼桢。祝鸿才在乡下已有妻女，所以他和曼璐并不是正式的夫妻，即使他和曼璐结婚，也并不把心思放在家里。他最后虽然娶到了曼桢，但依然没有把家当作自己的归宿。他忘了自己作为一个丈夫应尽的义务，他这一生不知害了多少女子，而他自己最后也落得个妻离子散的下场。《红玫瑰与白玫瑰》中的振保喜欢上了自己好朋友的妻子王娇蕊，他之所以愿意和王娇蕊恋爱是因为她是别人的妻子，他不用对她负责。而当王娇蕊提出想离婚并与振保结婚的想法后，振保选择了逃避。后来在母亲的期盼下，他与孟烟鹂匆匆完婚，婚后不久他便对妻子失去了兴趣，他宁愿在外面宿娼也不愿回家面对妻子和孩子。张爱玲笔下的丈夫大多不愿承担自己作为丈夫而应承担的责任和履行的义务。他们渐渐偏离家庭，在社会上游荡。家庭失去了原有的意义，人们的精神失去了归宿开始处于孤独游离的状态。男性作为丈夫的伟岸形象变得弱不禁风，这也是其弱化男性形象的体现。

伍尔夫在其作品中塑造的典型的丈夫形象便是理查德·达洛卫和拉姆齐先生。他们是维多利亚时期典型家庭的丈夫形象：他们有一定的社会地位，或热衷于政治，或热衷于学术研究，在家里拥有绝对的主权，妻子只是他们巩固自己社会地位而进行社交的工具，他们不仅要求妻子要听从自己，而且要求妻子的言行举止也要表达他们的意愿，成为他们的代言人。理查德通过妻子来举行宴会，而宴会上可以结交社会各界人士，这样就可以巩固他的社会地位。到后来，他将自己的女儿伊丽莎白当作自己的社交工具，然而即使理查德处心积虑想提高自己的政治地位，他还是失去了当内阁大臣的机会。仕途的曲折也表现出丈夫虽然是家庭里的霸权者，然而在社会上，他们只不过是普通的一员，也要经受争权夺利的残酷斗争，也会有失败的时候。拉姆齐先生非常在意自己的哲学研究成果能否被人所接受甚至被推崇。"他总是对自己的著作忧虑——它们会有读者吗？它们是优秀的作品吗？为什么不能把它们写得更好些？人们对我的评价又如何？"拉姆齐先生的这些质疑是不自信的表现。在拉姆齐夫人去世之后，他还试图得到莉丽的同情，希望有人能安慰自己。伍尔夫笔下的丈夫形象并不是坚不可摧的伟岸形象，他们也会有忧虑的时候，而从理查德到拉姆齐的变化也说明了父权制社会的男性地位开始动摇。

张爱玲与伍尔夫都通过塑造家庭中的丈夫形象来说明男性所享有的权利和他所履行的义务是不成正比的。自古以来，男性在家庭里都占据着绝对统治的地位，然而男性在家庭中应该履行的义务却越来越少。在男性看来，女性的活动空间就是家庭，女性在社会上发挥不了多大的作用，更没有社会价值可言。男性在家庭中的自我中心思想依然根深蒂固地存在于他们的思想之中，他们忽略了女性的价值，而他们自身却在退步，地位开始动摇。

二、父亲形象的异化

在父权制社会，男性在家庭之中除了扮演丈夫的角色之外，还是儿女的父亲。作为丈夫，他们对妻子来说具有绝对的主动权，而对于儿女来说，他们是专制的主体，他们试图把儿女培养成绝对服从于自己的代言人。对儿女来说，他们不是严厉的父亲，而是精神上的压迫者，这使得他们的儿女长期生活在压抑的精神状态之下，从而使儿女的生命失去了色彩。张爱玲和伍尔夫笔下的父亲正是无情的压迫者，他们把对妻子的专制权转移到儿女身上，让儿女感受不到家庭的温暖。对他们来说，家庭只是一个他们想急于脱离的空壳。而这些父亲们却觉得自己的行为是理所当然的，他们给孩子精神的伤害是长远的。从童年开始，孩子的人生就被蒙上了一层阴影，而这也揭示了父权社会下男性的霸权对年轻一代的摧残，他们慢慢地将这种思想传播到社会，使整个社会陷入了衰败的境地。

在张爱玲的笔下，父亲丧失了应有的家长形象。对于整个家庭而言，这是一种灾难。对他们来说，孩子并不是一种至亲，而是一种威胁，一种谋生的工具。他们给予孩子生命，却在精神上不断摧残他们，把他们培养成了精神上的残废。这使亲情变得平淡，也使亲情被生存的现实淹没。《茉莉香片》中聂传庆的父亲聂介臣是一个封建式的家长，他给聂传庆最多的印象就是躺在床上抽大烟。他既把聂传庆当作自己的儿子，又害怕他会夺走自己的一切，在纠结与恐惧之中，他慢慢地把聂传庆培养成了一个精神上的残废。他虽然给聂传庆提供了富足的物质生活，但是在精神上压榨聂传庆，让聂传庆成为一个精神病态的人。于是，聂传庆的生活陷入了一种混乱的状态，聂传庆也成为别人眼中的疯子，而他也并不觉得自己的行为有什么过错，这种对子女的压榨的麻木不仁使其完全失去了作为父亲应该有的形象。《琉璃瓦》中的姚源浦有大大小小七个女儿，而且一个比一个漂亮，姚源浦虽然不是只想靠女儿吃饭，可是他一心想包办女儿的婚姻，想当然地认为自己给女儿找的就是最合适的归宿，反对女儿的自由恋爱，容不得女儿违背他半点意愿，然而他的包办婚姻并没有让女儿获得幸福。张爱玲笔下的父亲形象已然失去了作为一个父亲应具有的品质，他们给予了孩子生命，却扼杀了子女的未来，传统的封建家长不仅是家长，而且是一手毁掉子女幸福的刽子手。

在塑造父亲形象时，伍尔夫通过对儿女的心理描写来展现父亲在他们心目中的形象和父亲的言行举止对他们产生的影响。父亲本该是陪他们长大并给予他们关怀的人，但伍尔夫笔下的父亲恰恰相反，这些父亲不仅没让孩子觉得亲近，反而对孩子们实行绝对的专制。在家里，孩子们只能服从于他的统治而不能有所反抗，否则他们将会失去家庭的支持，面临生存的困境。然而父亲长期的压迫使得孩子们产生了反抗心理，反对父权的专制的思想在子女心中慢慢滋生，这也是男性地位动摇的象征。《到灯塔去》从一开始便展现了拉姆齐先生对孩子的态度：孩子们一心期待着第二天能到灯塔去，而拉姆齐先生给予他们的却是绝对的无情的否定的回答，没有温和可言。对于他人,他彬彬有礼,而对于自己的子女,他却是一副高高在上不可亲近的形象。战争过后,孩子们长大了,此时的他却有了到灯塔去的想法,然而他没有考虑凯姆和詹姆斯的想法。对于他的想法,孩子们要做的不是抒发自己的意见,而是绝对的服从,而他这样的行为却使他的孩子痛苦不堪。

"他又一次利用他的忧郁情绪和家长权威来压倒他们,迫使他们来执行他的命令,在这个明媚的早晨,带着这些纸包到灯塔去,因为这是他的愿望;他迫使他们来参加这场为了满足他个人悼念死者的心愿而举行的朝圣仪式,他们对此非常痛恨,因此,虽然他们磨磨蹭蹭地跟着他来了,但是这次出游的全部乐趣都给糟蹋完了。"① 在詹姆斯眼里,父亲是横行霸道和专制主义的象征,他迫使自己去干自己不想干的事情,并且剥夺自己的权利,而且在他的头脑里,一直都保留着拿刀直捅父亲心窝的想象。他在内心深处非常想摆脱父亲的束缚,为此,他甚至有弑父的念头。詹姆斯的思想意识的流动从侧面塑造了拉姆齐的父亲形象:他是一个专制主义在家庭中的代言人,不仅让妻子服从自己,而且把孩子也禁锢在他的思想之下,而这不仅没能让孩子健康成长,反而让孩子处于一种畸形的心理状态之下,不仅毁了孩子的一生,也毁灭了整个家庭。通过笔下的父亲形象,伍尔夫严厉地批判了父亲的专制思想,呼吁人们要勇于进行反抗,否则将会有越来越多的人被这种思想残害。

父亲本是家庭中子女敬佩的人,他们本应该担负起教育子女的责任,然而,从传统社会中演变而来的父亲形象已经发生了改变,他们成了蛮横专权的代言人,试图让家庭里的所有成员都听从自己的安排,亲情已经淡化到无处可寻。同时,家庭中的母亲形象又没有地位。所以,在封建家庭中长大的孩子的心理开始变得扭曲。这警示着人们,如果这种父权制社会的家长依然对子女专制的话,那么社会将不再有希望。

三、年轻的男子形象

年轻一代是社会的希望,社会的方向发展与那年轻一代的思想行为是密不可分的。在张爱玲与伍尔夫笔下,年轻一代在走向衰落,他们的精神备受折磨,在这种煎熬之下,他们要么面对的是生命的终结,要么就是做一个精神死亡的人。张爱玲与伍尔夫在其作品中都塑造了一些走向衰落的年轻的男性形象,他们一方面深受传统思想的影响,在自己的思想中还保留着父权制社会中男性的特点,然而随着社会的发展,他们又带有特定时代的一些特征。在新旧思想的冲突下,他们陷入了苦恼之中。战争的影响又使他们年轻的心

---

① 弗吉尼亚·伍尔夫:《到灯塔去》,瞿世镜译,上海:上海译文出版社,2008,第201页。

第五章 张爱玲与伍尔夫女性主义创作比较研究

灵受到多重打击,于是,他们的生命变得脆弱不堪。无论他们选择肉体的死亡还是精神上的死亡,他们都成为社会上垮掉的年轻一代,而这也成为特定时代的象征。

在张爱玲的小说中,年轻的一代早已失去了光彩,青春向上这样的词语是不能用来形容年轻的男性形象的。他们生活在牢笼一般的封建家庭之中,这种环境使他们要么已经被旧思想同化,开始堕落的生活,要么就是在新旧思想的冲突下在精神上处于困惑痛苦的状态。他们不愿做旧社会的奴隶,但又冲不破这时代的牢笼,于是,在不知不觉中丧失了美好的年华。《金锁记》中姜公馆中的姜季泽想尽办法攫取家里的财产,而曹七巧的儿子长白,也沾染了姜公馆的气息,跟着姜季泽在外面过着腐败的生活。七巧为了能把他拴在家里,给他先后娶了两个媳妇,但两个媳妇也都在他们的折磨下相继死去,之后长白就再也没娶过。曹七巧还让他抽大烟,长白的一生就这样断送了。他没有觉醒的机会,他也不觉得这样理所当然的衰落有什么可悲之处。《半生缘》中的淑惠和沈世钧都是有思想的年轻人,可是他们都被感情所累。他们所娶的妻子并不是他们发自内心的选择,错误的婚姻生活开始之时,他们此生的心灵便已不再那么坦然,生命也从此失去了原有的光彩,可是他们宁愿生活在痛苦之中,也不愿冲破家庭的牢笼。在局外人看来,只要他们两个人都有面对自己真心的勇气,他们此生的生活将会逆转,美好的因缘却因为他们的懦弱变成了半生的缘分。《倾城之恋》中的范柳原虽然接受了新式思想的教育,可是他的思想依然充满了堕落的气息。

伍尔夫在其作品中塑造的年轻男性在开始时也是一个朝气蓬勃的人,然而经过一系列来自各方面的摧残之后,他们的活力已消失殆尽。而他们的这种变化不仅改变了自身的命运,也在影响着他人,甚至是社会。《海浪》中的珀西瓦尔本来是一个对未来充满期待的人,即使去印度也是希望能使自己的人生有所建树,然而不久便客死他乡了。他的死对其他年轻的六个人的心理都产生了影响,他们开始思考生活的真谛,然而他们思考的结果只会让他们更加痛苦。理想和现实总会有些冲突,他们想要过的生活在现实中失掉了颜色,最后归于惨白。他们会在不断的妥协中消耗自己的生命,一生中没有大的波澜,最后等待着死亡的审判。《达洛卫夫人》中有很多年轻人在战争中失去了生命,他们的家人从此便生活在痛苦的回忆之中,而赛普蒂莫斯虽然幸存了下来,但战争的阴影挥之不去。他纠结痛苦,在和平中忏悔,直到所有人都把他当作精神病人来看待,他在历史和现实的逼迫下选择了结束自己的生命,一个年轻的生命就这样消失了。而他的死虽然会给人以触动,但更多的是一个茶余饭后谈论的话题而已,社会的冷漠与年轻生命的陨落既是对社会衰败的体现，也是一种前兆。《到灯塔去》中拉姆齐一家的孩子们在小的时候是那样天真可爱，然而他们长大之后的命运却让人叹息，普鲁卡因难产而死，安德鲁在战争中丧生，较小的凯姆和詹姆斯虽然生活在父亲的身边，可是父亲的专制把他们压得喘不过气来。他们俩一方面痛恨自己的父亲，另一方面又只能默默忍受，没有摆脱束缚的勇气，在心理的纠结中挣扎着。可是这个世界回应他们的就只是冷漠。年轻一代是一个社会的未来，伍尔夫笔下的年轻的男性形象并不是斗志昂扬，对未来充满信心的一代，相反，他们的心中充满焦虑和困惑。他们生活在这样一个新旧思想冲突的社会，他们拥有选择未来的权利，可是这权利的行使需要付出惨痛的代价，所以，他们宁愿在时间的消耗中等待死亡的降临，也不愿去进行徒劳的反抗。美好的一生还没真正的开始就已经被扼杀了，这也体现出作者对当时社会的一种失望甚至是绝望的态度。

　　一个时代的希望往往会寄托在年轻的男性身上，年轻男性的努力往往影响着整个未来社会。在两位女作家的笔下，年轻的男性一改以往的形象，读者在他们身上看到的不是希望，而是衰落。在战争气息弥漫社会的时代下，年轻的男性形象之所以会出现这样的境况，一方面是整个社会环境的衰落影响了他们的人生，使他们成为时代的牺牲品，另一方面是他们自身缺乏觉醒意识和反抗意识。面对反抗所需要付出的代价，他们宁愿选择妥协的生活，生命的死亡是一种终结，但是精神的死亡才是悲哀的开始。他们的精神已经陷入了麻木不仁的状态。面对社会环境的惨况，他们冷漠，面对自己生活的腐败，他们乐在其中。通过年轻的男性形象的落寞，两位作者也揭示出了她们对当时社会的失望，她们一方面渴望人们能够奋起抵抗，拯救这个正在陨落的时代，另一方面，面对年轻男性形象的冷漠，又陷入了苦闷与彷徨之中。

第三节　悲剧化的叙事

　　20世纪前期，世界经历了两次世界大战。从一战到二战，战争波及的范围越来越大，伤亡也越来越多。战争给人们带来的肉体上的伤口可以愈合，但精神上的创伤是很难平复的。战争的阴影深埋在人们的心底，对人们的心灵产生了潜移默化的影响，这种影响慢慢地渗透到人们的日常生活中。战争期间，人们生活中的死亡气息越来越浓。在这样的背景下，生离死别成为作家笔下的叙事内容，即使作家不直接描写战争场景，战争的阴霾还是会间接地展现出来。"悲剧是人生中可怕的事物，悲剧是人的苦难和死亡，这苦难或死亡即使不显示出任何无限强大与不可战胜的力量，也已经完全足够使我们充满恐怖和同情。无论人的苦难和死亡原因是偶然还是必然，苦难和死亡反正都是可怕的。"① 在车尔尼雪夫斯基看来，悲剧不仅是一种戏剧形式，还指描写苦难与死亡的具有悲剧性质的文学作品。张爱玲与伍尔夫都经历过社会的衰败与战争，现实生活中的一幕幕悲剧深深地印在她们心中，并转化为她们作品中的一部分。社会转型时期的人类的生存悲剧便在她们的创作过程中以各种方式重现，并警醒人们要珍惜和平。

张爱玲生活在社会变革的时代，这是一个旧社会的传统思想向新思想过渡的时代。"五四运动"以后，受西方民主思想的影响，中国社会开始发生变化，越来越多的人想从封建思想中挣脱出来。新旧思想的交替出现和战争的影响，使人们的生活与思想产生冲突，身不由己的生存状态造就了一幕幕生存的悲剧。如《半生缘》中的婚姻悲剧、《金锁记》中曹七巧及其子女的生存悲剧、《沉香屑·第一炉香》中葛薇龙的生存悲剧，等等。作品中的生存悲剧是就整个社会而言的，在战争的摧残下，整个社会陷入了一片混乱状态，活着便是希望，但活着也是在悲剧中活着。

伍尔夫生活在大英帝国没落的时期。经历两次世界大战的英国已经没有了往日的繁华景象，人们的生活秩序随着社会秩序的变化而变化。伍尔夫在《达洛卫夫人》《到灯塔去》以及《海浪》中都有关于战争给人们的生活带来的变化的描写：赛普蒂莫斯的自杀、拉姆齐夫人儿子的战死以及珀西瓦尔的死都是战争所引起的。同时，年轻生命的离去给其他人的生活带来的是悲剧性的影响——人们的生活因为战争而变得沉重不堪。伍尔夫的作品虽然并没有对战争进行直接的批评，但是描写的由战争所引起的人的生存悲剧却是对战争间接的谴责和痛恨。"（在）漫长的解读人生、解读死亡的过程中，伍尔夫认识到人类面临着无法摆脱的悲剧性结局。她的悲剧意识体现在她对死亡观念、人际隔膜、战争恐惧的感悟与理解之中。她的悲剧意识源于个人悲观意识和对自己处境的困惑与迷惘。"②

一、女性悲剧后的家庭悲剧

随着女权运动的发展，到20世纪前期，女性的社会地位有所改善，越来越多的女性开始意识到女性本身的价值，她们希望自己可以像男性那样拥有独立的人格与空间，在家庭里有自己独立的房间，在社会上能够创造属于自己的价值。但是客观的社会环境与她们的主观愿望是相冲突的，传统思想

① 车尔尼雪夫斯基：《车尔尼雪夫斯基选集（上）》，北京：三联书店，1958，第30-31页。
② 何亚惠：《伍尔夫的悲剧意识》，载《厦门大学学报（哲学社会科学版）》，2005年第3期。

依然束缚着人们，同时，动荡的社会环境也使女性的命运呈现出一种悲剧化的趋势。两性关系的不平等使得家庭由一个温暖的归宿变成冷酷的枷锁。张爱玲和伍尔夫在塑造人物形象时都带有悲剧意识，她们笔下的女性形象的生命历程是带有悲剧性的，她们困惑挣扎，却也终将沦为时代的牺牲品。对一个家庭而言，男女地位的失衡便是一个悲剧的开始。

张爱玲的作品多是以女性的命运变化为线索，而这些女性形象的结局往往是带有浓厚的悲剧色彩的。这些女性的悲剧命运的背后隐藏的是一个家庭的悲剧，一个时代的荒凉。通过这些作品中所展现的各色人物的生活和家庭，我们可以看出他们的存在是身不由己的。他们面对这个残酷的社会，总是希望置身事外，过一份与世无争的生活，可是当自己身处其中时，自己的命运便打上了时代的烙印，蒙上了一层悲剧的色彩，直至生命的结束，他们才能逃离这悲凉的现实。作为一个社会单位，家庭应该是人们的归宿，而在张爱玲笔下，家庭是一个酝酿邪恶的地方，它像一个恶魔，在不断地吞噬着其中每个人的生命。

《心经》中刚刚过完二十岁生日的许小寒却爱上了自己的父亲许峰仪。在小的时候，她便对父亲有了超乎亲情的感情，她把父亲当作心爱之人，把母亲当作情敌，同时，父母之间早已没了感情，只是勉强维持着家的状态。小寒越来越大，对父亲的感情也随之变得越发强烈。对许峰仪来说，他与妻子之间已经没有感情可言，对自己的女儿又不能有亲情之外的感情，于是他选择了与女儿相貌相似的绫卿，从绫卿身上，他找到了一些安慰，而绫卿也只不过是为了金钱才和他在一起的。他选择的逃避只不过是另一段悲剧的开始，而这个家对他来说也不复存在。家，本来应该是充满亲情的地方，可是在许家，同性之间的亲情缺失和异性亲情的异化让这个家庭失去了原有的意义，家对其中的每个人来说都是一种残忍的牢笼。在家里，母亲几乎是沉默的，她虽然意识到夫妻之间的感情已不复存在，但依然选择沉默，勉强维持着这个无爱的家。而他们夫妻俩面对女儿对父亲异常的感情，并没有制止，而是任其发展，直到这段感情发展到毁灭这个家的地步。

在其作品中，伍尔夫所塑造的女性形象是典型的。她在其作品中采用意识流的手法来交代人物性格的发展历程，对人物命运的发展变化进行悲剧化的处理，从而间接地批判造成这一系列悲剧的社会现实，让人们对作品中女性形象的悲剧化生活有更加深刻的认识，从而告诫人们要从麻木的生活中解放出来，否则下一个悲剧就是自己。

《达洛卫夫人》中达洛卫一家虽然生活在上层社会，可以不用为衣食住行而担忧。在外人看来达洛卫夫人是成功的，可是作为一名女性，她是一个

第五章 张爱玲与伍尔夫女性主义创作比较研究

悲剧性的存在，为了寻找一种生活上的稳定，她放弃了与彼得·沃尔什的感情，选择了可以给她稳定生活的理查德·达洛卫。从此以后，她成了理查德的女性代言人，她的行为举止是理查德思想的表现，她失去了自我，虽然有女儿和丈夫，可是女儿并不与她亲近，在家庭里丈夫享有绝对的霸权，而她一边怀念着过去，一边又享受着现在的生活而不能自拔。当听说有一个战士自杀之后，她对生命有了短暂的感悟，然而很快又回到了现实，继续着眼前的生活，沉浸在冷漠的家庭中，过着机械化的生活。赛普蒂莫斯的战争后遗症让他的妻子雷西亚每天都生活在惶恐之中。作为一个家庭，他们并没有过上正常的生活。面对丈夫每况愈下的精神状态，雷西亚所能做的就是依赖于心理医生，而不是去深入理解战争给人带来的伤害。夫妻俩缺乏心灵上的沟通，最后只能眼睁睁地看着丈夫结束自己的生命。达洛卫夫人与雷西亚在自己的家庭中都扮演着附属品的角色，她们在丈夫面前缺乏自己的主见，过分依赖于他人的建议，她们忘记了自己的价值，慢慢地忘却了自己生命的意义，迷失了自我，而她们的丈夫却只是把妻子当作一种功利性的存在。

《到灯塔去》由三部分组成：第一部分直接描写拉姆齐一家的度假生活，第二部分介绍拉姆齐一家的变故，而第三部分主要通过莉丽来回忆拉姆齐夫人的生活。第一部分在别墅度假的过程中，拉姆齐夫人在遵从丈夫意愿的前提下竭力维护家庭的秩序，为了维护丈夫的名利和地位，尽力照顾到每个人的感受，而拉姆齐先生关心的却是自己的研究能否得到外界的认可。在家庭里，他是高高在上的丈夫和父亲，可在精神上却是与家庭中的其他成员相脱离的。拉姆齐夫人想维护的秩序在她去世后都已不复存在，她极力撮合的婚姻破裂，她的女儿普鲁难产而死，儿子安德鲁在战争中牺牲，凯姆和詹姆斯被拉姆齐先生的强权思想压得喘不过气来，她生前的努力在她离开之后经过岁月的洗礼之后付诸东流，而拉姆齐夫人所认为的意义也失去了原有的色彩，她的意愿随着她的离世而化为泡沫，一切都变得凄凉而富于悲剧色彩。这让人不得不去思考一个经久不衰的问题：人生的意义究竟何在？家庭的意义何在？

对一个人来说，家庭本应该是一个温暖的归宿，是一个人心之向往的地方，家既是一个物质性的存在，又是一种精神寄托，是心灵回归自我的地方。而在张爱玲与伍尔夫的作品中，家已然成了一个悲剧性的存在，家成了束缚人的精神和自由的工具，家给每个成员的人生蒙上了一层抹不去的阴影，这阴影笼罩着他们的人生，让他们迷失了自我，忽略了自我的价值。在家庭里，他们是被动存在着的，长时间的压迫让他们失去了发挥主动性的能力。他们在家庭中失去自我，自身的命运与家庭的命运相互交融，密不可分，他们既想脱离家庭又依赖于家庭,最终在纠结中逐渐走向悲剧的深渊。通过作品中家庭悲剧的存在,两位作家也说明了作为婚姻基础的感情的重要性,并由此揭示出一个家庭中男性和女性之间的不平等关系对家庭产生的毁灭性的伤害。作为一个社会单位,家庭是社会的重要组成部分,家庭悲剧是一个时代悲剧的表现,社会发展的洪流使家庭受到了不可避免的影响。动荡年代的人们的婚姻也是一种互利的存在,不以感情为基础的婚姻是冷漠的,所以,当婚姻成为一种功利性存在的时候,家庭也就成了婚姻的陪葬品,女性悲剧也就慢慢地演化成了家庭悲剧。

二、死亡意识

人的生命的悲剧性既表现在肉体上,又表现在精神上,而与人物命运的悲剧性相关联的便是作者在其作品中表现出的死亡意识。所谓死亡意识,不仅是指心理浅层的意识,更是指其深层的潜意识和无意识,即潜在于个体生命意识的底层,从生命本能出发对死亡的恐惧及由之引发的对生的焦虑。它分成多个层面,并或隐或显地存在于人的心灵之中。实际上,死亡意识本质上是一种人的自我意识的觉醒,是对生的关注、依恋和尊重以及对死的恐惧和焦虑。张爱玲与伍尔夫的作品都表现出了强烈的死亡意识。无论人的一生有怎样的经历,当生命结束时,一切便化为乌有;而精神上的死亡是生命衰败的预兆,是人性冲突下灵魂的死亡,生命虽在,但精神已荒废不堪。两位作家将死亡意识寓于作品之中,这既衬托了生命的苦痛与悲哀,又揭示出了社会现实对人性的不间断的吞噬。虽然张爱玲与伍尔夫家境较好,但是童年的她们却生活在专制思想浓厚的家庭之中。随着她们一天天成长,家庭却在一天天衰落,她们从衰败气息浓厚的家庭中慢慢走向社会,然而当她们可以独立生存,对未来充满希望时,社会却又在变。传统思想与新思想的碰撞,战争前后社会弥漫着的死亡气息,使她们在经历了死亡威胁和对生命的渴望后,对现实社会又有了新的认识。作为社会的一员,她们希望自己和他人都能好好地存活于世,远离战争的喧嚣;作为女性,她们希望女性的地位得到进一步提高,进而让女性群体在社会上能够真正获得自由平等的权利。然而,现实是残酷的,随着战争在全球的蔓延,她们发现相比精神而言,物质显得更为重要。女权运动的发展使女性的存在价值引起了人们的关注,然而战争的到来让女性的生存现状变得更糟,即使是战争过后,人们对待新的生活仍显得信心不足。身处在这样的社会里,两位作家既为整个社会又为女性群体担忧,还将自己的体会融入作品中,体现出了强烈的死亡意识。

第五章 张爱玲与伍尔夫女性主义创作比较研究

(一)肉体上的死亡意识

在香港读书期间,张爱玲努力学习,希望能够出国深造,摆脱以往的生活,并借此来开始新的人生,但是事与愿违。第二次世界大战的爆发让她无法出国学习,香港的沦陷更让她的生存陷入危局。总之,战争让她的希望破灭了。无奈之下,她只好回到上海,而这些经历也渐渐地融入她的思想之中,其作品也带有浓厚的死亡意识。其小说中的人物形象最后是以死亡为结局的。其实,生与死只有一步之遥,人们生活在现实之中,经历着精神和肉体的折磨,重复着人生的悲剧而不能自拔。死亡是生命终结的象征,然而死亡却只是一种暂时的结束,并不能解决所有问题,只要罪恶的根源还存在,那么悲剧还是会继续,死亡是一种提醒,人们用生命来警醒他人,向残酷的现实抗议。

《金锁记》中姜公馆里老太太和曹七巧丈夫的死预示着姜公馆也走向了尽头,各家分开单过,以前的大家庭生活已不复存在,人与人之间的距离越来越远,而死亡和腐败的气息却缠绕着人们,越来越浓。曹七巧带着儿子长白、女儿长安靠着分家时所得的财产过活,曹七巧把钱看得格外重要,总是幻想着他人在觊觎自己那仅有的财产。她一生为金钱所累,最终断送了自己的一生。然而她由一个受害者转而变成了害人者,不仅自己吸食鸦片,也让自己的儿女留在自己身边,成为鸦片的奴隶。她想把儿女全都留在自己身边,把他们也当作自己的私有财产:长白的第一个媳妇被七巧气出病来,并在悲痛中含恨而终;第二个媳妇吞生鸦片自杀;她的女儿长安的婚事也被她一手毁掉。长白两个媳妇和曹七巧的死是对唯钱是图的社会的控诉,而曹七巧由一个受害者到害人者的转变,也说明了这种罪恶的传递性。小说最后对长安的生活的交代,也更加说明了死亡并不是一种罪恶的结束,金钱的枷锁会继续残害着他人。人们总认为死亡可以终结一切罪恶,而张爱玲在其作品中却告诫着人们,不要试图用死亡来宽慰自己,人们要想摆脱这种枷锁,让自己脱离苦海,就要奋起反抗,勇敢地从枷锁中脱离出来,妥协和死亡不会改变现状,只会使这种罪恶肆意妄为,继续毒害他人。《连环套》中霓喜的第二个丈夫窦尧芳虽然也喜欢她的容貌,却也是她所接触的男性中唯一一个真心对她,能够包容她的人。然而窦尧芳的死,一方面预示着霓喜命运的转变——她又要寻找下一个依靠的目标了,另一方面也间接地表现出了霓喜的悲哀。面对这个真心对待她的人,她并没有珍惜。她一生都在依靠男性来过活,虽然都是为生活所迫,但是窦尧芳的死也预示着霓喜这一生都将活在被男性奴役的位置,循环往复地为了生存而践踏自己的人格。《色戒》中王佳芝虽然和汉奸易先生接触的时间很短,并且是为了完成刺杀任务才接近易先生的,可是在关键的生死存亡的那一刻,她却被易先生的真情感动,她用自己的生命换取了这片刻的真心,然而她的死也正说明了爱情如昙花一现般短暂。在爱情面前,女性处于弱势地位,付出的比男性多得多,然而,女性如果在感情面前不能确定自己的位置,最后还是会成为王佳芝这样的牺牲品。张爱玲小说中人物的结局是张爱玲死亡意识的体现。她想通过对人物死亡结局的设置来解读命运的连续性和传递性,从而告诫人们,不要把死亡看作是解决问题的途径,死亡只是一个暂时的结束,只要罪恶的根源还在,就还会有很多人来重复这悲惨的命运。

伍尔夫经历了两次世界大战,战争不仅让她时刻面临着死亡的恐惧,而且让她的精神备受折磨,并最终选择了自杀。对伍尔夫来说,死亡意识不仅存在于她的作品中,还存在于她的思想观念里,她甚至最终将其付诸实践。伍尔夫的作品有很多对生命逝去的情节的描写,生命的逝去象征着人的一生的彻底结束。这样的死亡分为被动和主动:被动的死亡是人类本身不能自主选择的,疾病、战争等灾难都可能会导致生命的结束,而主动的死亡是人物自己选择结束自己的生命。无论是被动死亡还是主动死亡,它们都是生命中万般无奈的体现,在伍尔夫的作品中,肉体的死亡带有一种从生命中解脱的意味,这只是人物的悲剧性命运结束的标志。

《海浪》是一部高度诗意化、抽象化和程式化的作品,它没有严格意义上的故事。它将人生的全部岁月与一天的时间结构相互对应,通过六个人物的内心独白来展现人的儿童时代、学生时代、青春时代、中年时代、老年时代直至死亡的心理和生活的变化。伯纳德是个热爱生活并相信言辞的力量的人,他喜欢用各种各样的词语来描述这个多彩的世界;奈维尔崇尚理性和严谨;路易斯虽然心理自卑,但他深受传统的影响,拥有一颗积极进取的心;苏珊厌弃都市,向往自然;珍妮喜欢社交生活,具有灵敏的感应力;罗达羞怯而神秘,总是试图遗忘自己的存在,向往新的世界。他们六个人代表了人生命的不同侧面,他们都经历了人生的完整历程,最终走向死亡,而他们一个共同的朋友——珀西瓦尔的早逝给他们造成了很大的打击。这也说明人们可以接受寿终正寝式的死亡,却难以接受突然的被动式的死亡,而这对他们的心理产生了很大的影响。通过这六个人在不同阶段对生命的独白,现实中的人们总算对生命充满了渴望,但他们忽略了对生命过程的体会。生和死是相对应存在的,生命一旦开始,死亡便是一种必然的结果,至于它何时到来,这是难以预测的,人们要做的是坦然而又真诚地面对自己的人生,人们要从生命中寻找自我。无论是男性还是女性,都要做一个独立的有思想的人,这样才能让生命变得有价值。

《达洛卫夫人》中赛普蒂莫斯在战争中亲眼看到了他人的死亡,自己却在战争中幸存了下来,从此便得了战争后遗症。战争结束了,他没有庆幸自己活了下来,精神反而变得异常:看着战友阵亡,他毫不在乎,跟自己不爱的妻子结婚,对他来说都是一种罪过。他无法原谅自己所犯下的错误,认为人性已判处他死刑。一方面,他希望有人可以把他从困境中解救出来,另一方面,他又沉浸在自己的世界里,不希望任何人进入。最后,他终于适应不了周围的环境,选择了自杀。周围的人对赛普蒂莫斯的死是漠然的,生命的消逝并没有让他们有所触动,布雷德肖夫妇依然可以盛装出席达洛卫夫人的宴会并谈论他的死。作者通过对比赛普蒂莫斯的死与上层社会的奢华冷漠的生活,揭示了英国社会上层统治阶级保守势力的腐败与无能。

(二)精神上的死亡意识

在张爱玲笔下,精神死亡的人物形象较多,而精神上的衰落更加能体现人物命运和社会的悲剧性。特定的社会环境使人的生活充满了难以预料的变数,在这些变数之中,人的心理和心灵开始发生变化,有时是身不由己的,有时又是那么理所当然。在社会的洪流中,个体的生命显得那么渺小不堪,他们没有勇气面对死亡。他们明知道自己的精神已经衰败不堪,却依旧选择继续前行。人们总是舍不得自己的生命,并不是自己的生命有多么珍贵,而是因为冲不破对死亡的恐惧,缺少直面死亡的勇气,于是,人们宁愿在孤独落寞中度过余生,也不愿冒着生命危险去改变现状。虽然人都是有尊严的,但是在生存的抉择面前,尊严的力量是脆弱有限的,有尊严地活着并不是一件容易的事。

一个人的堕落虽然会受外部环境的影响,但最根本的决定权还是在自己手中,与其说是身不由己,倒不如说是自己面对生活没有坚持自我的决心和勇气。生命本身就很脆弱,如果自己都不愿珍惜,那也就只能成为一个隐形的存在体。在《沉香屑·第一炉香》中,为了能留在香港继续上学,葛薇龙选择了投靠以交际为生的姑妈。她是个聪明人,当她看见衣柜里各种场合穿的衣服时,她就意识到选择是需要付出代价的,而默默地接受了这样的交易,慢慢地成了姑妈笼络人心的工具。她频繁地出现在各种社交场合,离学习渐行渐远,慢慢地连她自己都忘记了当初留下来的目的了。她也曾因为乔琪乔的刺激想离开,可是很快又被乔琪乔哄下了。她明知道乔琪乔是个无能的花心少爷,可她还是嫁给了他。"从此以后,薇龙这个人就等于卖给了梁太太和乔琪乔,整天忙着,不是替乔琪乔弄钱,就是替梁太太弄人。但是她也有快乐的时候,譬如说,阴历三十夜她和乔琪乔两个人单独去湾仔看热闹。"①在这热闹的灯会市场上,她会有片刻的欢乐,然而很快又会陷入一种恐惧之中。葛薇龙很明白自己的处境,她为了自己所谓的爱情而活着,活得连自己都开始厌弃自己,而她依然继续着这样的生活。她的精神已经充满了空虚与对未来的恐惧,她的不安只有自己清楚,而她却心甘情愿地陷入这种不安之中。社会环境固然会影响人的生存处境,然而决定一个人究竟可以怎样活着的权力还是在自己手中,而这也反映出了当时人们的生存心理。社会的腐败气息在腐蚀着人的心灵,而生命的方向掌握在自己手中,只不过大多数人运用自己手中的权力,给自己选择了一条不归路。

与肉体的死亡相比,精神上的死亡是一种灵魂的死亡。虽然人的生命还在延续,但人的心灵走向了落寞,过着一种没有自我的生活。此时的人已经偏离了人生的轨迹,他们在不知不觉中迷失了自我,又或者他们从来都没有自我,从一开始就活在别人的生活里,他们在生命消逝的过程中等待着命运的审判。伍尔夫在其小说中塑造的人物形象多处在一种精神死亡的状态之中。由于长期处在腐败的社会生活中,他们已经被社会现实奴役,失去了判断生活意义的标准,他们有时也会思考自己人生的意义,但很快又会被现有的生活所淹没,最后终将走向那不知名的境地。在伍尔夫看来,精神上的死亡比肉体上的死亡更加可怕,肉体的死亡是每个人最终都会有的结局,而当人的精神陷入了空虚与麻木之中时,生命便失去了光彩,陷入一种凄凉的境地。

《达洛卫夫人》中达洛卫夫人的生活一直都在有条不紊地进行着,没有太大的波澜。她根据丈夫的思想去支配自己的生活,可是到50多岁的时候,她发现自己的女儿并不与她亲近,自己的丈夫也只是把她当作社交工具,而她曾经付出纯真感情的彼得•沃尔什和萨利•赛顿也与自己渐行渐远,他们共同的经历已经成了一段难忘的回忆,只能在自己的心里去重复追忆。达洛卫夫人在她的宴会上得知赛普蒂莫斯自杀的消息,虽然她不认识这位自杀的年轻人,可是这个消息让她感到震惊,"在某种意义上,这是她的灾难——她的耻辱,对她的惩罚——眼看这儿一个男子、那儿一个女人接连沉沦,消失在黑森森的深渊内,而她不得不穿上晚礼服,伫立着,在宴会上周旋"。②她偶尔会怀念年轻时在布尔顿的纯真幸福的生活,但自从嫁给理查德以后,那样简单的幸福便失去了,她的生活变得乏味,她时常生活在对生的恐惧之中,她的生命是孤独的。在繁华的宴会上,她失去了自我,即使知道自己每天过着玩偶一样的生活,她也继续着这种孤独。而达洛卫夫人是众多维多利

---

① 张爱玲:《倾城之恋》,北京:北京十月文艺出版社,2012,第50页。
② 弗吉尼亚•伍尔夫:《达洛卫夫人》,孙梁、苏美译,上海:上海译文出版社,2011,第179页。

第五章 张爱玲与伍尔夫女性主义创作比较研究

亚时期家庭女性的代表,女性在男性的压迫下,慢慢地失去了自己的价值,婚姻不是一种归宿,而是生命的枷锁。虽然生命还在继续,可是在繁华的生活下,孤独的她们在精神上已经在走向衰落,而这种精神的死亡也是社会衰落的象征。虽然社会上人们继续着奢华的生活,但人们的精神已经空虚不堪。战争给人们带来的影响是深入人心的,它对人们的精神产生了不可逆转的伤害。

在《到灯塔去》中,作为外人眼中的贤妻良母,拉姆齐夫人在家可以照顾八个儿女和丈夫,在外可以照顾到每位参加聚会的人。她考虑周详,争取让每个人都能愉快地度过这个假期,更要让她的丈夫能够满意。在丈夫面前,她选择沉默,面对丈夫的强硬,她既不反抗也不表达自己的观点。她自己从来没有意识到这种生存状态的不合理性,她在精神上受传统思想的影响,也希望敏泰和莉丽能像她那样,做一个"房中天使"。然而,这样的沉默只是一种孤独的表现。事实证明,她的努力变成了泡影,她不与命运抗争,就以为生活会按照她想象的那样去发展,她让自己的生命处于一种清高的孤独之中,而意识不到这种努力是徒劳的,她的思想被残酷的现实无情地摧毁。她的一生是孤独的,她的生命在生活中留下了痕迹,而她这孤独的一生充满了压抑的气息——她没有属于自己的空间和时间,她的一生都是属于这个家庭的,她的价值也在为家庭服务的过程中体现出来,自身的价值被生活埋没,剩下的就只是她作为拉姆齐夫人所具有的烙印式的记忆。当她的生命在慢慢消逝时,她的精神也开始陨落。婚姻的枷锁让她过着没有自我的生活,并且一心想把这样的生活传递下去,然而保罗与敏泰婚姻的破裂和莉丽的不婚思想却是对拉姆齐夫人的思想的一种否定。这也预示着维多利亚时期的典型家庭在慢慢走向衰落,女性的自主意识越来越强。而拉姆齐夫人的经历也告诫人们,"房中天使"并不能改变自己的地位,那只是另一种形式的悲剧而已。

动乱年代的人们的生活难免有些不尽人意,人们不是活在生存的困境中就是活在心灵的困境中,偶尔的放纵会得到片刻的安慰,然而很快又会回到原来的状态中去,因为改变是需要付出代价的,恰好大多数人又不愿付出这代价,于是社会上多了许多安于现状的人。《封锁》讲述了短暂的封锁时间内,电车里一个短小的故事。吕宗桢为了躲避侄子,坐到了吴翠远的身边。在家里,吕宗桢是孤独寂寞的,没有人理解他;虽然吴翠远是受过高等教育的女子,然而家里只是希望她能嫁一个有钱的女婿。这样,在家庭里苦闷孤独的两个人在电车上相遇了。规律的生活遇到了一个缺口,两个人侃侃而谈,抒发自己心中的苦闷,甚至谈婚论嫁。可是封锁过后,吕宗桢没有下车,而是回到了原来的座位上,他告诉吴翠远刚才所有的放纵的言语都只是一时的梦话,一切的一切都又回到了原点，不必当真。吕宗桢和吴翠远都不满家庭的重负，都渴望从家庭的束缚中摆脱出来，然而他们只是让这个短暂的想法像梦话一样表达出来，并没有勇气去改变现状，因为他们需要生存，精神上的痛苦固然是煎熬，而与生存相比却又是可以忍受得了。然而，这种精神上的麻木比生命的死亡更加可怕，人们宁愿做生活在温水中的青蛙，获得片刻的安宁，也不愿冲出封建的牢笼，去争取属于自己的空间，这也反映了当时人们的生存状态：人们习惯于妥协，大多数人还是会选择对于一反常态的反抗，敬而远之。

张爱玲与伍尔夫在作品中都蕴含了强烈的死亡意识，包括肉体的死亡和精神上的死亡，肉体的死亡是生命终结的象征，可以让人产生心灵上的震撼，用生命换来的教训往往更加醒目深刻。然而精神的麻木与冷漠的影响是深远的，这象征着这一个时代的悲剧的开始。时代的悲剧是大多数人悲剧的集合体，作为社会的一员，个人被社会影响着，反过来又是社会的缩影。而与死亡意识并存的是孤独意识。两位作家在塑造人物形象时既表现出了强烈的死亡意识，又有一种异常的孤独感。无论是肉体死亡还是精神死亡，他们的人生都是孤独的。在生命的过程中，自己的生活被他人影响着，甚至选择权也开始变得那么被动。他们把这种无奈称为身不由己，然而他们是孤独地存在着，为了活着而活着，生命失去了原有的色彩，人们在不知不觉中脱离了原始的轨道，驶向不可知的未来。两位作家的这种强烈的死亡意识也是与时代的格局相吻合的，战争前后的人们经历了生的恐惧，在面临抉择时，生命显得格外重要，即使人们意识到自己正处在一种不合理的生存状态之中，应该让自己从中解放出来，但人们总是不愿付出这高昂的代价，于是，妥协成为生命的常态。

在张爱玲与伍尔夫的笔下，悲剧意识所展现出来的方式和传统文学是有所区别的，她们一方面要展现19世纪末到20世纪前期，战争影响下的人类的生存悲剧，同时又将家庭悲剧和死亡意识融入其中，形成独特的悲剧化叙事。在塑造人物形象的过程中，由大到小，又由小到大，从而将社会上的百态人生浓缩在作品之中。她们通过有限的篇幅来揭露社会现实中丑恶的一面，并通过小说中人物命运的变化来预示社会的发展方向。

第四节 相似的原因及不同之处

一、相似的原因

张爱玲与伍尔夫虽然生活在不同的文化环境之中,但是有着相似的人生经历并处在人类社会发展的相似阶段,这也使得她们的创作具有很多相似之处。

首先,张爱玲与伍尔夫都是名门望族之后,她们有着显赫的家世背景,这也使得她们从小就有着和别人不同的经历。她们虽然是女性,但都有受教育的机会,这使她们接受了新思想的熏陶,较早地认识到了自己独特的价值。而传统家庭中自己母亲的经历也让她们意识到,女性在家庭和社会中所处的不平等的地位。因此,她们深知女性的生存现状以及摆脱这种现状的迫切性。

其次,她们虽然家境较好,但是在封建思想浓厚的家庭里,父亲处于绝对的霸权地位,而她们在成长过程中又缺少母亲的关怀,所以,她们渴望有一个喘息的空间。她们深受父权制社会的压迫,在内心深处都想摆脱这来自男性的束缚,并把她们所接触的男性融入作品之中,从而展现觉醒的女性意识。

最后,张爱玲与伍尔夫的家族都是没落的家族,在她们成长的过程中,家里充满了衰败的气息。她们所生活的时代也是一个充满战争气息和死亡阴影的时代,人性受到前所未有的考验。当人的思想和生存产生冲突时,越来越多的人在生存的困境前选择了向现实妥协。经历战争后的张爱玲与伍尔夫在这样的社会环境中既想贡献自己的力量,又对生活失去了信心,这使其在作品中表现出了强烈的死亡意识和孤独情绪。

二、不同之处

作为东西方两种文化语境下杰出的女性作家,张爱玲与伍尔夫的创作具有很多相似之处,然而作为独立有个性的作家,她们在相似的同时又有很多不同之处。这些不同之处让她们的作品呈现出独一无二的风格。张爱玲与伍尔夫在其作品中都表现出了强烈的女性意识,她们通过塑造典型的男女形象来展现失衡的两性关系。然而两位作家在选材、塑造人物形象以及作品中所采用的艺术手法上还是有一定区别的。

（一）女性形象生活环境的不同

张爱玲与伍尔夫虽然在作品中都关注女性的生存现状，然而她们选取的题材却是不同的。在张爱玲作品中，女性的生活环境是家庭，然而家庭并不是她们赖以生存的居所，反而是悲剧命运的开端，如白流苏、曹七巧、顾曼璐。她们的家庭往往给予她们生命，却又不断地摧残着她们的人生。她们的生活层面是多样化的，这也反映出张爱玲选材的广泛性，因为这样可以更加真实而又多角度地展现女性的生存现状，不同环境下女性的生存心理以及对待命运和他人的方式。这样的生活环境刺激她们的求生本能，迫使她们希望早日摆脱悲苦的命运，然而她们的力量是有限的，她们最后也只能沦为家庭悲剧的牺牲品。

伍尔夫在表现妇女的社会生存状态时往往以完整的家庭为女性的生活环境：家庭表面上和睦，而且整个家庭的社会地位较高，她们的日常生活多以家庭，尤其是她们的丈夫为中心，活动场所多处在繁华地带，虽然她们的精神生活比较乏味，但物质生活条件较好。所以，她们往往不用为生计担心，只要安于现状，便会拥有优越的物质生活，这也说明了独立的生存能力是妇女能否敢于追求独立自由生活的一个重要因素。如达洛卫夫人、拉姆齐夫人，她们在日常生活中不用为物质担忧，因此也就有时间来思考自己的人生，然而纠结之后她们还是选择了安于现状。安逸的物质生活一方面会让女性开始追求精神的独立，另一方面也会让女性习惯于依赖男性而生存，从而失去了独立谋生的能力。即使她们有勇气摆脱家庭的枷锁，最后也会迫于生计而回归家庭，重复过往的生活。

（二）男女形象社会身份的不同

张爱玲笔下的男性形象是多样化的，有没落家族的少爷、纨绔子弟，还有受过新式教育的知识分子、社会成功人士、封建家长等。这些男性形象来自社会的各个阶层，他们的思想和生活方式综合起来便是一个时代的缩影。这些男性虽然处在不同的社会环境中，然而他们的思想却不约而同地打上了封建思想的烙印，他们对待女性的态度依然沿袭了封建思想的传统。虽然时代变了，然而在他们看来，女性的地位以及她们所具有的社会功能依然没太大的变化。张爱玲笔下的女性形象也是来自社会的各个阶层，她们多数是不幸的，这种不幸不仅是精神上的，而且包括物质生活上的。她们为了满足生存需求，慢慢地忽略了追求独立自由的权利。与生存相比，精神上的需求显得微不足道。然而即使是物质生活可以保障其生存需求的女性，她们在男性面前依然不能独立地存在。封建思想不仅在男性群体中沿袭，在女性思想中也已经根深蒂固，很难祛除。

伍尔夫所塑造的男性形象多为事业有成的男性，他们的社会地位较高，拥有一定的社交圈，他们都用专制的思想来对待妻子和儿女，把自己看作家庭里的权威。所有的家庭成员都应该绝对地服从他们的指挥，在行为和思想上与自己保持一致，妻子应该为巩固他们的社会地位而努力。他们渴望在社会上能有更高的成就，然而对待家庭却是绝对的专制。在女性形象的选择上，伍尔夫大多塑造的是家庭主妇型的女性形象，她们生活在上层社会，一生都在重复着类似的生活，她们在生活上没有太大的变化和曲折，她们虽然会对丈夫的专制有偶尔的不满，但很快又被传统的思想和现实生活给压制下去。相比之下，处在婚姻中的女性更容易向男性屈服，而未婚的女性还有选择的空间，因为她们可以选择独立的生活来让自己的人生多一些自由，而一个能够拥有独立的人格魅力的女性也会受到男性的尊重。两种女性形象之间的对比也是伍尔夫对女性独立自由道路的一种探索。

（三）艺术手法的不同

张爱玲与伍尔夫在彰显女性意识，塑造男女形象以及悲剧化叙事上有异曲同工之妙，但是在作品所采用的艺术手法上，二者有很大的区别。作为五四运动以后的女性作家，张爱玲既受中国传统的文学思想的熏陶，又受西方现代主义思想的影响。一方面，她热衷于对中国古代小说的阅读与研究，另一方面，"五四运动"以后，西方现代主义思潮的涌入，也为其娴熟的创作技巧提供了借鉴，其作品大多以时间顺序来展现故事情节，具有现实主义和现代主义的双重特征。伍尔夫既是一名有独特个性的女性作家，也是英国著名的意识流小说家。在其作品中，伍尔夫主要采用了意识流的手法，通过人物意识的流动来在有限的时间内交代故事情节的发展以及人物的性格特征，用时间脉络来理清文章。《达洛卫夫人》和《到灯塔去》就是通过人物意识的流动来将整个故事展现出来，从而在反映社会现实的同时也刻画出了一系列的典型形象。

第六章　张爱玲与盖斯凯尔夫人小说中"灰姑娘"的比较

第一节　灰姑娘的故事结构比较

一、母亲角色的弱化

在传统灰姑娘的故事中，母亲因早早去世而消失不见。正是因为母亲的早逝，灰姑娘的父亲才会重新为她寻找后母，而后母的到来是灰姑娘生活噩梦的开始，她也因此逐渐失去在家中的地位，成为一位被虐待的对象。但是母亲仍然影响她的生活：灰姑娘在苦难的生活中常常回忆起她的亲生母亲，亲生母亲的完美形象一直存在于灰姑娘的记忆中，正是由于亲生母亲的教导，灰姑娘才一直忍受苦难。《灰姑娘》故事不只有这一位母亲形象，灰姑娘的后母同样是故事中重要的母亲形象。但是灰姑娘的后母与灰姑娘死去的亲生母亲的形象是相反的。灰姑娘的后母是一位拥有两个女儿的母亲，但是童话故事并没有显示出她作为母亲温柔的方面。她残酷虚伪、冷漠自私，不仅对灰姑娘刻薄，对两位女儿的教育也显得愚钝自私。

波伏娃在《第二性》一书中梳理总结了人类发展的历史。她认为男性对母亲同时存在着敬畏与反抗两种情感，敬畏是来源于对大地母神的崇拜。原始神话仪式中出现了许多大地母神的形象。女性为人类的出生提供养分，自然为万物提供生长的养料。同样是对生命的延续，女性与自然、生命本能地联系起来。远古时期，处在蒙昧时期的人开始形成对大地母神的崇拜，土地与女人的不可思议的生殖力让人敬畏，即使父权制出现，这种不可思议的繁殖力仍然具有强大的影响力。女性是生命的赋予者，男性认为自己存在的秘密存在于母亲的繁育之中，因此，对母亲的敬畏崇拜一直存在于男性统治的历史之中。但是男性常常反抗他的肉体状态，他认为自己是一个陨落的神，从光明有序的上苍落入他母亲混沌黑暗的子宫中。他对自己出生的偶然性和被女性子宫包裹的封闭性感到恐惧。在他看来，子宫犹如坟墓一样封闭，他对将自己的存在的偶然性寄予女性感到恐惧，同时，他也对子宫既赋予了他生命却也带来死亡感到惊恐。因此，他对母亲的崇拜充满恐惧与反抗。男性认为母亲的子宫像自然一样汲取死亡的身体去供养新的生命，所以他们对女性的肉体产生厌恶与恐惧。同时，男性性成熟并拥有性经验之后，他就对母亲肉体更加厌恶。当他了解到自己是以何种方式被创造出来之时，他对母亲纯洁和贞洁的想象就会被打破。为了保持母亲原本纯洁高贵的形象，母亲的精神与肉体是被分开的。肉体消失的母亲才是真正令人敬畏崇拜的。因而在《灰姑娘》童话故事中，死去的母亲因为脱离了女性的肉体所以显得高贵完美，而活着的母亲则显得愚蠢虚伪、冷漠自私。这些都是男性为了摆脱内在性形成的对母亲形象的两极化想象。因此，在男性统治世界之后，为了摆脱内在性，他们制定了一系列以性别压迫为主的道德法律来限制女性活动的权力，以此来减轻母亲（这一特殊女性）带来的影响。在形成男权统治之后，原始高大的母神崇拜开始被人淡忘，同时，许多女性神明被改造成为在男性统治下的神明。男性通过几千年的改造逐渐将女性（母亲）的神圣性抹去，将她们限定在家庭中。同时，家庭中的母亲也并非享有独立的权力，她们的存在与丈夫和儿子紧紧联系在一起，这两个男性是决定母亲家庭地位的关键。因此，在男性的改造下，母亲逐渐失去自我，成为维护家族的工具。同样，在张爱玲和盖斯凯尔笔下，活着的母亲都被弱化了，她们的形象要么呆板压抑，要么冷漠病态。她们与灰姑娘故事中死去的那位母亲的伟大形象全然不同。《倾城之恋》和《南方与北方》的母亲的形象同《灰姑娘》童话故事中母亲的形象一样是被打破的。

　　《倾城之恋》中白流苏的父亲早逝，母亲是她唯一的依靠，但是小说中白流苏的母亲在对待她的时候显得冷淡陌生。当流苏被哥哥嫂子嘲讽欺负寻求母亲庇护的时候，流苏母亲选择对这件事情视而不见，不仅没有任何干预，甚至默认了白流苏哥哥嫂子的行为。因此，白流苏的母亲成了白流苏苦难的帮凶，她非但对流苏没有任何实质的帮助，甚至成为压倒流苏对这个家庭希望的最后一根稻草。

　　《南方与北方》中玛格丽特的母亲虽然没有成为玛格丽特追求幸福的阻碍，没有虐待玛格丽特，但是她的母亲在家族中的地位十分微弱，她的身体状况非常糟糕，精神状况也十分脆弱，她不能承受生活中的一点打击甚至还需要玛格丽特和丈夫的精神鼓励，她整日浑浑噩噩、毫无精神、体弱多病。玛格丽特的母亲虽然没有充当她生活的反派，但是距离远古时期人们崇拜的高大神圣的女神形象已经非常遥远了。她不再令人产生敬畏，也不再令人恐惧。虚弱的身体与精神让她即不能帮助丈夫又不能教育子女,她对家庭的影响与她的身体的健康状况一起逐渐消失。

可见,在张爱玲和盖斯凯尔夫人笔下,活着的母亲都被弱化了。母亲不仅失去了神圣的地位,还成为男性的附属,她们在长期的历史活动中失去了社会地位并被围困在家庭中。另外,家庭中的母亲也是从属于父亲的存在。因此,在对子女的教育中,她们也处在劣势地位。张爱玲生活在没落的封建大家庭中,她的母亲在她幼年时就离开了她,对于母亲,她的记忆是淡漠的。父亲才是她教育的启蒙者,她敬仰父亲祖父遗老遗少的风度。张爱玲认为她生活的时代是混乱的,因此,她对父亲与父亲生活的那个年代感到非常怀念,尤其是对遗老遗少的旧文化充满了向往。盖斯凯尔夫人是在传统的牧师家庭长大的,父亲才是影响盖斯凯尔夫人的主体。这体现在她的作品主要宣扬宗教"爱"的感化力量,用"爱"来化解小说中的一切矛盾,这无疑是受到牧师父亲的影响。父亲才是她们个体形成的主要影响者。从她们成长的家庭环境,我们可以看出母亲对她们的影响非常微弱。因此,《倾城之恋》中母亲形象才会如此不堪,《南方与北方》中母亲的形象远不如父亲完美。这些都是父权文化在两性关系中的强势地位形成的,所以,无论是灰姑娘的母亲还是张爱玲和盖斯凯尔夫人笔下的母亲形象,她们都是被男性弱化的"女性",她们是被男性世界围困的附属者。

二、苦难的生活

男性在失去婚姻中合法的性伴侣之时必然会为自己寻找新的伴侣,因此,灰姑娘的爸爸就带回了后母和她的两个女儿。灰姑娘虚伪恶毒的后母将灰姑娘当作佣人使唤,而她授意之下的两个女儿同样折磨和使唤灰姑娘;灰姑娘的爸爸在灰姑娘受到折磨的过程中基本处于被蒙蔽的状态,从灰姑娘受后母欺压到寻到了真爱成为王后,灰姑娘的父亲基本没有参与其中。在以男性为中心的制度中,女性在婚姻中是没有选择权的,她是被物化的商品,女性在未出嫁之前依靠的是自己的父亲,而出嫁之后则属于自己的丈夫。在婚姻过程中,女性处于被剥削的地位,强势的父权文化使男性在家族中的地位是神圣而不可侵犯的。他们弱化女性本我的意识,模糊女性自我的权力,女性对自身及其世界的看法也往往被男性的思维所引导。因此,女性无论在社会还是家庭中都处于长期被男性压制而无声的状态。男权思维往往要求女性要隐忍、卑微,这种思维将女性驯服得遵从、崇拜,甚至畏惧男性。因此,灰姑娘即使在家中备受折磨与煎熬,但由于传统男权文化的灌输,她也是隐忍的、无声的。父亲形象的神圣与权威使她无法向父亲述说自己的苦难经历。

在《倾城之恋》中，白流苏的父亲早逝，但是白公馆仍然过着老式的封建生活，世上变化了一千年这里仿佛只度过了一天。白公馆这个老式封建家庭的最高权力者去世了，但是其余的人仍然恪守着固有的封建生活，这正预示着虽然20世纪中国社会的巨大变革使封建父权制度这座大厦摇摇欲坠，但是它延续几千年的传统仍然深植于整个社会之中。所以，作为出嫁的女儿，当白流苏重回白公馆之时，根据传统"出嫁从夫"的文化认知，此时的她已经不再属于白公馆。所以，她的母亲宁愿关心不是自己亲生女儿的宝珠的婚姻，都不愿施舍给流苏一点温情。白公馆中仍然是等级分明的，白老太太是其中真正的权力执掌者，其次是白流苏的哥哥嫂嫂，甚至连白流苏的侄儿侄女的家族地位都比她高。因为在传统文化中，他们都是真正的白公馆的人，而流苏只能算半个白公馆的人了，白公馆收留她是对她的怜悯，所以，白流苏处在白公馆阶级压迫的最底层。

而《南方与北方》中的玛格丽特虽然在家族中拥有更多的话语权，但仍然属于被压迫的对象，她为家庭的劳动仍然是无偿的。以男性为主的家庭实行的是一种以父亲为主的权力支配制度，此种权力支配的制度合理化了性别支配和等级支配。女性对家族中的劳动都是自觉的、无偿的。无论是哪种制度，其本质上都存在着对女性的剥削，女性都处在弱者的位置上。因此，作为传统灰姑娘形象的玛格丽特和白流苏都是被生活苦难折磨的形象。

三、女性之间的竞争

父权制度在人类社会延续了几千年。在以父权制度为主的历史时期中，女性一直处在"第二性"的压迫地位。男性在两性关系中占据优势的地位，女性必须紧紧依靠父权和夫权才能生存下去。并且，在以男性为主的社会中，女性从出生起就开始接受从属于男性的思想，她们被男性塑造成为依附于男性的"他者"形象。女性在传统社会中是失去独立思考能力的他者，她们被改造，被剥夺，被挤压。尽管女性的生存空间如此狭窄，但是长时间的改造使女性往往无法意识到自己的他者地位。因此，她们自觉地接受他者的地位。男性把女性固定在客体的地位上，使她永远内在，使她永远活在男性的供养之中，让她意识到回归婚姻是女性必须的命运。无论是西方中世纪的一夫一妻制还是中国封建社会的一夫多妻制度，它们都没有对女性进行保护，它们只是将女性规定在家庭的道德规则中。女性在婚姻中被强制性地要求无论身体与思想都必须对男人忠诚，但是相对女性而言，婚姻对男性忠诚度的要求则是大打折扣的，这表现在男性在婚姻中的选择显得相对自由。中国古代实行的一夫多妻制度使男性能够拥有除了妻子以外的其他女性，而女性必须从

第六章 张爱玲与盖斯凯尔夫人小说中"灰姑娘"的比较

一而终。中世纪的欧洲虽然实行的是一夫一妻制，但是一夫一妻制不代表是对女性的保护，也不代表男女在婚姻中的地位之平等。相反，一夫一妻制在更大程度上将女性限制在家庭中。在《第二性》中，波伏娃认为女性的整个历史都是男性的，正如美国不存在黑人问题只存在白人问题一样。女性在这种体系中被剥夺了经济、政治和社会地位，女性的存在方式就是属于家庭、属于丈夫，女性在社会中是没有立足之地的。所以，女性所遭受的剥削就从家庭内部扩展到社会生活中。男女因性别不同承担不同的工作，家庭中的性别的不平等贯穿社会的变化过程之中。女性在家族中的地位依靠男性，所以，女性之间为了巩固自己在家庭中的地位会形成对同一个男性的争夺。无论是灰姑娘，还是灰姑娘的后母或她的两位女儿，她们都必须依附于灰姑娘的父亲，因为灰姑娘的父亲决定了这些女性在家族中的权力，所以，为了为自己争取更多的家族权力，取得灰姑娘父亲的喜爱，灰姑娘的后母无意识地将灰姑娘视为了自己最大的权力竞争者，因此，灰姑娘的后母才会不断地削弱她在家族中的地位。

《倾城之恋》中白流苏的父亲早逝，母亲虽然健在，但是更多的是双重身份。由于现实的压迫，流苏的母亲并没有给她温暖的关怀，并且在流苏受委屈时冷眼旁观。哥嫂对流苏的欺凌是在母亲的沉默下进行的，因此，作者对流苏母亲的设定更倾向于灰姑娘中的后母，而流苏的哥嫂市侩刻薄、唯利是图。当把流苏的嫁妆败光之后，他们知道流苏已经无利可图，所以对流苏苛责讽刺。对流苏与范柳原的爱情之路冷眼相加。就这个层面来看，白流苏的母亲与哥嫂就代表了灰姑娘童话中后母和姐妹这一干扰角色。流苏离婚回家之后被自己的家人嘲讽，她一个人孤独地生活在压抑的白公馆。精神的打击和生活的苦闷使流苏在短短几年的时间里尝尽人世的辛酸。第一次婚姻失败是她第一次失去男性的庇护，但是刚刚离婚的白流苏获得了一笔不菲的离婚费。因此，当她回到白公馆时，她是受到白公馆欢迎的，此时的她是一位具有经济实力的女性。但是，她的财产一步步被白公馆吞噬，她经济基础消失之时就是她在白公馆地位崩塌之时，经济地位的消失使流苏又回到了传统女性被剥削被压迫的位置上。当她对家庭不再有任何使用价值之时，流苏就成了白公馆最多余的人。因为在家族中没有男性的庇护又失去了经济的依靠，所以，白流苏才会在白公馆过得苦闷压抑。当徐太太介绍范柳原给白流苏的妹妹宝珠时，流苏毫不犹豫地对范柳原发起了攻势，与她的妹妹形成了竞争关系。范柳原是白公馆中众人眼中的金龟婿，雄厚的经济实力使他成为女性争夺的目标，而为了重新获取自己的经济地位，逃离白公馆这个压抑的牢笼，成为范柳原的太太是流苏最后也是最完美的选择。因此，为了寻求一桩稳定的婚姻，流苏展开了与宝珠的竞争，这一行为使白流苏在白公馆的生活更加艰难。可见，无论是玛格丽特还是白流苏，她们都与灰姑娘一样经历生活的艰难和重重挑战，经历与自己家族中其他女性的竞争才能寻找到自己满意的王子，才能获取美满的婚姻。

在《南方与北方》中，桑顿先生的母亲与妹妹是主要反对玛格丽特和桑顿爱情的人。桑顿先生的母亲是一位果敢坚毅的母亲形象，对来自温润南方的玛格丽特充满偏见与嘲讽。桑顿的妹妹是一位愚蠢无知的少女，她对玛格丽特的敌意来自母亲的影响。桑顿的母亲与妹妹实质上在这里充当了灰姑娘故事中后母与姐妹的形象。而桑顿母亲对玛格丽特的百般挑剔也是因为她强烈地预感到了玛格丽特会将桑顿从自己身边夺走，那时她就不再以第一女主人的身份站在桑顿身边，玛格丽特会取代她，让她失去自己在家族和工厂中的地位身份。桑顿的父亲早逝，因此，桑顿在这个家庭中处在最高阶层，他取代了他父亲的地位。桑顿的母亲对桑顿的占有欲不仅来自母亲对儿子的爱，还有对家族经济权力地位的迷恋，所以，她将玛格丽特视为取代自己地位的竞争者，对玛格丽特挑剔刁难。

四、外力的帮助

灰姑娘追求爱情的道路可谓一波三折，因为她与王子的爱情道路充满了障碍。在灰姑娘参加舞会的衣物被后母毁坏而失去参加舞会的资格后，她无法凭借自己的力量参加舞会，只能怀着绝望的心情痛哭。幸而得到魔法的帮助，灰姑娘才成为整个舞会上最光彩夺目的姑娘。在舞会上，艳压群芳的灰姑娘成功地吸引了王子的注意，获得与王子跳舞的机会。但是，当午夜的钟声响起，施加在灰姑娘身上的魔法就要消失，灰姑娘不得不从王子身边逃走。而在仓促逃走的过程中，她丢掉了一只水晶鞋。而王子被美丽的灰姑娘深深吸引。因此，在全国大举寻找能穿上那只被灰姑娘遗落的鞋的女性。最终，经过一番努力，王子成功地寻找到了被后母关在阁楼里的灰姑娘。

如果没有魔法的帮助，灰姑娘的爱情就不可能发生，灰姑娘必须借助魔法的帮助，拥有吸引人的外表才能吸引王子的目光。这正预示着女性的外在是吸引异性的重要条件，即使女性具有完美的品格，但是在短暂的接触之中，男性是无法判断他爱上的女性的真实内在，而外表是第一眼就能确定的，所以，为了能够吸引异性的注意，女性总是尽可能地展示自己最美的仪表。

这个规则在《倾城之恋》中同样适用。白流苏虽然嫁过人，但她并不老，她与生俱来的柔美吸引着范柳原目光。柳原心想："还好，她还不怎么老。她那一类的娇小身躯是最不显老的一种，永远是纤细的腰，孩子似的萌芽的

第六章 张爱玲与盖斯凯尔夫人小说中"灰姑娘"的比较

乳。她的脸，从前是白得像瓷，现在由瓷变为玉——那么透明青青的玉。"①范柳原欣赏流苏，赞美她是永不过时的真正的中国女人。而玛格丽特不仅拥有美好的品格，还拥有姣好的年轻容颜。当第一次见到玛格丽特时，桑顿就被她庄重的举止和神态所吸引。玛格丽特的优雅动人深深地映入他的眼中："朝着他，朝着亮光，坐在那儿，妩媚的姿色完全呈现在他的眼前。圆润白皙的颈子从丰满而轻盈的身材上面显露出来，说话的时候，嘴唇那么微微动着，丝毫没有改变那个可爱而又高傲的小嘴的形状，从而破坏到她脸上那种冷漠平静的神情；温柔忧郁的双眸以少女悠闲自在的目光迎着他的两眼。在他们谈话还没有结束时，他几乎已经暗下告诉自己他喜欢她。"②女性只有尽显外在的风采才能成为男性追逐的目标，才能在婚姻的竞争中获得优势，这是亘古不变的真理。同时，为了追逐外表的完美，女性会对自己的外表进行伪装，以此来迷惑男性，因此，灰姑娘需要魔法的帮助才能实现自己的华丽变装。同时，灰姑娘不仅要将自己的全部外表展现出来，还要将自己对男性的爱欲表现出来。因此，出现了落鞋的情节。中外许多版本的灰姑娘故事都有关于灰姑娘遗落"鞋"的情节。中国最早的关于灰姑娘的小说《叶限》也有类似"落鞋"的故事情节。之所以用鞋作为最重要的魔法道具，是因为在保守的时代，女性露出脚是一种隐形的性吸引的特征。鞋包裹的是女性的脚，中外传统的文化都是不允许女性裸露身体的，女性必须衣着端庄保守，而女性的脚是不轻易暴露出来的，露脚无疑是一种性欲的象征。遗鞋在这个情节中就代表了女性的爱欲。女性全部的生命都有赖于"获取性"，她需要用爱欲才能重获新生，只有依靠理想的男性，女性才能冲破现有生活的困境解除自我的压抑而获得解放。灰姑娘依靠衣物、鞋的装扮来尽可能地在王子面前展现自己的外表优势。女性在传统文化中对男性世界而言有两项最重要的功能，一是繁育后代，二是满足男性的爱欲。而在传统文化中，"欲"往往是被压制的，关于性及欲的一切都是与传统的伦理道德相悖的。因此，它在社会中是一个禁忌的话题，但是性欲是人类的原始本能，所以，无论怎么压制，"性"都是人类渴求的。所以，灰姑娘从外在的装扮到遗鞋的行为都是性的吸引。灰姑娘只有将自己女性化的全部特征表现出来，才能在追求爱情的波折道路上走向成功。

灰姑娘在追求爱情的道路上单凭她自己的力量是不可能克服磨难最后取得王子的青睐的，因此，她必须借助于外在力量的帮助。于是，在这里，仙女教母是灰姑娘的助手，而对灰姑娘爱情道路进行阻碍的后母则是灰姑娘的

---

① 张爱玲：《倾城之恋》，广州：花城出版社，1997，第14页。
② 盖斯凯尔夫人：《南方与北方》，主万译，北京：人民文学出版社，1994，第4页。

对手。而借助超自然的力量，帮助灰姑娘克服阻挠，从而实现灰姑娘与王子爱情的这一情节显然在《倾城之恋》和《南方与北方》这两部小说中都有展现。《倾城之恋》中帮助"灰姑娘"实现命运转折的戏剧性情节落到了小说人物"徐太太"身上，因为徐太太是将流苏与范柳原命运牵连在一起的重要人物。流苏生在一个落败的老式旧家族白府之中，白府迂腐陈旧，仿佛与外界割裂，流苏也不可能出去交际。如果没有徐太太的牵线搭桥，流苏的最终命运唯有在昏暗单调的白府了却自己的余生。《南方与北方》之中促成玛格丽特和桑顿先生爱情的人则是玛格丽特父亲的好友贝尔先生。在小说的结尾，玛格丽特继承了贝尔先生的遗产，而桑顿则因为棉花的滞销导致工厂倒闭，玛格丽特与桑顿互换了经济地位，这时，变得富有的玛格丽特用自己的财产去拯救桑顿先生，并直面自己的情感，勇敢地迈向自己与桑顿的爱情之路。因此，玛格丽特和白流苏同灰姑娘一样要经历爱情波折的考验，她们都未完全凭借自己的力量获得爱情与婚姻，社会中的被动地位处处制约着她们的行动。只有在外界力量的帮助下，"灰姑娘"才能在爱情之路上获得成功。

五、完美的爱情结局

童话中，灰姑娘与高贵的王子结成连理，并且依靠王子的力量成功地实现了阶级的跨越，而大团圆结局也是所有灰姑娘类型小说的一个固有模式。《倾城之恋》和《南方与北方》也是如此。《倾城之恋》中的白流苏虽然如愿以偿地嫁给了范柳原，但是这段婚姻是在香港沦陷之时，两人在战争的毁灭之下，为了生存而结成的婚姻，当他们回到现实的灯红酒绿之中时，范柳原对流苏的爱或许会松动。玛格丽特是标准的灰姑娘，她甚至比灰姑娘还要幸运，因为灰姑娘虽然心想事成地成了王子的妻子，获得了一段美好的婚姻，但是这一切的基础都依赖于她的丈夫。而玛格丽特不仅获得了自己的婚姻幸福，还拥有了独立的经济地位，她与桑顿的婚姻地位显得更加平等。

根据女性主义的观点，灰姑娘被认为属于男性拯救女性的童话。因此，白马王子是灰姑娘故事中的重要人物，也是灰姑娘能否实现阶级跨越的充分必要条件，是将灰姑娘从苦难的生活中拯救出来的救世主，因此王子能否找到灰姑娘是这部童话故事的关键。《倾城之恋》中的白流苏与传统的灰姑娘的处境是相同的，因为获得范柳原的青睐成为范柳原的太太是白流苏逃离家族、扬眉吐气的绝佳机会。与传统灰姑娘一样，流苏只有与白马王子的结合才有被社会规范认可的资格，即女性的价值只有依附于男性才能成功。而在《南方与北方》中，白马王子情节发生了改变。首先，桑顿因为工厂经营不善导致自己破产了，失去财产的桑顿等于失去了自己的社会地位。而玛格丽

特的人生则发生了戏剧性的转折，继承了父亲朋友遗产的玛格丽特一夜之间从父母双亡、寄人篱下的孤女变成了年轻的女富豪。这时，桑顿与玛格丽特的社会地位发生了相互交换，这与被动地等待王子拯救的传统情节发生了背离。并且，在小说的最后，玛格丽特将这笔钱投资给桑顿的工厂，帮助桑顿渡过难关，把他从破产的深渊中解救出来，灰姑娘与王子的拯救与被拯救的关系发生转化，打破了传统灰姑娘中男性占主导地位的传统。通过这次拯救，玛格丽特与桑顿的爱情之路终于圆满。两部小说都是以大团圆结局收场，玛格丽特在火车站与桑顿先生解除误会，互表衷肠，结成了夫妇；白流苏与范柳原则在战争的炮火中相互依赖和依靠，在乱世中成为彼此的精神支柱并登报结婚。从表面上看，这两部作品都实现了灰姑娘似的大团圆结局。

《倾城之恋》和《南方与北方》在故事结构上是与传统灰姑娘童话故事的结构相一致的。两部小说的灰姑娘都经历了母亲的弱化、与其他女性的竞争、磨难的生活、外力的帮助、最后获得圆满的爱情结局五个阶段。张爱玲和盖斯凯尔夫人两者笔下的灰姑娘的爱情与传统灰姑娘的爱情经历相似。说明在男性为主导的世界中女性与男性的从属地位始终没有改变过。无论是现实母亲与去世母亲的丑化与神化的对比，还是女性为获取男性的青睐而产生的争夺都是男性将女性内化在家庭中的表现。在男性长达千年的统治中，女性要获取的权力、婚姻、自由都掌握在男性手中，所以，成为男性附属是她们唯一的选择。同时，女性对这种从属地位并没有表示反抗，因为对女性长期的思想、道德灌输使女性不仅不能反抗这种从属地位，反而强化这种被动的从属地位。灰姑娘就是在女性从属于男性世界中女性必须依靠男性的极端表现。张爱玲和盖斯凯尔夫人生活的时代虽然经历着激烈的社会变革，但是以男性为主导的传统思想仍然没有改变。所以，她们的女性故事仍然没有彻底地将男权思维割裂，她们笔下灰姑娘的爱情轨迹才会与传统灰姑娘的故事重合。

第二节　灰姑娘与白马王子形象的超越

显然，这两部作品都不是对灰姑娘童话故事的重写。它们在一定意义是借用灰姑娘故事的躯壳重写自己时代的故事，所以，灰姑娘式的女主角不可能是一成不变的。两部作品中灰姑娘式的女主角首先是对灰姑娘形象的超越，这种超越是具有时代性的。传统意义上的灰姑娘被赋予了一切美好的品格，她真诚、善良、勤劳、乐观，被灰烬掩埋下的美丽面孔无一不显示着这个人物是真、善、美的美好化身。这是男权思维下男性创造的符合男性审美的、固化的女性形象。她是单一的、被动的、失声的，是传统男性创作的文本中完美的符合男性期待的女性。传统灰姑娘的形象被规范在男性的想象之下，所以，真实的女性形象是很难在以男性为创作主体的文学文本中出现的。

在西方女性作家大量涌现前，传统文本中的主人公是以男性为主的，很少出现以女性为主角的文本。即使在西方女性作家开始崛起的 17 世纪，在这些女作家所创作的文本中，女性也是在男性世界规范下的女性形象。最显著的例子就是这一时期西方女作家笔下出现了许多关于"灰姑娘"形象的故事，比如简·奥斯汀的《傲慢与偏见》、伯尼的《伊芙琳娜》、安娜·德克里夫的《意大利人》等。她们使用"灰姑娘"形象来诉说女性的存在。这些"灰姑娘"式的故事既没有挑战男性的权威又能满足女性的想象：在这些故事中男性仍然是整个社会的主宰，而女性不过是在男性授予的、可控的范围内争取自己的权力。她们没有对男性的权威产生怀疑，最终大多寻找了一位如意郎君，结成一段美满的婚姻。这很能满足当时大量被男性思维灌输下成长的女性的集体想象：一位地位低下的妇女嫁给了一位高贵的王子，付出比艰辛劳动轻松得多的努力就能摆脱现有生活的苦难，实现人生华丽的转折，这几乎成为"灰姑娘"故事对女性最大的吸引力。

而张爱玲和盖斯凯尔夫人笔下的"灰姑娘"却打破了灰姑娘故事的梦幻性。无论是白流苏还是玛格丽特，她们与"王子"相恋的过程不再是轻而易举的一面之缘，她们的幸福结局埋有许多的隐患，她们也不再像灰姑娘一样轻易地向现实妥协。她们是具有反抗精神的，是对原始"灰姑娘"式的"顺从""懦弱"的反抗，她们使用自己的女性魅力来征服男性，渴望在爱情中占据与男性同等的地位。她们在强大男性统治下试图挣脱女性的从属地位，挣脱性别歧视的捆绑，因而具有超越精神。但是两者的超越精神是有区别的，并且，她们的超越也都具有不彻底性。

一、白流苏对传统灰姑娘形象的超越

首先，相对于传统灰姑娘角色，张爱玲和盖斯凯尔夫人的灰姑娘形象是更饱满丰富的。但是，与盖斯凯尔夫人笔下的玛格丽特相比，张爱玲笔下的白流苏拥有更多人性的缺点，虽然她与灰姑娘有相似的人生轨迹，但她在面对无助与磨难之时表现出的主动抗争的精神是传统灰姑娘所不具备的。同时，白流苏也不像灰姑娘一样追求的是真挚的爱情，她注重的是男方的财力。她并不是渴望一份相濡以沫的爱情而是希望得到一份衣食无忧的保证。因此，白流苏并不是一位完美高尚的"灰姑娘"，而是一位功利世俗的"灰姑娘"。她更像是一位生活在世俗，认清了生活的本质，向现实妥协追逐利益的市井凡人。

第六章 张爱玲与盖斯凯尔夫人小说中"灰姑娘"的比较

白流苏的功利更多来自对男性统治世界的无奈妥协。她出身没落的贵族家庭,本以为嫁给一位男性就能安逸地过完余生,可惜所托非人。她对自己的艰难处境有非常明确的认知。她不是传统的隐忍的女性,当她在受到前夫的暴力伤害时,她敢于用离婚来反抗这场婚姻对她的伤害。在20世纪初的上海,离婚仍然是一件惊世骇俗的新奇的事情。我们可以从这点看出流苏是一位果敢、自主、不畏世俗眼光的女性。但是,离婚后的流苏生活却没有想象中的幸福,她仿佛从一个地狱跨入了另一个更加灰暗的地狱。母亲的无情冷漠、兄弟的刻薄自私、兄嫂的尖利嘲讽使流苏在娘家的处境十分艰难,回到家人身边的她不仅没有寻找到温暖,还要忍受欺骗、诋毁、侮辱,这使得白流苏彻底看清了人情冷漠。对家族没有价值的女性的生存的艰难使她迫切想要寻找到一条救赎之路。白太太的一席话点醒了白流苏:"找事,都是假的,还是找个人嫁才是真的。"对于肩不能扛、手不能挑,身无一技之长,不能读书识字的流苏来说,嫁人是她逃离这个灰暗牢笼的唯一出路。因此,她不顾一切地吸引范柳原的注意,即使范柳原原本是徐太太给流苏的妹妹宝珠介绍的乘龙快婿。但是绝境之下的流苏已经顾不得世人的眼光,她孤注一掷地将自己命运最后的筹码压在了范柳原身上。她远赴香港追逐范柳原,与范柳原在香江边上展开了一场虚情假意、互相试探的情感战争。白流苏并非是真的爱上范柳原,经历人生巨变、看尽人世苍凉的流苏恐怕对追求真实的情感已经不抱奢望,流苏求的只不过是后半生有一个依靠,不用再忍受家人的讽刺与嘲弄。她人生的两次重大的打击都来自自己最亲密的人:第一任爱人和自己的亲人。每次都是自己最亲近、最信任的人成为伤害自己的罪魁祸首。因此,爱情和亲情在白流苏眼中都不如获得切实的财产重要,只有获得财产才能保证自己生存的尊严。而获得经济保障的唯一希望是寄托在男性(范柳原)身上,所以白流苏没有对这个压抑她的世界进行慷慨激昂的抗议,而是对现实妥协、重新寻找新的婚姻、新的男性来帮助自己。这一次,她重新回到她曾经奋力挣脱的牢笼之中寻求庇护。

传统的灰姑娘形象是一位满足女性渴求男性拯救幻想的典型形象,她们已经彻底地接受了男性对于女性的主宰地位。因此,当她们陷入生活的苦难之中时,她们首先想到的不是如何通过自己的力量寻找到出路,而是从一开始就将希望寄托在男性身上,她们认为找到一位可以依靠的男性比自己寻找一条拯救之路要轻松许多。传统的灰姑娘是真正属于男性话语中的女性形象。而白流苏是具有叛逆精神的。当她的人生陷入泥潭时,她不是坐以待毙,而是奋起抗争。无论是离婚还是跟随范柳原,这些做法都是离经叛道的行为。因此,她超越了传统的灰姑娘形象。然而,白流苏对以男性为主的世界的抗争不是自觉的。她的灰姑娘之路取决于她的切身利益是否被损害。当她认为自己还有退路之时，她会毫不犹豫地挣脱男性的怀抱。但是当她发现现实不能容忍离婚的年老女性时，她会马上寻求一位有实力的男性来拯救自己。白流苏把在前夫那里没有寻找到归属寄托在另一位男性身上，自认为嫁给范柳原就能在家人面前扬眉吐气。其实这桩婚姻的主宰仍然是男性，流苏的命运是不由自己做主的。无论她怎么逃离，她都不过是从一个男性身边逃到另一个男性身边。她用隐忍的姿态释放了男权文化传统压抑下女性极度狭窄的生存空间。作为一位接受传统文化长大的女性，白流苏没有能力在社会谋求一份正当的职业以使自己获得经济的独立。社会也没有赋予她她想获得的经济实力和教育，她对自己的无能为力感到极度压抑，但她并没有意识这其实是男性对女性的捆绑。绝望的现实迫使她重新将希望投射到男性身上。于是，白流苏重新认同了女性只有依附男性才能获得理想生活的"道理"，这不是流苏自愿选择的，而是那个时代社会对女性生存空间进行极度打压的必然结果。归根结底，那个时代的女性始终受到传统观念的束缚。"女性理想的归属就是嫁给男性"，这种根深蒂固的观念植根于人们的脑中。从本质上来说，女性就是男性的一件附属品，是体现他们身份的一件精美配饰。因此，无论怎么反抗，白流苏最终只能依附于男性的力量，向男性世界无可奈何地低下头来。她的所欲所求就是为自己谋得一条出路，为自己寻找一个有财产背景的男性来保证自己的衣食无忧。而坚持自己的思想，保证自己的独立在白流苏心里是不被想象的，也无法在那个时代被想象，所以她对"灰姑娘"形象的超越是有限制的。

白流苏超越的不彻底性是与作者张爱玲成长经历息息相关的。张爱玲是在旧文化熏陶下成长的女性，张爱玲厌恶自己所处的动荡低俗的时代，她怀念父亲生活的年代。她的童年处于封建旧势力与新兴阶层并存的时期，五四运动的发生使得各方势力登场。1941年，日军进攻香港，又彻底毁了她的留学梦。她厌恶这个时代，无尽的纷争与战乱让她感到莫大的孤寂与无助。在张爱玲看来，这是个被破坏的时代。

张爱玲对自己父辈的年代是充满幻想与怀念的，甚至叹息不能为自己所有。现实世界的混乱不断加剧张爱玲对父亲所在的那个时代的无限向往。因此，对旧时代的怀念使张爱玲并不想去打破和抵制这种被男性主宰的女性的生存状态。所以，张爱玲投射在白流苏身上的不是彻头彻尾的反抗精神，而是她潜意识里对传统文化的妥协与怀念。由于张爱玲自身思想的局限性，所以她笔下的"灰姑娘"并不能对于女性在性别关系中的劣势地位进行彻底超越。因此，她笔下的灰姑娘注定是妥协的、不彻底的。

第六章 张爱玲与盖斯凯尔夫人小说中"灰姑娘"的比较

二、玛格丽特对传统灰姑娘形象的超越

《南方与北方》中的玛格丽特与传统灰姑娘具有许多相似的地方。首先，玛格丽特是一位具有美好品格的英国淑女，她坚强、美丽、富有同情心，是一个具有自己思想的女性形象。母亲重病缠身，父亲为生计奔波，玛格丽特被置身于一个艰难的家庭环境之中。因此，她不得不承担家庭的重担。为了减轻家庭负担，她基本承担了女佣的工作，不再是养尊处优的贵族小姐了。虽然她的现实生活艰苦，但她的精神仍然独立自主。她不像白流苏一样被陈旧的观念束缚，不像白流苏一样认为自己真实的情感追求只不过是一种奢望，不像白流苏一样认为追求财富才是女性的生存之道，不像白流苏一样认为女性理想的归属就是嫁给一位比自己地位高财富多的人。玛格丽特追求真挚的爱情。在面对桑顿的爱情时，她思考的是自己是否真正爱上了桑顿，并且她选择爱人的标准不是经济实力而是人的道德素养。桑顿是否是一位正直善良、品格高尚的绅士才是她真正考虑的，对方的经济实力与社会地位并不是她主要考虑的问题。无论生活多么艰苦，她始终保持着自己人格的独立性。她对桑顿产生情愫并不是因为桑顿雄厚的财力，而是在经历了一系列的人事变故后，她认清了桑顿是一位有风度、有涵养、愿意倾听工人心声、为事业努力拼搏的绅士。这时的她才正视了自己对桑顿的情感。同时，玛格丽特还用自己的思想影响了桑顿。她在与工人接触时，认识了亨利先生一家，他们正直善良但却被工厂主剥削到食不果腹。亨利的女儿因从小在棉花厂里工作而吸入了大量的棉絮，导致了她最后患上了严重的肺病而不治身亡。她的离世给玛格丽特以极大的打击。在与工人的交往中，玛格丽特认识到了工人阶级生活的疾苦，清楚地认识到了工人与资本家的矛盾，她希望看到他们和解。而桑顿本是一个追逐利益的资本家，他对工人的生死不屑一顾。但在玛格丽特的影响之下，他与工人的关系不再剑拔弩张。他开始关注工人的疾苦，甚至与亨利结成了一段友谊。可见，在玛格丽特与桑顿的爱情中，他们并非一个主导另一个，而是都保持了自己的独立性。特别是玛格丽特，她不仅保持了自己人格的独立性，还改变了作为"白马王子"的桑顿的价值观。因此，玛格丽特不是坐等王子拯救的懦弱女性。在小说的最后，甚至出现了白马王子与灰姑娘"拯救"与"被拯救"者的位置转换：玛格丽特用自己获得的遗产拯救了濒临破产的桑顿。玛格丽特作为"拯救王子的灰姑娘"在婚姻和爱情中取得了相对独立的位置。玛格丽特是一位新型的女性，在她身上完全没有出现旧文化的特征，男权思想并没有束缚她，她仍然保持自己思想的独立性。

玛格丽特最大的超越性表现在其超越了传统灰姑娘对男性的绝对依赖。

无论是贫穷还是富有，无论生活多么昏暗，玛格丽特始终坚持和强调自我的价值。她拥有独立思考的能力，进入婚姻之时，玛格丽特仍然保持了经济和思想上的绝对独立。经济上的独立是偶然获得的，但是思想上的独立是玛格丽特自己获取的，她坚韧不拔的品格使得她始终保持自己对世界独立思考的能力。她从没有出现过依靠其他人的想法，这与传统的灰姑娘逆来顺受的形象是相悖的，因为后者生存唯一的希望在于男性的拯救。无论是在后母还是王子面前，灰姑娘都是一个弱者，是一个需要保护的对象。从父家走入夫家，灰姑娘始终是属于家庭内部的，这是传统女性人生的主要路径。虽然玛格丽特也与传统女性一样回归家庭，但是她回归家庭是因为爱情，她与桑顿之间的婚姻是建立在真正的爱情之上的，他们之间不存在男方绝对高于女方的性别关系，他们之间的婚姻是女性想象的美满婚姻。

但是这种理想状态的根基是虚构的，玛格丽特独立的根基毕竟在于她意外地获得了一笔财富。她虽然能够在思想上取得独立，但是无法真正凭借自己的能力在社会中取得经济的独立。如果玛格丽特没有戏剧性地继承了遗产，那么，她与桑顿的爱情结局就不会这样美好。无论是张爱玲还是盖斯凯尔夫人，她们都聚焦人的现实物质条件，都认为女性获得婚姻幸福的条件是物质基础。两位作家都认同经济是婚姻的支撑，女性在追求婚姻过程中总是有意无意地重视男方的财产。不同之处在于，玛格丽特并没有因经济的问题向现实妥协，她仍然保持真我。在小说中，她虽然家道中落，生活拮据，但是经济的困顿不会使她想要寻找一桩可靠的婚姻以解决当下的难题。面对桑顿的表白，她不为所动，甚至被桑顿的言语所伤，与桑顿产生了误会。她并没有小心翼翼，半推半就地与桑顿保持暧昧，而是正直骄傲地拒绝了桑顿的求婚。然而为了保持玛格丽特的独立性，盖斯凯尔夫人特意在小说中弱化了财富对玛格丽特的影响，甚至让玛格丽特戏剧性地继承了一笔数额巨大的遗产。当经济问题不再成为女性的梦魇时，玛格丽特要想成为一位品格高尚、思想独体、人格完整的女性典范就显得容易许多。但是她获得经济的独立不是绝对的，她在爱情中获得的男女平等的机会也是一场巧合。盖斯凯尔夫人虽然主张女性的独立，但也深刻地认识到了财富是女性独立的最重要的支柱。受到时代的限制，她并没有为女性实现经济独立，从而实现真正的独立寻到良方。因此，虽然玛格丽特追求婚恋中男女的平等，在思想上超越了灰姑娘，但这种超越也不过是建立在理想化的艺术虚构之上。

第六章 张爱玲与盖斯凯尔夫人小说中"灰姑娘"的比较

三、玛格丽特与白流苏形象的异同

白流苏和玛格丽特都出生在没落的家庭中,她们承受日趋繁重的家庭经济负担,不同的是,玛格丽特承受的主要是身体上的负担,而白流苏则承受的主要是精神上的负担。对于玛格丽特来说,身体上的负担并不足以打败她坚定的意志,所以无论生活多么艰苦,玛格丽特仍然坚强地保持本我。而白流苏受到的精神折磨使她看透人世的薄凉冷漠,她的尊严一再被自己的亲人践踏。当范柳原出现的时候,她将范柳原看成帮助她逃脱白公馆的最后一个机会。所以她孤注一掷地投身于范柳原,至于他是怎样的人,她并不在乎,只要他有足够的实力将她从现有的牢笼中挣脱出来就够了。所以,遭受苦难的区别决定了同为"灰姑娘"形象的白流苏和玛格丽特对婚爱的态度。

白流苏与玛格丽特追求婚姻与爱情的目的并不相同。相对玛格丽特的完美独立,张爱玲笔下的白流苏更直面自己内心的欲望,并认为寻求到一份美好的婚姻是女性唯一的宿命。为了解决现实的经济问题,逃脱白公馆的囹圄泥潭,她甘愿屈居为范柳原无名无分的情妇。经过生活的起落,身如浮萍的她坚信得到一份财产的保证比得到一份真正的爱情更加重要。张爱玲笔下的白流苏似乎已经与原始童话中的美丽、勤劳、隐忍的灰姑娘的原始形象相去甚远,但她并非不希望保持真我,从而追随一段真实的情感。白流苏也渴望与范柳原的爱情更加纯粹更加直接,但是一个是情场浪子,一个是失婚妇女,他们之间各自怀有的私欲太多,这使他们一直在进行一场你来我往的暧昧游戏。同时,生活的绝望笼罩着她,如果失去范柳原,她就要重回白公馆接受众人的嘲讽与奚落。因此,她宁愿成为范柳原的情妇,也不愿回到白公馆那个绝望的家庭中。她的自尊在一次次反抗追逐中已经千疮百孔,因此她无法像玛格丽特那样保持人格的独立,她的精神始终面临巨大的空虚。不管是在婚前还是婚后,这种空虚都缠绕着她,是她无法逃脱的精神苦难。玛格丽特注重的是婚姻对象的品格以及能否与自己有思想上的交流,她对于对方的经济实力并不重视。所以,当玛格丽特遇见桑顿时,桑顿的傲慢使她拒绝了桑顿的求婚。

四、白马王子形象的超越与异变

在《倾城之恋》中,白马王子的形象遭到了变异。范柳原可以说是对白马王子形象的反叛。《倾城之恋》的男主人公范柳原不是完美道德的典范,他不再具有原始白马王子高贵典雅的古典形象的光芒,他将女性与男性之间这种以暗喻表现的交易关系表面化。作品中,范柳原主动引诱流苏,他知道流苏心里的盘算，但是他并不点破。流苏仿佛是难逃五指山的孙行者，无论怎样挣扎都难逃范柳原的五指山，白马王子的道德光芒在范柳原身上消失殆尽。同时，范柳原对流苏的情感态度一直是扑朔迷离的。在他与流苏的这场感情交锋中，他一直占据着主导的地位，流苏在这场感情中不能输，输了就一无所有。而范柳原恰恰相反，他把与流苏的爱情当作一场可有可无的游戏，即使游戏消失，他也可以潇洒离去。作为情场老手的范柳原不过是想得到流苏的身体，将流苏作为情妇圈养起来，不会给流苏任何婚姻的保障。范柳原在得到流苏之后就立刻准备坐船离开香港，将流苏独自豢养在香港的公寓中。这里的薄情冷酷足以显示出流苏不过是范柳原的玩物。如果不是香港的沦陷打破了他原本的计划，或许白流苏就会像范柳原的宠物一般，在他开心的时候被逗弄一番，被玩腻了就会被抛弃。这是传统社会中女性无法实现自我独立的悲哀。当无法寻求到一份婚姻时，沦落为男性的玩物仿佛是其中唯一的出路。因此道德的沦丧使范柳原作为王子形象的光芒消逝。

但是范柳原的形象并非是暗淡无光的，他只是偏离了女性想象的白马王子的完美想象。他并非一个陈旧的男性个人主义者，他的内心同样渴望真挚的爱情。他知道白流苏希望嫁给他更多的是为了他的财富，而不是因为爱情。他曾经向流苏表露自己的真心，但是流苏并没有体会到范柳原的意图，还在一味地盘算。于是范柳原收起了自己的真心，恢复了往日的事故精明，重新开始与白流苏玩虚情假意的爱情游戏。范柳原与白流苏同样是孤独的，他们同样被家族抛弃，同样没有亲情的关爱。但是不同的是流苏看透人情的淡漠与冷漠，所以她不再相信爱情这种虚无缥缈的东西，她要的是物质上实质性的保障。而范柳原渴望得到一位真正的伴侣，希望自己获得的爱情能够再纯粹一点，不要掺杂一丝物质的杂念。但是在传统的男权思维的压抑下，受过爱情伤害的流苏已经没有再去爱其他人的能力。她要保护自己又要成为范柳原的太太，所以她是物质的，不可能将自己的真心完全交给范柳原。而范柳原想在白流苏身上获得真心又不可能，所以他的内心也是孤独的。与传统白马王子相比，他的内心更加孤独、更加残缺。

《倾城之恋》中的范柳原是传统意义上的白马王子形象的一种变体，而《南方与北方》的男主人公桑顿则在女性的审美意识中更符合白马王子的形象，折射出白马王子原有的光辉。

对比范柳原，桑顿更可称为道德楷模。他不玩弄女性，甚至敬重、尊重她们。他拥有一位坚韧不拔的母亲，她在父亲破产之后独自抚养他，所以他十分敬重他的母亲，正是母亲的言传身教才让桑顿拥有事业上的成功，所以，桑顿对女性秉承着尊重的态度。在盖斯凯尔夫人的另一部著名小说《玛丽·

第六章 张爱玲与盖斯凯尔夫人小说中"灰姑娘"的比较

巴顿》中,资本家都是压迫、唯利是图的反面形象,但是在桑顿身上,资本家的剥削本质被大大地削弱了。他虽然有个人主义、利己主义的一面,但在小说的后期,桑顿的形象逐渐趋于完美:他注重与工人化解矛盾、放下自己的傲慢并追求真挚的爱情。他形象的变化反映了那个时代阶级矛盾趋于缓和的风向。另一方面,桑顿是古典完美道德和现世精神的统一,他符合女性想象的完美白马王子形象。

白马王子在童话故事中高高在上,他的身影笼罩在一层浓浓的迷雾之中,如同远古的神像一般供人想象与追逐。而范柳原和桑顿都失去了原始白马王子形象原生的高尚的身份地位,他们与白马王子的相似之处在于男性仍然对财富具有绝对的支配权力。

范柳原的出身并不光彩,他是一位没名没分的私生子。他的母亲是他父亲没名分的小老婆。在他继承了他父亲的遗产之后,还与他父亲的正统夫人有债务纠纷,他的家族也并未接受他。因此,范柳原除了钱财之外一无所有,是个孤独漂泊的浪子。而桑顿也没有高贵的出身和显赫的家世,他的父亲由于经营失败在他幼年时就选择了自杀,他是在母亲的抚养下长大的。家庭并没有对桑顿的事业有所帮助,他成为工厂主全靠自己的努力。因此,相较于传统的白马王子,范柳原和桑顿的出身都产生了变异,他们的身份更加平民化,而他们高于女性的根本点在于他们能够继承并创造财富。但是桑顿的白马王子形象在小说后半部分逐渐趋于完美。桑顿与玛格丽特的爱情比白流苏与范柳原更加真情实意。因为桑顿为了玛格丽特会改变自己,让自己成为与玛格丽特一样的道德典范。他变得同情工人阶级,不再唯利是图,他变得和蔼谦虚,在爱情的影响之下,桑顿形象与完美的白马王子形象逐渐重合,他身上开始闪现受人敬仰的古代白马王子形象的光芒。而张爱玲笔下的范柳原打破了这一神圣的形象。张爱玲是将传统文化中赋予男性完美想象的外壳层层剥开,让我们认清在阶级社会中的男性吸引女性的实质核心是财富和地位。所以,比较而言,桑顿更完美,范柳原更现实。

无论是灰姑娘形象的变化还是白马王子形象的变化,它们都表明了两位女作家在传统灰姑娘故事中融入了自己的时代特征和情感体验。灰姑娘形象逐渐展示出的独立性展现了张爱玲和盖斯凯尔夫人对传统女性被动地位的反叛。无论是对白流苏世俗化的描写,还是对玛格丽特独立性的塑造,它们都是展现了女性在强大的男权社会下追求独立的超越精神。尽管她们的超越都具有一定的局限性,但是与传统灰姑娘的沉默无声相比,她们的改变已经表明女性在社会中的附属地位开始松动。而白马王子形象的跌落神坛则表明女性对于男性不再是无条件地崇拜,无条件地服从,她们也开始对男性在两性关系中的主体地位发出了自己呐喊。范柳原是一位品性出身都具有缺陷的王子，桑顿则需要玛格丽特的拯救。两位王子都与传统童话中王子的形象存在差异。这是男性千百年来在人类社会中占据绝对神圣地位的传统的变异。

第三节　男性拯救下的"灰姑娘"

波伏娃的《第二性》是女性主义的代表作，她的这部作品提出了女性是从属于男性的"他者"概念，这为女性主义的研究拓展了研究方向。在书中，她从心理学、社会学、历史学等方面阐释了女性形成"他者"地位的原因，指出以男性为主导的父权制社会是压迫女性的根源，指出"他者"即"女性"的深刻概念。波伏娃首先在书中提出了"什么是女人"的问题。她认为，一个男人在社会历史生活中不是特殊的，但是身为男性，从出生起，男人就先天性地拥有一定的社会权力，而女人则是完全相反的生存状况，女人是不具备权力的，因为女人被认为是有缺失的"人"。

在《第二性》中，波伏娃也论述了女性在父权制中是如何从与男性的相互性转为认同和维护依附男性的"他者"的。她从考察"他者"的相对性角度来切入分析，认为"他者"本身是一个相对概念，只有存在双方的相互性，才能形成"他者"。她认为两性起初都不是对立的关系，也不存在女性依附于男性，而是两性之间相互依存。但是以男性为主导的社会逐渐把女性定义为"绝对他者"，这与"他者"概念中孕含的相互性是冲突的。从两性关系分析，人类社会是由男人与女人构建的，两者没有谁先谁后，而是彼此需要，你中有我，我中有你。如此，双方才能算是完整主体。

同样，在《第二性》中，波伏娃列举了许多历史人物对女人的分析。他们中的许多伟人都认为女性是有缺失的人。例如亚里士多德，他曾说，"女性之为女性，是由于缺乏某些品质"，而《创世纪》将女人说成是男人身上"一根多余的肋骨"，"女性是人类受撒旦魅惑导致人类失去乐园的罪魁祸首"。因此，波伏娃认为"人类是男性的，男人不是从女人本身，而是从相对男人而言来界定女人的，女人不被看作一个自主的存在……在男性看来，女性本质上是有性别的、生殖的人"。波伏娃认为"他者"包含的内涵是"女性是依附于男性的存在，女人没有选择自己生存权利的机会。女人是被男人奴役、被男人压迫的对象。在两性的关系中，不存在二元平等的关系，他们之间的本质是依附与被依附、主体支配客体的关系。女人相较男人而言，而不是男人相较女人而言确定下来并且区别开来；女人面对本质是非本质。男人是主

第六章 张爱玲与盖斯凯尔夫人小说中"灰姑娘"的比较

体,是绝对;女人是他者。绝对男性的存在使女性成为客体"。①

波伏娃还认为男性打破了两性之间的相互性:"主体只能在对立中确立——他把自己确立为主要者,以此同他者、次要者、客体相对立……她是附属的人,是同主要者相对立的次要者,他是主体,是绝对,而她则是他者。"②这句话说明在父权制社会中,男性是绝对的统治权威,男性在两性关系中占据主体的地位,因此,两性之间的相互性关系是不被男权社会认同的。

在男权社会中,如果男性承认"他者"具有一定的主观性意识,并且"他者"产生明确的主观倾向,那么男性就在一定层面上将自己两性之间的主体地位让给女性,从而让女性获得自主的主观性。这对男权社会来说是绝对不可接受的。因为这种情况会撼动男性的主体地位。只有保证女性的"绝对他者"的性质,男性才能保证自我主体的绝对权威与自由。所以在男权社会中,男权意识形态是不承认这种相互性的。男性将自我界定为绝对的主体,而女性是依附于男性的纯粹他性,即女性是属于男性的"绝对他者",是一个永远不能有主体意识的异质性存在。

所以波伏娃将"他者"意识解读为一种依附意识。而这种依附关系会造成女性在两性关系中处于被支配被压迫的境地之中。

通过对"他者"概念的论述,波伏娃分析出女性在两性关系中的不利处境,并指出"他者"概念中蕴含的否定性、绝对性、他者性和消极意义。

女性成为"他者"之后就会被包裹在这些消极意义之中。她们对自身的身份感到焦虑,但是男性的统治使得女性不得不从属甚至巩固男性的统治,从而在无意识的状态之中不断加强自己的纯粹他性,同时强化"他者"的不利地位。这首先表现在女性对男女之间主从关系的默认上。波伏娃指出,在意识本身之中,存在一种对其他意识根本性的敌视;主体只有在遭到反对的时候才能树立自身——他认为自己不可或缺,而与他对立的客体可有可无。为了成为主体,每一种意识都需要得到认可,而要获得这种认可,只有通过主宰"他者",将其转化为客体。在公共领域,男性奋力通过斗争变成主体,他们的斗争孕育了焦虑的主人和不大情愿的奴隶。然而这一斗争还有一个维度,这个纬度使得所有男性成为主体。妇女是意识的存在,她们能够发现男性的主体地位。然而她们不是反过来力图通过使男性客体化从而争取自己的主体地位,而是对这种从属地位听之任之,甚至帮助强化这种从属地位。通过占有女性,男子获得了一个"他者",这个"他者"对他的主体地位是一种支持,而不是一种威胁,这个客体并没有进行斗争的需要。男性以女性为

---

① 西蒙娜·德·波伏娃:《第二性》,郑克鲁译.上海:上海译文出版社,2011,第9页。
② 西蒙娜·德·波伏娃:《第二性》,陶铁柱译.北京:中国书籍出版社,1998,第13页。

代价换取了其主体地位，而女性没有属于自己的"他者"，她们无法摆脱作为男性之客体的地位。

"他者"是相对于人的自我意识而言的，男性在形成自我认知的过程中，将女性定义为男性的附庸，"他者"是男性主体意识的一部分。女性成了男性认知的一部分，就代表女性是缺乏自我的。

在男性社会中，女性与黑人、无产者、原住民一样属于被压迫的群体。波伏娃用黑人、无产者、原住民这些群体来类比是因为男性与女性、无产者与资产阶级、黑人与白人、原住民与入侵者都存在一个二元对立的关系，并且他们双方都有一方处在绝对权力的一方，是二元对立关系的主导者，而另外一方则处在被支配被压迫的生存状态之中。因此，波伏娃对女性"他者"的界定是认为女性是被男性压迫的，是非本质的存在。

女性是失去自我本质的存在，是被男性规范的存在。人类的历史是属于男性的历史，人类的社会也是由男性创造的，宗教也是被男性抒写而成的。因此，女性没有像男性一样掌控人类的社会、历史、宗教、文化，她们仿佛是散居于男性之中的从属者，是男性构建社会历史的一部分。同时，波伏娃认为这些形成女性"他者"地位的原因是由女性的生理决定的，但是女性是不可能消灭男性的。即便如此，这种两性关系的不平等终有一天会被超越。因此，女性会在超越以往不平等地位的过程中与男性走向和谐。终有一天，女性能够超越男性社会的枷锁实现真正的性别平等。但是波伏娃认为这种和谐平等关系的实现要求女性要不停地超越过去，超越自身。女性只有坚持不懈地超越，才能真正成为本我的存在，才能真正获得自由。

女性实现真正的超越不是一蹴而就的，必定会经历失败与挫折。但是每一次的失败都是为真正的超越累积经验，每一次的失败都是为两性之间实现和谐做出量的累积。

一、女性的"他者"地位

在波伏娃看来，灰姑娘是典型的男性拯救下的女性形象，是女性在两性关系中"他者"的象征。前文已经论述了波伏娃认为造成男性与女性之间差异的根本原因是长期的社会文化、教育和法律形成的性别不平等的差异处境。因此，形成"灰姑娘"的根本原因正是两性在社会教育法律中的不平等地位。所以，灰姑娘种种高尚的品德和人生经历都是被男性社会规划出来的，即它不是天生的，而是被塑造出来的。波伏娃认为"绝对他者"在概念"他者"中占据主要位置，可见女性在两性之间的"他者"位置是绝对、纯粹、消极甚至是否定的，她用"绝对的消极"来揭示女性在人类历史中的真实处境。

第六章 张爱玲与盖斯凯尔夫人小说中"灰姑娘"的比较

在波伏娃看来,女性对于"绝对他者"的处境态度是默认的和消极的。灰姑娘因为一直被动地等待男性的拯救而成为一位消极的女性,即她并没有对自己生存的苦难进行斗争,而是寄希望于男性。男性将女性定义为"他者"使女性成为男性的参照物和依附物。总之,波伏娃认为"他者"绝对性的意义就在于,女性被男权社会潜移默化地永久规范在以男性为主体并从属于男性的次要的客体位置上。女性被迫成为强调男性的形象的陪衬。因此,作为一位等待男性拯救的女性,灰姑娘无疑是女性依附于男性的"他者"的典型形象。她是按照男性的喜好塑造出来的符合男性审美的女性,她的善良美丽、她对苦难的隐忍正是男性希望女性形成的模样。此外,灰姑娘故事吸引了大量女性读者。故事展现出强大吸引力的背后隐藏的正是女性对男权的依附与依恋。既女性对灰姑娘故事的认同就是对依附于男性的生存状态的认同。持续千年的生存环境已经将女性真正改造成失去本我、从属于男性的存在。所以,在女性看来,男性是权力的象征。她们依恋男性,她们渴望通过男性来改变自己的生存困境。对女性从属于男性的"他者"地位,她们是默认甚至是赞同的。因此,灰姑娘故事才会如此长盛不衰。

在男权社会中,"他者"成了衡量男性自我存在的工具。在父权制关系中,压迫和束缚总是来自主体对"他者"施虐,正如男性束缚甚至虐待压迫女性一样。女性只有适应了俘虏地位才能享有男性限制性的自由,即妇女只有认同和迎合男性文化要求,才能得到男人的包容和认可。因此,灰姑娘是一位适应了以男性为主的父权社会的"他者"形象。为了能更好地享受男性给予女性的限制性自由,灰姑娘童话故事充满了欺骗性,它让女性自我麻痹在男性拯救女性的幻想之中,从而迎合男性的认可与获取女性的认同。

张爱玲向往从前遗老遗少的生活,她对当下的乱世充满了不满。在混乱的时代中,她笔下的人性总是丑陋的、扭曲的。因此,《倾城之恋》中的白流苏与范柳原都不是令人向往的形象。为了成全白流苏与范柳原的爱情,香港沦陷了,但是这份沉重的爱情背后仍然隐藏着无限的苍凉。这份婚姻的未来是迷茫的和昏暗的。但是尽管如此,白流苏仍然将这份婚姻视为人生的胜利,认为自己已经心想事成。她因为失去第一位丈夫而变成被家族厌恶羞辱、被社会抛弃的对象,她失去的种种自尊与社会地位因为与范柳原结合全部都重新回到了她的身边,她对自己的处境感到满意。

因此,重新回归婚姻、重新找到男性的庇护,对白流苏来说就是人生的胜利。不管这胜利的背后存在多少虚无,她都义无反顾地要进入这段婚姻中,寻求范柳原的庇护。这反映女性只有寄托男性才能获取全部的生存资料。

张爱玲写出了这桩婚姻背后的无限苍凉的问题,也写出了白流苏无可奈何的绝望境地。父权制社会没有为女性提供足够的生存空间，女性全部的生存都有赖于男性。因此，女性是无法挣脱男性生存的。

张爱玲看出了女性的生存困境，但是她笔下的女性的不满与反抗不是针对父权制度，而是去与男性进行爱情的战争，寄希望于在爱情中的胜利来解决自己的困境。并且，如果能够在爱情战争中取得自己想要的结果，回归了家庭便自满得意视为人生的胜利。这反映了张爱玲并没有意图去挣脱女性的"他者"地位。她对女性的"他者"地位的抗争态度是消极的。

文中我们已经分析出《南方与北方》中玛格丽特获得经济独立仍是来源于男性，盖斯凯尔夫人没有在小说中真正解决女性受困于经济的梦魇。她没有为女性实现真正的经济独立提出切实可行的计划，而是寄希望于这种渺茫的幻想。因此，玛格丽特也并非是一位实现真正独立的灰姑娘。此外，玛格丽特是一位符合男性审美的灰姑娘形象，她的外表品格都接近于传统的灰姑娘。对于男性来说，玛格丽特是充满魅力的。因此，在桑顿第一眼看见玛格丽特时，他就深深地被她的外表吸引了。在小说的最后，玛格丽特获得了经济仍然选择回归爱情，选择回归到桑顿身边。经济不是为了实现玛格丽特的人生独立，而是为了帮助玛格丽特走入婚姻，成为获取完美婚姻的赢家。这一系列的小说故事都反映了盖斯凯尔夫人思想深处不是为了让女性走出家庭，走入社会，而是希望女性走入婚姻，并通过把握经济获取更美满的爱情。这是玛格丽特没有成功超越女性"他者"地位的真正原因，也是盖斯凯尔夫人思想局限性的表现。盖斯凯尔夫人思想深处仍然没有冲破女性属于家庭的牢笼，她仍然认可女性应该回归爱情婚姻之中，既使她笔下的玛格丽特取得了经济基础，那也是为了回归爱情与婚姻做准备。

无论是张爱玲还是盖斯凯尔夫人，她们笔下的灰姑娘形象都没有真正超越成功，她们仍然是被男性支配的"他者"形象，她们的一切爱欲与生存的资料仍然来源于男性，她们仍旧是失去本我的依附者。

二、灰姑娘故事的欺骗性

在过去几千年的以男性为统治中心的社会中，女性被规定在家中，她们的生活范围也被牢牢地限定在家庭中，并且女性是被禁止参加社交活动的。女性缺乏自我的过程是开始于游牧部落形成之后，女性先天的具有繁衍的功能使其失去了和男性共同发现世界的机会。从此，女性开始慢慢失去自我，成为被男性规范的"他者"。既然女性因是"他者"而失去了对自我命运的掌控，成为被男性掌控的形象，那么在这种掌控下，女性是无力挣脱，无法反抗的。女性要想获得社会的认同，就必须通过整个男性秩序对她的考量。她们的价

第六章 张爱玲与盖斯凯尔夫人小说中"灰姑娘"的比较

值也就与外界的目光联系在一起。迎合男性世界又一再摧毁女性自我价值的建立。

因此,女性的形象在男性世界里越来越渺小、越来越单一,最终在历史上彻底失去话语权。

近代以来,新的社会阶级、社会体系、社会价值逐渐形成。这一时期,劳动方式的转变使得"金钱"这一符号承载了更多的复杂意义。新的资产阶级由于掌握了更多的社会财富,渴望获得与其财富相匹配的社会地位,于是开始冲击原有的社会体系,传递金钱至上的价值观。新的社会秩序的形成、新的社会观念的产生、新的社会生活方式也逐渐形成。但人们思想观念的转变通常远远落后于社会生活的转变。因此,固有的价值观念仍旧植根于人们的社会生活中。女性的"他者"意识仍然弥漫于整个社会之中。

张爱玲和盖斯凯尔夫人正是生活在这样变革的新时代,金钱成为衡量一个人的最终价值标准。因此,无论是白流苏和范柳原还是玛格丽特和桑顿,他们都认为金钱都是他们维系关系的重要纽带。男性拥有金钱成为女性追逐的对象,女性由于被围困在家庭的小天地之中,只能通过追逐男性来获取金钱。

虽然社会生产生活方式的转变也使社会开始向女性开放一些职业,例如教师、护士、办公室职员。但是,女性想要在职业中取得更高的成就往往需要男性的帮助,于是,许多女性便把工作看成是一种艰苦的劳役。当在社会中工作的女性进入婚姻之后,工作与家庭双重的重任压在女性的身上,这使她感到筋疲力尽。嫁给一个社会地位高的男性可以使女性免去工作的重任,专心从事家庭生活的劳动,这对于有独立意识的女性来说有巨大的吸引力,于是回归家庭便成为女性最好的选择。男人在经济生活中的特定话语权,他们的社会效益、婚姻的威望以及男性后盾的价值都使女性热衷于取悦男性。

女性选择了家庭,就相当于回到了男性的庇护之下,也就是说她重新回到了男性为她制定的"他者"的位置之上。因此,没有得到社会经济的保障加深了女性对男性的依附。她们在男性社会的软弱不仅来源于她们缺失的经济地位,还源于"他者"的思维束缚着她们。

盖斯凯尔夫人与张爱玲一样认可这种性别的从属关系。盖斯凯尔夫人在潜意识里接受了这种对性别的规范,所以在《南方与北方》中,爱情的高潮在两人相遇时就结束了。盖斯凯尔夫人安排这种圆满的爱情结局是为了实现小说矛盾的和解——玛格丽特代表的自然南方与桑顿代表的工业北方的和解,同时,关心工人阶级利益的玛格丽特与资本家桑顿的结合也预示了工人阶级与资本家矛盾的缓和。但是女性与男性之间的矛盾则回归到主体与"他者"的从属关系上。玛格丽特实现财富的独立依靠的仍然是男性,赠给她遗产的是一位男性,让她在爱情中获得独立的是来自于另外一个男性的慷慨馈赠。所以,玛格丽特并没有实现真正的独立,她的独立仍然是建立在男性给予的基础之上的。此外,玛格丽特在嫁给桑顿之后将遗产全部投入桑顿的工厂之中。这一行为也可理解为婚后的玛格丽特会是桑顿优秀的贤内助。她仍然会退回"他者"的地位而从属于自己的丈夫。所以,玛格丽特并没有实现真正的独立,她的思想深处已经自觉地认可了男性是主体、女性是客体的不平等地位。

白流苏被生活逼得走投无路,她已经察觉出女性在男性主宰世界的被压迫的状态,认清了社会对女性的禁锢。但她没有对男性世界采取抗争的方式来争取自己的权力而是选择彻底妥协。她清楚地感受到了生命在世界的无力感,她知道无论怎样的挣扎抗争都不会改变这个世界,所以白流苏对这世界感到彻底绝望。看透了世界、看透了人心的流苏彻底地回到了女性的从属地位上。因为只有寻找到一位有力的主体,从属地位的女性的生活就能活得相对自在。所以她展现自己全部的女性魅力,抛去自己的女性自尊,只为得到一位可靠的主体来依靠。无论是白流苏还是玛格丽特,不管她们的精神独立到何等地步,现实最终都让她们重新属于男性的"他者"。她们的思想和灵魂始终不能独立地与男性并肩而存在,她们始终需要在男性的庇护之下才能获得相对的自在。

"灰姑娘"的故事给女性提供了一剂强有力的精神鸦片,这则故事经久不衰的魅力正在于此。灰姑娘是万中无一的中奖者,故事美化了灰姑娘的形象,让她通过善良和隐忍的品格获得了王子的爱。她的成功为女性塑造了一个典范:只要具有善良的品格并始终对生活的苦难保持忍耐就会吸引到优秀的男性。受灰姑娘的影响,生活在贫苦中的女性越按照灰姑娘的典范模式来塑造自己的性格,她们的形象就会越符合男性的想象,她们自己也越会将自己塑造成为男性的附属的角色。这是女性在强势男性统治世界下的一种自我妥协和自我欺骗。灰姑娘实际上是一个消极的实体,她消极对待生命中的苦难,甚至没有对这种生活表现出一丝的反抗,而是自我催眠般地接受苦难,只寄希望于王子的拯救。她是被男性意识彻底支配的女性。

如前所述,无论是张爱玲生活的时代,还是盖斯凯尔夫人生活的时代,劳动与工作并不能使女性获取幸福与未来,所以婚姻对女性来说是一种非常体面并且收益非常大的工作,因为嫁给地位高的男性就可以不再从事任何艰辛的劳动。与无止境的劳动相比,婚姻只需要付出身体的代价就能获取成功。灰姑娘故事提供给女性一种懒惰的希望,它鼓励女性依赖男性而不是通过自

第六章 张爱玲与盖斯凯尔夫人小说中"灰姑娘"的比较

己的能力赢得幸福,而这种希望最危险之处在于接受它的群体是女性,女性自己认可这种男性给予她们生活的幸运。她们自觉地进入男性的虚构之中,因为她们认为婚姻带给女性许多好处。她们自愿地选择了家庭,对其他的社会职业并不向往,她们也压根不会去思考为什么不能像男性一样去从事其他的职业。因此,女性无法意识到她们是以男性为主体的"他者"地位,而这种地位是被男性社会压抑的,注定无法与男性一样从事高等的职业,只能徘徊在低级的工作上,而低级工作的艰辛又增加了女性渴望婚姻的欲望。这种思维的循环使得女性始终受制于男性。她们始终将婚姻看成人生最重要的事业。为了取得事业的成功,女性就会按照男性的要求来改造自己,增加自己吸引男性的魅力,而这种行为又增加了女性依附男性的思想。这种恶性循环更增加了女性的惰性和非自主意识。她们自己,包括她们的家庭,在她们小的时候就培养她们以婚姻为目标,她们受到的教育和培训都是如何成为一位男士家庭的优秀助手,她们所接受到的思想都是关于家庭的。她自己的成长环境也使她认识到婚姻生活比社会生活容易得多。于是,女性就自愿地被驯服在家中。

张爱玲的《倾城之恋》无意去批判男权社会,它也无意寻求女性解放的途径,它更不想去表达女性如何摆脱男性成为真正的女性。张爱玲以灰姑娘故事的泯灭来表示对女性世界的绝望,即使她努力将笔下的灰姑娘笼罩在古典迷雾中,但是这种女性世界的失落感依然弥漫着。白流苏原本是一位敢于冲破破碎婚姻的勇敢女性,她勇敢地从暴力的丈夫身边离开。但是在白公馆压抑腐朽的范围中,白流苏从一个追求自由独立的女性又变成了一位旧式的丧失精神追求的传统女性。她无力与整个男权社会斗争,妥协是她唯一的、无奈的选择。因此,她麻木自己,为了挽留范柳原不惜出卖自己的身体成为他的情妇。白流苏也曾经想过通过自己的努力在社会中生存,但会她所受的旧式教育并没有教会她如何在社会中生存,而新的制度也没有为她这一类的女性提供任何生存的机会。这时的她无奈地选择回到过去,回到男性的庇护之下,她仍然是一个生活在旧时代的女人,她的命运只能随着旧的文化一起沉沦。作为一位被男性制度伤害扼杀的女性,她曾经对自我幸福的争取都被残酷的现实消除。于是,她不得不重新拾起旧的传统,将希望和幸福重新寄托在男性身上。因此,白流苏通过与范柳原的争斗来获取范柳原的关心与瞩目,渴望以此来吸引范柳原。这时,她身上燃起的独立的火苗又熄灭了,她曾经对婚姻勇敢的抗争也最终变得毫无意义。她的种种行为不是抗争而是为了迎合男性,最终在范柳原身边获取自己理想的地位与爱情。因此,对于最后她与范柳原的婚姻,她甚至是满意的、自得的。

盖斯凯尔夫人生活在当时英国的工业中心曼彻斯特，而19世纪的曼彻斯特正处在社会矛盾最尖锐的时期：工人阶级与资本家的矛盾日益加深。盖斯凯尔夫人目睹了工人们生活在水生火热之中，尤其是那个时代的女性工人只能从事最艰苦的工作，做着和男性工人相同体量的工作，报酬却比男性工人少。因此，工厂主更加愿意雇佣女工人。而工厂主的这一行为让男工人开始憎恨女性，因为后者夺了他们的工作机会。于是，他们开始歧视抱怨女性。女工人不仅要忍耐工厂主的无情剥削还要忍受男工的欺压歧视。这种制度不是将她们解放而是将她们推向更深的炼狱之中。同时，这些女工人还要承担生育繁殖的家庭重任。因此，压在她们身上的负担没有减轻反而越发沉重。盖斯凯尔夫人观察到了工人尤其是女工人们的艰难处境。但是在《南方与北方》中，盖斯凯尔夫人却站在温情的、基督教的立场上，不希望看到工人与资本家们的激烈对立，不希望看到南与北的对立。她认为，出现种种矛盾的原因在于他们互相之间的不了解——工人们想不通厂主们为什么不能体恤他们增加工资，厂主们也不了解工人贫困的状况，认为他们不懂得经济上的道理。作者对小说结尾的处理，实际上是在试图调和阶级矛盾。她希望对立的双方应该互谅互爱，并把这寄希望于资本家的主动改变，而这个改变的动因则是来自"灰姑娘"的"爱"。正是这份"爱"改变了资本家，调和了种种社会矛盾。小说无疑夸大了"爱"的力量。灰姑娘不需要通过自身的努力，只需要播撒自己的魅力就能改变矛盾的故事显得天真而又软弱无力。桑顿与工人的言和，玛格丽特获得的财富和取得的爱情圆满都是作者理想中的解决方案。小说结局的生硬与自欺欺人显然充满了不切实际的幻想。她的灰姑娘故事没有为女性如何取得真正的独立提供方案，反而建立了一个不能令人彻底信服的美满"灰姑娘"结局。因此，盖斯凯尔夫人的灰姑娘故事也是具有欺骗性的。

《倾城之恋》和《南方与北方》故事的欺骗性正是来源于她们结局的圆满。这种欺骗性使女性愿意沉迷于短暂的爱情中，这种欺骗性使她们对男性抱有幻想的。但是这种幸福本来就是寄托于男性，寄托于爱情，寄托于婚姻的。《倾城之恋》中白流苏的爱情是需要一座城市的沦陷来成全；《南方与北方》中玛格丽特亲人的相继去世与离开才让她成为一位女富人，阶级关系的恶化和工厂的倒闭才让她和桑顿解除误会，种种的变故都是为了让她进入婚姻。两部小说都不是为了让灰姑娘走出婚姻实现独立，表达的却都是无论经历怎样的磨难，女性都需要走进婚姻。她们的幸福需要爱情与婚姻来实现，她们的胜利是得到男性给予的婚姻的保证。因此，她们并没有取得与男性一样的独立，并没有摆脱男性的束缚。

第六章 张爱玲与盖斯凯尔夫人小说中"灰姑娘"的比较

　　《倾城之恋》中作者揭示了女性与男性经济的依附关系——没有经济的平等,没有精神的独立,爱情只是虚空的神话。张爱玲和盖斯凯尔夫人生存的年代虽然不很相近,但是她们生存的时代都发生着激烈的社会变革,这种变革使得她们对女性自我的认知开始出现分裂,她们笔下的灰姑娘既是具有超越精神的又是无法彻底挣脱男性束缚的。作为生长在旧时代的女性,她们先天地依附传统文化。她们笔下的灰姑娘渴望挣脱男性束缚,争取更大的自由。但是她们思想中的妥协性,又使得她们自我矛盾:她们一方面渴望挣脱男性世界,另一方希望与男性世界调和。只要男性承诺给她们婚姻的保障,她们便放弃对自我的追求。她们对两性之间的关系仍然抱有不切实际的罗曼蒂克的浪漫幻想。最终,她们仍旧进入了男性秩序之中,并以此为荣。作者笔下灰姑娘式的胜利是想让女性在两性关系中超越自我成为爱情的胜利者,构建婚姻的新秩序,却在不知不觉中回到了男性构建的旧秩序之中。这样,她们的超越也就陷入了徒劳之中。

第七章　张爱玲与托妮·莫里森小说人物塑造特征及其对比

第一节　张爱玲小说中人物的性格特征

一、殖民主义下的市井平民

张爱玲笔下有这样一大批人：他们是生活在时代夹缝里的小人物，四方天井下的生活凌乱而琐碎，他们没有殷实的家私可以容得下萎靡颓废，他们是在这个半殖民地半封建社会的中国里最为平凡的一群人。殖民主义在这些人物身上埋下的"病态"特征体现为一种"双压迫"的隐忍。他们无权去选择人生的方式，"生存"是他们的首要任务。这类人物一方面被上一个封建社会的残余势力压榨欺凌，另一方面又要被新时代下拥有财富与地位的"上等人"剥削。相较于封建社会的遗老遗少，这些市井平民拥有更加强大的生存能力与适应能力，然而他们也被时代的浪潮推动牵引得身不由己。在对这样一群人的勾勒中，张爱玲同样也是用她最为擅长的女性形象来诠释：在这种时代背景下，作为女性，拥有着封建社会与殖民主义社会带来的双重桎梏，当生存成为她们生命中的首要问题时，她们在张爱玲的笔下往往是世俗而又刻薄的——她们拥有着美丽的外表，却被生活逼迫出一颗不甚美丽的心。对于这样的一些人物，张爱玲是怀着极度的怜惜与悲叹的。

在张爱玲著名的中篇小说《金锁记》中，曹七巧、长安、芝寿等一批生活在半殖民地半封建社会下的普通百姓们的形象被她刻画得尤为精彩。在那个不安的乱世里，曹七巧的一生显得凌乱且讽刺，出生于油作坊的她曾经也有过天真彩色的梦，然而，不知是时代簇拥着她抑或是她绑架着时代，七巧将自己禁锢于那个黄金的枷锁当中。于是，她开始变得市侩泼辣，变得阴郁变态，对于那个半死不活的丈夫，对于那个曾经"爱"过的小叔子，七巧的感情被那个黄金的枷禁锢得畸形而绝望。当逝去的青春只剩下朦朦胧胧的灰白，她开始用一种病态的情感去对待自己的儿女、儿媳，仿佛身边多一个不幸的人，她身上的不幸就会少一分。这样的病态扭曲着她人生的轨迹，那个曾经天真烂漫的姑娘仿佛已经是上辈子没有抹去的记忆。在那记忆中，有着肉铺里喜欢她的小伙子，有着爱慕她的哥哥的拜把兄弟……在生命的终结点，七巧究竟在怀念着什么？是一份平凡的生活？抑或是那个曾经鲜活的自己？这样一个女人，她的一生是可悲的——因为她终其一生，所羡慕的无外乎是一段"正常"的生活，一段平凡人的情感；这样的一个女人，她的一生又是可憎的——因为在她的所有希望终于落空之后，她以一种变态的方式去撕毁着别人的人生。七巧死了，她的故事完结了，然而，由她一手造就，又一手毁灭的女儿长安的人生还在继续。与她母亲不同，在张爱玲的笔下，长安的人生曾有过几次争得救赎的机会，然而终究是与她母亲一样沉沦。这样的结局，令人不胜唏嘘。读完故事，总是忍不住去想，如果长安坚持在学堂里接受新式的教育，她会不会为自己争得一丝反抗这个时代的机会？如果她的母亲对她心存一丝"仁慈"，她与童世舫的未来是否会有一份幸福的可能？细想起来，答案是否定的。因为那到底是一个"病态"的年代，一个人不像人，鬼不像鬼的社会，那样的社会将生活于其中的人打上了病态的印记，能够治得了自己病的人，到头来是寥寥无几的。所以，长安的结局似乎也在众多的可能中注定走向一个相同的终点。与七巧不同，笔者对于长安这个角色，夹杂着更多的同情，那是一种深陷泥潭无法自救的哀叹，也是一种眼见幸福擦身而过却无法挽留的唏嘘。当长安的青春在一个类似于她母亲那样的金锁中再次消失殆尽，命运的使者也终会将她的希望与未来压榨枯干，如若她能拥有风烛残年的机会，烟铺榻上的长安，是否也会像她的母亲一样，在烟雾缭绕中回想起曾经在学堂里的抱负、梦想？回想起她与在湖畔畅游的那个男孩之间朦朦胧胧的故事？也许也只有那三十年间始终相同的月亮，静静观看着这三十年间的悲欢人生了吧！①

与七巧的人生轨迹类似，《连环套》里霓喜的人生在病态的纠结中显得更加千回百转。霓喜的人生从一段阴暗到无法回忆的记忆开始，终其一生，她无外乎都是在为自己寻找一个可以活下去的地方。她从不喜欢提及幼年的记忆，然而，从她不喜欢黑色，不喜欢乡下这些细节中，却到处映射着那一段不堪回首的童年。这种病态使得霓喜的人生比七巧增添了更多的凶残与放荡，然而她们勾勒出了在殖民主义统治下的中国普通老百姓的悲惨与无奈。不同于一味地寻求同情，张爱玲将这些大众的人生描写得卖力而挣扎。在她

---

① 参见秦弓：《张爱玲对母亲形象的阴性书写》，载《湖北大学学报（哲学社会科学版）》，2007年第3期。

们的人生里,也许有着太多当今人们所不认同的随意与市侩,然而,当你将时间的指针还原到那个没有尊严的时代背景下,那一切的沉浮开始变得顺理成章。活下去,是那时的人们最底线的原则,霓喜就是怀抱着这样的人生观的大众之一。霓喜一生有过很多段婚姻,然而,她始终不曾真正做过谁的妻子,她的人生就如她对于房间的布置一样,既有中国的小弥勒佛,又有西方的耶稣升天神像,到底是不中不洋、不伦不类的。相较于《金锁记》里的曹七巧,霓喜的人生似乎更加"精彩",她身上有着更多殖民主义统治下国人的影子。在发现第一任"丈夫"雅赫雅与于寡妇暧昧调情时,她的反应是激烈的,她用不计后果的拳脚相加捍卫着自己作为"妻子"应有的权力。然而当她的行为触怒了雅赫雅之后,霓喜面对"丈夫"的抛弃,却又失去了先前的"骨气",她寄希望于孩子的存在可以为她的"胡闹"买单,但雅赫雅连孩子也不顾。对于雅赫雅无力反抗却又不得不依傍顺从的态度让人不由得想起那个时代的中国。霓喜身上的"国人性",在遇见第二任"丈夫"窦尧芳时,又显出了一丝贪婪与挣扎。风烛残年的窦尧芳可以满足霓喜对于物质和生活方面的基本需求,窦尧芳的软弱与迁就却没有得到霓喜生死相伴的恩爱,反而让她与崔玉铭的偷情变得更加肆无忌惮。张爱玲的小说中,很少有十全十美的"好人",然而,她对于窦尧芳的塑造,却让读者对后者增添了不少好感与怜悯。这个男人也许是唯一一个真心喜爱霓喜的人,但也是最不被霓喜在乎的那一个,窦尧芳的"温柔"换得了霓喜对他衣不解带的"仗义"照顾,却始终未能为他赢得爱情。在与窦尧芳的一段"婚姻"中,霓喜的贪婪显露无遗。如果说与雅赫雅的"婚姻"是由于霓喜的反抗而告终,那么对于她与第三位"丈夫"汤姆生的这段"婚姻",霓喜的表现变得软弱与妥协。表面上看,这与霓喜这样要强的性格并不匹配,然而仔细分析,这并非有所抵牾。如果说从前的青春与美丽是她的资本,在年老色衰的时候,霓喜对于汤姆生的态度必然是软弱且畏惧的,也许在无意识的情况下,霓喜早已有着自己终将被抛弃的自觉感,于是她尽己所能地榨取着汤姆生所能给她的一切。不同于她与雅赫雅的那段"婚姻",霓喜在这个时候早已不是曾经青涩的女孩,她已经懂得自己所要的是什么,也许懂得了自己真正想要的东西,在看到汤姆生与别的女人的结婚启示时,霓喜并没有像当初撞见雅赫雅与于寡妇在一起时一样歇斯底里,而是表现得更加柔和。她选择不去强硬,是因为她早已衡量过自己的"实力"。这就是殖民主义统治下的那个时代里的中国人,张爱玲对于这样的一些中国人寄托着的是一份深切的怜惜与同情。

二、殖民主义下的"新派"国人

在张爱玲小说中，除了清朝的遗老遗少、摸索挣扎在生存边缘的市井平民之外，还有着一批有知识的"新派"国人。他们大多接受过西方的教育，有一点西方的思想，然而在骨子里，他们依旧是旧社会的人。这样的人要是顽固起来，比任何老秀才都要顽固，殖民主义投射在他们身上的病态特征，与封建遗老们的特征——"矛盾"——类似。他们被殖民主义带来的西方教育和文化思想影响着，然而，他们并未从骨子里接受这种文化的冲击。于是，当内心深处的道德伦理与殖民主义下的价值观发生碰撞时，"矛盾"就成为这一类人的代名词。他们是这个半殖民地半封建社会孕育出来的怪胎，游走在这个精神上早已残破不堪的废都中，描画着属于他们的故事。

张爱玲小说《第一炉香》中的女主人公葛薇龙就是其中的代表。这个极为普通的上海女孩，跟着父母来到香港生活。为了拿到继续读书的钱，她投靠作为交际花、早已与父亲断绝来往的姑母。她是一个有着"新式"思想的年轻女孩，对于自己的未来，她有着属于自己的盘算与计划。选择姑母的生活，其实也就是背弃了父亲那种在传统中国文化下形成的人生观与价值观。作为高级场所的交际花，薇龙以年轻的外表与"新式"的教育背景作为她寻找未来的本钱。其实，在故事的开头，薇龙对于未来的规划无外乎是继续完自己的学业，有着积极向上的影子。然而，在时代的大染缸中浸泡之后，那份初心也被糊上了其他的颜色。她否定而又羡慕着姑母的生活。对乔琪乔的态度就是薇龙转变的曲线。薇龙就像一个深陷赌局的赌徒，无力挣脱那样的泥潭却又享受着赌局当中的刺激与诱惑。于是，不知不觉间，一切早已大变，薇龙也早已目睹这一切的变化而无能为力。然而，果真可以回去吗？回去后的薇龙，果真是一个新的人吗？张爱玲并没有给予这种假设实践的可能，薇龙最后的选择是留下，为了她所谓的"爱情"。周旋于姑母与乔琪乔之间的薇龙，到底是沉沦于爱情？还是沉沦于无力改变也无力面对的现实？也许连她自己也不知道。张爱玲还是不舍给它一个破碎的结局。在那一炉沉香屑将要溢满香炉的时候戛然而止，为的是一丝怜悯，抑或是一种逃避？也许就像小说末尾那支点燃的烟卷，火光盛开出橙红色的火花，然而立时凋谢之后，依旧是无尽的寒冷与黑暗。

关于新派国人的"病态"特点，张爱玲在另一篇小说《心经》里也有着十分精彩的呈现，其中最为有代表性的当属许小寒和绫卿。先从许小寒这个人物形象看起。许小寒的"病态"源于自己对于父亲的一种畸形的情感，接受着中西方教育的她对外拥有着光鲜明丽的外表，比如美丽的样貌，比如天生活泼且善于结交朋友的性格，比如一个令人羡慕的家庭……在外人的眼中，

这个女孩是值得羡慕的。然而,这些"光鲜"背后,小寒的身体里跳动的却是一颗畸形的心脏,最有代表性的就是她对于自己父亲的迷恋与独占性。这种独占性超越了父女之间的情感,致使她排斥自己的母亲,孤立自己的情感。然而,当她自以为把控住一切的时候,她却突然发现,原来自己才是早已被命运玩弄于股掌之间的玩偶,是被自己的"爱人"父亲以及自认为完全掌控的"好友"绫卿所"抛弃"的笑话。而这种"抛弃"究竟是一种"背叛",还是一种"救赎"?也许没有人能够给出答案。毕竟,这是个从故事的开始就已经被扭曲了的人生。"爱的凌迟"是属于小寒人生的形容词。如果说许小寒的人生曲线可以用"畸形"来概括,那么绫卿的人生则可以用"现实"来形容。翻开一本《心经》,当我们在字里行间中寻找这个故事里真正的赢家时,我们会突然发觉,"活"在其中的每一个人,都是张爱玲塑造出来的可怜人,不知是应该同情哪一个,或者憎恶哪一个。也许,对于他们最贴切的形容,也只有"病态"这个词语了。

如果说生活在殖民主义统治下的"新派"国人多半是女性的代表,那么,在《金锁记》里,张爱玲对童世舫这个人物形象的塑造,则可以代表那个时代里接受了"新式"教育的男性人物的主要特征。童世舫是个留学派,虽然早年家里为他定了亲,但拥有"新式"思维的他爱上了另外一个心爱的姑娘。因此,他与旧式的家庭展开了抗争。经过无数次的官司以及与家庭无数次的决裂,他最终获得了命运的眷顾,争取到了他向往的"自由"。然而,命运在这时给了这个年轻人当头一棒——他所心爱的女孩爱上了别人,抛弃了他。于是,没有折服于旧观念的世舫,却臣服于那个无奈的命运。自此,他"深信妻子还是旧式的好"。也许正因为这样的"反作用",他才对长安这样一个旧式的女子,有了一些怜香惜玉的欢喜。长安的"旧"衬托着他的"新",在世舫的眼中,这样的新旧碰撞是一种别样的韵致,以至于他与长安之间,曾经有过一种幸福的可能。然而,当命运的轨迹再次向这个年轻人划来之时,另外一条曲线——七巧用残酷的方式揭示了长安的"本相"使世舫逃避了。这个"新"人终究未能成为长安生命中最后一次救赎的可能。而对于世舫而言,他心目中对于旧式的妻子向往,是否还像曾经那样执着坚定?张爱玲没有给出答案。然而,这样一个矛盾的人物个体,这样一个挣扎的人物形象,却在读者的心中留下了深刻的印象。这种矛盾与挣扎,是源自世舫性格中的软弱还是源自那个时代给予人性的桎梏?也许张爱玲希望把这个答案的选择权交给后世每一个读到这个故事的人们。

张爱玲笔下的这些青年们,并没有那么多"积极"的性格,极少有愿意冲破殖民主义统治下形成的命运牢笼,寻求一种新天地的觉悟,他们更多的是与这个时代妥协，在这个时代中寻找夹缝。也许这也是张爱玲不同于其他作家的特点之一。她不同于呼吁突破的革命者，她只是在静默地描述一个时代，描述这个时代中绝大多数人的模样，无关鼓励反对，也无关先进落后。也许，面对这样的一个时代，张爱玲也并未寻找到一条通往光明的出路。于是，她犀利且带有同情地塑造了这些年轻人。正因为存有这样的情感，她笔下的这些人物才带着那个特殊时代的印记而生动鲜明，尽管经历了那么长的岁月，依旧历久弥新。

三、殖民主义下的外国人

张爱玲的笔下当然绝大多数是中国人，但是，其中也有少许外国人的形象。张爱玲对于这些外国人的描写地不同于同一时期的许多作家，她笔下的那些外国人也不尽是一副胜利者的面貌，他们生活在这个殖民主义统治下"病态"的国家里，身心也渐渐被这个"病态"的国家染上了"病态"的标记，这种标记投射在这一类外国人心中，体现出一种"虚假"的特点。"虚假"的表象赋予他们的是形式上的尊贵。当这些外国人来到那个风雨飘摇的中国时，不同于生活在其中的中国人，他们拥有着理所当然的优越感。然而，在一个破败的国家里，社会制度与人性道德冲突共同扭曲着，故而形成了一种特殊的社会风气，影响着生活在其中的每一个人物。于是，这些外国人也被本身扭曲的社会打上了不幸的印章。在张爱玲的眼中，他们当中的许多人，也是值得唏嘘的。

对于《第二炉香》里的罗杰·安白登，张爱玲是充满悲悯与同情的。仿佛是所有悲剧故事的统一套路，越是悲伤的故事，越有一个十分美好的开端。故事的开端是弥漫着一股浓浓的罗曼蒂克气息的：罗杰这个四十岁的"安静而又平凡"的大学教授即将拥有他梦寐以求的美丽新娘愫细，愫细满足他对于未来妻子一切的幻想，他的爱情是热烈而又深沉的。然而，王子与公主的幸福生活并不适合这个扭曲的时代，张爱玲为罗杰安排的是一个充满了讽刺的人生。愫细的姐姐靡丽笙的出现似乎是个危险的信号：眼泪成了这个"不幸"女人留给读者的第一印象，一个孤立无助的女人，一个"禽兽"一般的丈夫，这样的人物设定成为罗杰的人生轨迹中一朵远方低低压境的乌云。然而，远方的阴郁并不能影响时下的快乐，罗杰的快乐生活直到新婚的当夜终于被打破。当他的新娘衣衫单薄、惊魂不定地出现在男生宿舍时，罗杰的人生终于开始改变轨迹：周围人的怀疑、若有若无的眼神、歪曲了事实真相的流言蜚语……罗杰的人生失去了原来固有的方向。外界关于这对夫妻的风评越多，张爱玲给予罗杰，甚至是那个连名字都不知道的愫细的"禽兽"姐夫的悲哀和同情就越多。当一个时代病了,那么生活在其中的人怎么可能拥有健康的灵魂?张爱玲对其笔下的这个外国人形象的塑造,到了这里却更像是对这个沉寂如死水的中国的泣诉——墨守成规成为他们悲剧的根源。悲于罗杰,是他那近乎无趣般的安分守己;悲于中国,是那个停滞不前的时代,无视于外界的发展变化,一味固守着千年前的光辉岁月。这样的罗杰与这样的时代,却在这里发生了神奇的契合。于是,属于他们的命运自然也是顺理成章的相似。

如果说《第二炉香》里的外国人形象较为单一,那么,在另一部小说《连环套》中,张爱玲对于这些生活在半殖民地半封建社会里的外国人形象则塑造得更加丰富。《连环套》中的外国人是通过霓喜串联起来的。雅赫雅远房表亲发利斯在整篇小说中鲜少出现,然而,就是这个人物身上所体现出的多重形象不得不引起笔者的关注。其一,发利斯的身份。他在本国是被殖民者,但在中国又转变为外国人,所以他有双重身份。其二,发利斯的改变。初来中国时,发利斯是一个"老实"的年轻人,心心念念的是自己的表妹,让人总是忍不住想要去调侃一下他的"忠厚"。而随着发利斯的"成长",他变成了一个越来越适应这个时代的"上层人",生活和爱情在这个年轻人心目中已经开始不知不觉地改变了味道。当三十一岁的他向霓喜十三岁的女儿瑟梨塔求亲的时候,我们突然发现,那个曾经"一心一意只想回到家乡去娶他的表妹"的年轻人早已变了模样。改变他的是什么?张爱玲并没有告诉我们。她就在发利斯与霓喜为数不多的碰面与交集中淡淡地勾画着这个年轻人成长的轮廓。发利斯的人生是否成功?即便在今天的社会里,也许我们也无法给予他一个确定的评价。他赢得了金钱,赢得了地位,或许,也终究在霓喜的退让下赢得了他的"爱情"。然而,当初那个提到表妹就会急得抓头摸耳的青涩小伙子却也不见了踪影。这也许正是张爱玲给予这个人物最中性的一个评价。当一切时过境迁后,留在心底的究竟是遗憾?还是苍凉?抑或是从容满足?这是一个时代的命题,需要用一个时代的命运来为其解答。

第二节　张爱玲与托妮·莫里森小说人物塑造特征对比

当高梯段的文明遇见低梯段的封锁,猛烈的冲击对抗是必然的产物。而这种"对抗"反映在国民生活中就是种族冲突、制度冲突、观念冲突。作为这样一种"冲突"社会的见证者,关注那个时代的作家们,开始用文字来为这个时代做备注。

张爱玲与英美文学研究

当殖民主义随着资本主义的发展不断变换着表现形式，其带给殖民地、半殖民地国家中人们的生活的影响也呈现出不同的样式。同时，中西方文化的差异性导致了殖民主义统治下，殖民地与半殖民地中人民性格特征的相似性与差异性。相似性表现在殖民主义本身的侵略性质给殖民地、半殖民地人民带来的的压迫和剥削；差异性则是中西方殖民地、半殖民地国家因文化、社会政治属性的不同而各具特点。对中西方作家在殖民主义视野下所塑造的人物形象和性格进行比较分析，将有利于更好理解殖民主义对中西方文化的"干涉"与"影响"。

通过比较张爱玲小说《金锁记》中的人物形象与托妮·莫里森小说《宠儿》中的人物形象，我们能感受到张爱玲所感受到的在两种社会政治制度强烈碰撞之时产生的"阵痛"。

托妮·莫里森是当代美国文学界最伟大的小说家之一。她于1931年出生于俄亥俄州洛雷恩，毕业于霍华德大学，20世纪60年代末登上文坛。她的作品情感炽热，简短而富有诗意，并以对美国黑人生活的敏锐观察闻名。她的主要作品有《最蓝的眼睛》《苏拉》《所罗门之歌》《柏油孩子》《宠儿》等。她所主编的《黑人之书》因记叙了美国黑人300年历史而被称为"美国黑人史的百科全书"。她于1993年获诺贝尔文学奖，成为历史上获此殊荣的第一位非洲裔作家和第二位美国女作家。

在托妮·莫里森的众多小说中，她的第五部长篇小说《宠儿》最具代表性。1987年，该书一经问世就立即轰动了美国文坛，次年即获得了在美国文坛颇具影响力的"美国普利策小说奖"。2006年，《纽约时报》召集美国125位知名作家、评论家、编辑以及文坛泰斗等选出自己心目中的"25年来最佳美国小说"，《宠儿》以最高票数名列第一。美国《洛杉矶时报》称其为"一部惊世之作，难以想象没有它的美国文学是什么样"。

与张爱玲作品中的半殖民地半封建社会时代不同，托妮·莫里森塑造的是从美国殖民地时期到1863年解放奴隶这一时期的故事。

一、两位作家作品中人物性格残缺性差异比较

张爱玲与托妮·莫里森小说中的人物形象具有颇为一致的相同性，这种相同性叫作"残缺"。"残缺"的特点使小说人物变为了那个时代下命运扭曲后形成的怪胎。然而，由于不同的民族背景，不同的社会形态，在这两位作家笔下的人物中，"残缺"性的具体表现又有差异。

第七章 张爱玲与托妮·莫里森小说人物塑造特征及其对比

(一)张爱玲小说人物的性格残缺

纵观张爱玲的小说,其中大部分的人物形象是破碎的、残缺的,这种残缺性往往通过人物性格的懦弱、顺从、屈服等特征表现出来。不同于纸墨间的板平样式,这些形象在张爱玲小说中的呈现是立体的,这种立体性体现在具体人物的设定上。这些人物常常会有一个矛盾的过渡期,通过矛盾的过渡,读者经历了小说人物被"打破"的过程,从而更加突显出他们沉沦于现实的悲哀。张爱玲评价自己塑造的人物都是不彻底的人物,他们不是英雄,都是那个时代广大的负荷者。这些人物虽然不彻底,但是认真的。他们只有苍凉,没有悲壮。《金锁记》写于1943年,小说描写了一个小商人家庭出身的女子曹七巧的心灵变迁历程。七巧做过残疾人的妻子,欲爱而不能爱,几乎像疯子一样在姜家过了30年。在财欲与情欲的双重压迫下,她的性格终于被扭曲,行为变得乖戾,不但破坏儿子的婚姻,致使儿媳被折磨而死,还拆散女儿的爱情。

七巧的残缺:张爱玲曾说,她喜欢描写那些普通人的安稳的一面,而非奇特的、飞扬的一面。她要写的是芸芸众生中最广大的负荷者,并在这最普通的常见俗事中显现出人生悲凉的深刻意义。张爱玲对曹七巧爱得透彻,也恨得透彻。于是,在七巧的身上,一种悲哀的"残缺"被发泄得淋漓尽致。曹七巧出生在一个麻油店里,父母早亡,由哥嫂抚养成人。她的少女时代有着五彩斑斓的色彩:少女时的她健康,活泼,任性但又与人为善。然而,成年后,一桩她无法选择的婚姻使她堕入精神生活的最底层。她嫁入了富商姜家,这是她一生悲剧的开始。在姜家,出身低微的曹七巧备受欺凌,姜家人轻看她,甚至连丫鬟们也对她不屑一顾。这时的七巧如同生活在一个孤立无援的牢狱之中,唯一拥有的,仅仅是个患了骨痨瘫痪在床上的丈夫。为了生存,曹七巧只能改变自己。就这样,她成了一个处处维护自己生存权利,用悍泼来武装自己的女人。自此开始,她便一发不可收拾。她教儿子吸食大烟,又以大烟为诱饵,让儿子将自己与儿媳的夫妻之事告诉她,再以此为谈资,大肆宣扬。最终,儿媳妇在她的"病态"中郁郁而终。对于女儿,七巧的做法更加匪夷所思:也许是要延续自己的不幸,七巧最开始对于女儿的婚姻是冷漠的、不关心的,然而,当她发现女儿与童世舫在恋爱后,却又大肆干预,甚至以女儿曾经吸食大烟的经历为筹码,最终拆散了这一段姻缘。儿子最终流连妓院,女儿最终是绝了结婚的念头,变成了另外一个"曹七巧"。七巧的后半生是歇斯底里的,她在报复,不分黑白地报复,命运的不幸不给她停下来细想的时间,仿佛多拉一个人下地狱,她在地狱里就多一个人陪伴。这样的一种变态，一种畸形的情感将七巧的人物形象颠覆得彻底，那个曾经不谙世事的女孩是在什么时候变成这样的一个"魔鬼"的？是从那一纸婚约将她一生的幸福断送的那时起？是从那个毫无气息的丈夫和从来瞧不起她的婆婆相继去世的那时起？还是她最终发现她"唯一"的恋人——小叔子姜季泽的真实面目那时起？……也许连七巧自己都无法给出答案。

长安的残缺：整篇《金锁记》中的人物形象风格迥异，其中，七巧的女儿长安无疑是一个让人心碎的例子。长安的残缺与七巧不同，七巧曾经的经历多半是通过她的记忆来叙述的，浅浅的一抹，犹如水墨氤氲的江南小镇，朦朦胧胧。然而，长安的"残缺"却是在读者的眼皮下一点点被见证的。长安的"残缺"可以分为三个阶段：第一阶段是她跟着哥哥与母亲一起分家单独生活到她放弃学业的阶段。这时的长安是胆小怯懦的。因为七巧事事与姜家其他几房攀比，所以，长安得到了去女校读书的机会。张爱玲并没有直面描写长安在学校里的景象，但从长安的校服、日渐红润的脸色以及开始健康发育的身体中，我们不难感受到长安的校园生活是积极的、向上的。生活在校园中的长安，对于未来都做过什么样的梦？她的未来是否可以不再重复自己母亲的悲剧？这样的憧憬在长安第一阶段的人生中铺展开来。这时的她迎着朝阳，充满希望。然而，这种希望早已触及了七巧萎靡的逆鳞，一顿波折后，长安选择了在现实中随波逐流。张爱玲对长安辍学当夜，吹奏口琴的那段描写预示出长安人生破碎的开始。

第二阶段开始于长安辍学回家，结束于她与童世舫分手。这个阶段是长安人生当中由灰色到彩色再到黑白的过程。辍学后的长安，与她的母亲七巧越来越类似，开始学习母亲的飞扬跋扈，也开始跟着母亲和哥哥一起吸食鸦片，一个"小七巧"的模样日渐丰满。然而，一个人的出现开始为长安的人生增添不一样的颜色，那个人就是童世舫。世舫的出现仿佛是长安潮湿阴冷的生活中透进的一缕阳光，在阳光照射下，长安开始觉得温暖，也在光束中看到了充斥在她生活中的那些灰尘颗粒，被爱情温暖的长安开始重新面对自己的人生，她开始戒烟，开始重新计划自己的生活。分外明亮的星空是长安对于未来的憧憬。然而，越是美好的期待，越是在遭遇破碎的时候触目惊心。当长安在努力为重新做一个更好的自己努力之时，七巧略施手段让童世舫了解了这个"有意思的女孩"的"真实面目"。世舫退缩了，七巧用现实再次将长安击垮。自此，这个女孩的未来再无色彩可言。

第三阶段是长安与童世舫分手之后到故事的结尾。这个阶段的长安，真正沦为了另一个七巧，这是七巧的诅咒？抑或是宿命的轮回？无论是哪种，七巧都是将姜家给她带来的悲剧完全报复到了女儿身上。长安重新开始吸食大烟,也绝了结婚的念想。当未来的希望被捣碎,长安选择了彻底放逐。

芝寿的残缺:芝寿的残缺被张爱玲刻画得深入骨髓,尽管很少被着墨。这个传统文化家庭里走出的小姐,从故事的开头就是一种卑微的姿态。当七巧说响不响,说轻不轻的戏谑传进那个充满喜庆的新房中,人丛中新娘子板平的脸预示着一个不幸的开端。婚后的芝寿与长白过得中规中矩,不过是大千世界中一对平凡得不能再平凡的夫妻。也许有一天,小夫妻俩会为柴米油盐拌两句嘴,抑或是为儿女的事情灯下筹谋。然而,这样的平淡又是因为七巧的存在而被打破。初次听见婆婆将自己与丈夫的床底之事作为谈资时,芝寿在痛苦之余,内心是有所挣扎的。然而,当现实把人生侵蚀地血肉模糊时,芝寿的人生并没有太多奇迹的可能,她又顺理成章地选择了妥协退让,直至麻木不仁。当一个生命悄无声息地来,又音信全无地离开之后,那个时代对于她的离去没有丝毫的眷恋。张爱玲曾说过,那个时代里旧的东西在崩坏,新的在滋长,她的作品缺少力,但她却在尽量表现小说里人物的力,不能代替他们创造出力来。而且她相信,他们虽然不过是软弱的凡人,不及英雄有力,但正是这些凡人比英雄更能代表这时代的总量。这也正是张爱玲小说中的力量所在。

(二)托妮·莫里森小说人物的性格残缺

与张爱玲小说中人物的性格不同,托妮·莫里森小说中人物"残缺"的冲突展现在人物形象里,其所赋予的特征往往是倔强而且决绝的。以《宠儿》为例,托妮·莫里森以蓝池路一百二十四号为中心,为读者展现出了在美国奴隶制的黑暗阴云下,被统治者们性格中的残缺性。《宠儿》由一个真实故事改编而成。它讲述了女黑奴塞丝在携女逃亡途中遭到追捕,因不愿看到孩子重新沦为奴隶,她疯狂地扼杀了自己的幼女……十八年后,奴隶制早已废除,而被她杀死的女婴还魂,并用往事的梦魇对塞丝及她身边的人进行纠缠。全篇以蓝池路一百二十四号为主要场所,这本是一个代表着自由的地方——南方的奴隶们来到了废除了奴隶制的北方,有了属于自己的"家庭"与自由。这座房子原本应是充满希望和幸福的,然而,托妮·莫里森却剑走偏锋,小说首句即以"一百二十四号充斥着恶意"来开头,这给这座原本五彩斑斓的房子带来了一片灰白的色彩。与读者的期待不同,一百二十四号是残缺的,因为这里面居住着一群残缺的人。这些人虽然已经获得自由,但长年非人般的待遇与压迫使他们都患上了严重的"记忆缺失症"。他们的记忆是残缺的,而这些"残缺"与刻意的"遗忘"变成了小说叙事的中心,是小说的主要意涵所在。

塞丝的残缺：塞丝是《宠儿》的主人公之一，也是牵引全故事的主要人物。这个有着"铁一般眼睛"的女孩是"甜蜜之家"里唯一的女奴。"甜蜜之家"里的塞丝始终如一个骑士般捍卫着内心中对人格和自由的向往。于是，她在与黑尔结婚之时自己缝制"嫁衣"，在"学校老师"的蹂躏之下选择以逃跑的方式去对抗。在逃亡蓝池路一百二十四号的路途上，艰辛绝非常人可想。托妮•莫里森用女人特有的细腻语言来衬托现实的残酷，仿佛越是华美的句子，越是滴着带血的墨汁。塞丝的出逃是成功的，来到了一百二十四号的她虽然已经九死一生，但在贝比•萨格斯的照料下逐渐开始了新的生活，这时的塞丝对于新的生活是充满了憧憬与向往的。然而这种平静与美好转瞬即逝，"学校老师"和猎奴者的出现彻底敲碎了这个女人眼中的"铁"。塞丝疯狂了，她对自由的绝望和对孩子们的爱让她亲手杀死自己不到2岁的女儿，这个已然"疯癫嗜血"的女人用惨无人道的惨烈方式击退了"学校老师"，也彻底撕裂了她自己。从此之后，她变得残缺不堪。

保罗•D的残缺：保罗•D是"甜蜜之家"中被浓墨重彩地刻画的第二个人物，也是其中为数不多的幸存者之一。他的残缺大多来自"甜蜜之家"的记忆。相对于塞丝来说，这些残缺是幸运的。也许没有经历过塞丝杀婴的震撼，保罗•D在整个故事里始终是一个斗士的形象。在"甜蜜之家"里，他与命运抗衡，向着自由的方向追逐。然而，他的出逃并不像塞丝一般幸运，先是被猎奴者擒获，目睹了西克索残忍被害，随后又经历了采石场的非人经历。一切的苦难与仇恨让保罗•D对自由的向往更加迫切，让他那抗击命运的拳头握得更紧。于是，在再次从采石场出逃后，他循着花的方向，突破了各种生理上的极限去挑战命运的宣判。当他到达蓝池路一百二十四号时，与精神已经残破不堪的塞丝相比，保罗•D拥有的是更多的对未来生活的憧憬与期待。尽管在小说末尾，保罗•D曾经也因为了解了塞丝的"残缺"而一度退缩，然而，他斗士一般的执着也最终使他战胜了自己的心魔，重新回来与塞丝共同寻找希望的人生。

贝比•萨格斯的残缺：贝比•萨格斯并没有让托妮•莫里森耗费大量的笔墨，然而她也无疑是蓝池路一百二十四号中一个重要的残缺的人物。贝比的一生可以用一波三折来形容。在托妮•莫里森的笔下，她的人生分为三个阶段：第一个阶段是她的前半生。贝比•萨格斯的前半生与众多女奴一样，是破败不堪的，她被当作牲畜或者货品，她亲手丢掉了她被白人蹂躏后所生的孩子，用近乎冷酷的方式昭示着她对命运的不满。第二个阶段是在她被自己的儿子黑尔赎出之后到塞丝杀婴之前。这段日子也许是贝比•萨格斯人生中最为自由的日子，她有了寻找另一种生活方式的可能。也正因为这样，蓝

第七章 张爱玲与托妮·莫里森小说人物塑造特征及其对比

池路一百二十四号才应运而生,贝比·萨格斯第一次有了自己的"家"。除此之外,她还创建了"林间空地",成为获得自由的黑人的精神寄托。第三个阶段发生在塞丝杀婴后。目睹了这一切的贝比·萨格斯同塞丝一样,被彻底摧毁了。她心目中的"林间空地",她所搭建的自由与梦想之家,都在塞丝滴着鲜血的双手中失去了颜色。贝比的生命从此变得灰暗,这种打击与塞丝的经历一样,是人性中最残忍的一面被揭示后苍白的绝望。从此,贝比·萨格斯变成了一个颓废的老人,只能每天躺在床上。与塞丝的经历类似,这些残缺的碎片才是真正摧毁掉贝比·萨格斯信仰的直接原因。

丹芙的残缺:如果说人物角色生命中的残缺碎片里都有"甜蜜之家"的影子,那么丹芙却是蓝池路一百二十四号中没有"甜蜜之家"记忆的一个人物。然而,这样一个本该拥有完整人格的小姑娘也有着属于她的残缺。丹芙对塞丝的爱是狭隘甚至自私的,她排斥一切塞丝可能去爱的人,包括保罗·D,甚至宠儿。丹芙最喜欢听母亲讲的是她出生的故事,因为那段故事中只有她和塞丝的存在。她排斥保罗·D的出现,为了赶走保罗·D,她甚至期待着"鬼魂娃娃"的作怪。这种残缺的心理和性格扭曲了这个本该天真烂漫的女孩。看到丹芙的残缺,人们总会不自觉地为一百二十四号冠上一份"咒怨"的标签,貌似这里真的是被上一辈人的残缺带来的怨气充斥着。丹芙的记忆里没有"甜蜜之家"的非人生活,也没有塞丝杀婴的血腥画面。然而,她的残缺看上去既毫无根据又貌似水到渠成。归根结底,丹芙的残缺是一个时代造就的,没有经历过那些残忍画面的她却真实生活在这些拥有残缺记忆的人群中。被这些遗忘的碎片割伤了的丹芙,受到了一百二十四号的"诅咒",而宠儿的出现,也使丹芙和塞丝一般,在自己的残缺中越陷越深。

宠儿的残缺:宠儿是全书的主角,她是塞丝用生命保护和摧毁的孩子。对于宠儿的形象,研究者有着各种说法,主流的有三种:第一种是现实层面,宠儿是一位长期被白人幽禁蹂躏的黑人女奴;第二种是在超现实主义的魔幻层面中,宠儿被塑造成塞丝还魂的女儿;第三种则是历史层面的,死于"中间通道"的六千万黑人奴隶的代表。这三种形象相得益彰,共同构成了宠儿这个人物角色,但无论哪一种形象,她归根结底依旧是残缺的。宠儿在整篇小说里多以无厘头的形象出现,不论是她的出现和消失,还是她在一百二十四号中的所作所为。其实,宠儿在小说中更多是一种精神,一种非人的政治制度对一个种族在精神、文化和心灵上进行扭曲、摧残与灭绝之后的产物。宠儿似乎是一个吸收了塞丝、保罗·D、贝比·萨格斯以及丹芙等千千万万个黑奴人性方面残缺之后凝聚而成的产物,托妮·莫里森用魔幻的手法将这种摧残拟人化地表现出来,具有极强的震撼效果。

二、社会形态差异下的殖民主义特点对比

通过比较，我们可以发现，两位作家的作品描述的同是殖民主义在殖民地或半殖民地国家人民生活的烙印。然而，托妮·莫里森的作品中体现出的人物性格更加激进甚至残暴。这种差异的原因，源自殖民主义统治下各国社会政治形态特征的差异，这种属性的不同，直接导致这两位作家作品中人物性格方面表现出极大的差异性。

在小说人物性格方面，张爱玲小说中人物性格的殖民主义特点多体现为"懦弱""无争"，她所设计的人物的反抗方式也是"柔和"的。这与中国封建社会的社会背景有着必然的关联：在封建社会中，人民生活的等级化十分显著，人民生活的文明程度在资本主义制度尚未"出生"前，是最高的阶段。与托妮·莫里森小说世界中提及的奴隶制度不同，封建制度具备较为优越的政治属性。纵观张爱玲的小说，我们不难发现她的小说中充斥着人物性格的矛盾以及其中渗透出的作者本身的身份焦虑，都来自一种社会制度取代另外一种社会制度时，在新旧交替期产生的矛盾感以及对个人身份转变过程中产生的盲目与无奈。由此产生的身份焦虑体现在一个一个的人物形象中，呈现出盲目与纠结共存的性格特点。

与张爱玲不同，不同的社会政治制度属性差异让托妮·莫里森笔下的人物更具备"反抗"意识。对于在殖民主义统治下的资本主义社会形态，托妮·莫里森几乎是向往与赞同的。这是她与张爱玲在小说构思主体思想方面的一大不同。张爱玲生活于半殖民地半封建社会的中国，旧的封建制度的光辉尚未散尽，新的政治制度的冲击扑面而来，这种"对立"为张爱玲本身带来了极强的干扰性。于是，在她的小说中，她对于资本主义的概念始终是朦朦胧胧的，似是赞同，又夹杂着一些不确定。然而，与张爱玲不同，在托妮·莫里森的创作世界中，她所依托的社会政治制度背景是根植于殖民主义本身的，黑奴制度的本身就是根植于殖民主义政治属性之中，这种属性带来了长达 200 余年的反人类反人性的黑奴制度，给奴隶带来的"原始"的身体与精神压迫强度远超于张爱玲所处的半殖民地半封建社会。于是，在面对资本主义带来的"解救"时，托妮·莫里森表现的接受程度比张爱玲积极了不少。相较于张爱玲属于半殖民地半封建社会的社会制度不同，托妮·莫里森本身的身份属性变得更加明确，这种身份属性投射到文学创作中，则体现出托妮·莫里森小说中对资本主义展现出的极强的接受度。她对于过去奴隶制社会对人的摧残与打击描写得更加刻骨铭心，甚至小说人物性格的阴暗与残暴皆是出于奴隶制社会制度的引诱。追求新的生活方式在托妮·莫里森的笔下汇聚

第七章　张爱玲与托妮·莫里森小说人物塑造特征及其对比

成一个个美丽的意象。摒弃过去，迈向未来的理念成为其作品的点题思想。

如果在殖民主义视野下分析这两位作家对作品中的人物形象性格的态度，我们会发现张爱玲的态度呈现出抵触与焦灼的情绪；而托妮·莫里森则将更多的怨愤倾注在对旧制度的控诉上，其所表现出的人物形象特征，呈现出更多的积极性。从这个角度研究两位作家作品及构思方面的差异性，对研究理解近代中国对于殖民主义的接纳具有重要意义。

除此之外，当殖民主义向全世界走来时，它在与封建主义的交融中，产生了半殖民地半封建社会，中国就是其中的代表之一。归根结底，它应当与中国文化的连续性存在关联。作为世界四大文明古国中唯一没有发生断代的国家，中国在语言文字，传统思想，族谱制度等方面都把"中华文化"都较好地保留和传承起来了。保持一个国家文化的连续性，对保持其特有的民族思想和社会道德形态都有着较为积极的作用。不同于托妮·莫里森全然否定的态度，张爱玲对于中国传统文化仍存在着"中国式"的认可和保留。对这种差异性进行比较，也有利于更好地理解中国文化独特的魅力与兼容性。

参考文献

[1] 艾弗·埃文斯. 英国文学简史 [M], 蔡文显, 宗奇, 译. 北京: 人民文学出版社, 1984.

[2] 勃兰兑斯. 十九世纪文学主流（第一分册）[M]. 张道真, 译. 北京: 人民文学出版社, 1980.

[3] 查尔斯·泰勒. 本真性的伦理 [M]. 程炼, 译. 上海: 上海三联书店, 2012.

[4] 车尔尼雪夫斯基. 车尔尼雪夫斯基选集（上）[M]. 周扬, 缪灵珠, 辛未艾, 译. 北京: 三联书店, 1958.

[5] 陈子善. 记忆张爱玲 [M]. 济南: 山东画报出版社, 2006.

[6] 陈子善. 张爱玲的风光: 1949 年前张爱玲评说 [M]. 济南: 山东画报出版社, 2004.

[7] 范存忠. 英国文学史提纲 [M], 成都: 四川人民出版社, 1983.

[8] 弗吉尼亚·伍尔夫. 达洛卫夫人 [M]. 孙梁, 苏美, 译. 上海: 上海译文出版社, 2011.

[9] 弗吉尼亚·伍尔夫. 到灯塔去 [M]. 瞿世镜, 译. 上海: 上海译文出版社, 2008.

[10] 盖斯凯尔夫人. 玛丽·巴顿 [M]. 荀枚, 佘贵棠, 译. 上海译文出版社, 1978.

[11] 盖斯凯尔夫人. 南方与北方 [M]. 主万, 译. 人民文学出版社, 1987.

[12] 郭鸿杰. 英语对现代汉语的影响 [M]. 上海: 上海交通大学出版社, 2005.

[13] 郭锡良, 唐作潘, 何九盈, 等. 古代汉语（上下）[M]. 修订版. 北京: 商务印书馆, 1999.

[14] 贺阳. 现代汉语欧化语法现象研究 [M]. 北京: 商务印书馆, 2008.

[15] 黄伯荣, 廖旭东. 现代汉语（上下）[M]. 增订 5 版. 北京: 高等教育出版社, 2011.

[16] 黄锦树. 文与魂与体：论现代中国性 [M]. 台北：麦田出版公司，2006.

[17] 黄梅. 推敲"自我"：小说在 18 世纪的英国 [M]. 北京：三联书店，2003.

[18] 金宏达，于青. 张爱玲选集 [M]. 合肥：安徽文艺出版社，2012.

[19] 金宏达. 回望张爱玲（1—3）[M]. 北京：文化艺术出版社，2003.

[20] 莱昂内尔. 特里林. 诚与真 [M]. 刘佳林，译. 南京：江苏教育出版社，2006.

[21] 李凤仪. 张爱玲散文全编 [M]. 杭州：浙江文艺出版社，1992.

[22] 李有亮. 给男人命名：20 世纪女性文学中男权批判意识的流变 [M]. 北京：社会科学文献出版社，2005.

[23] 利维斯. 伟大的传统 [M]. 袁伟，译. 北京：三联书店，2002.

[24] 林树明. 多维视野中的女性主义批判 [M]. 北京：中国社会科学出版社，2004.

[25] 刘洪涛. 荒原与拯救——现代主义语境中的劳伦斯小说 [M]. 北京：中国社会科学出版社，2007.

[26] 刘进才. 语言运动与中国现代文学 [M]. 北京：中华书局，2007.

[27] 鲁迅. 鲁迅全集（第三卷）[M]. 北京：人民文学出版社，2005.

[28] 潘迎华. 19 世纪英国现代化与女性 [M]. 杭州：浙江人民出版社，2005.

[29] 水晶. 替张爱玲补妆 [M]. 济南：山东画报出版社，2004.

[30] 苏联科学院高尔基世界文学研究所. 英国文学史（1832—1870）[M]. 蔡文显，桂诗春，陈珍广，等译. 北京：人民文学出版社，1986.

[31] 孙建. 英国文学辞典：作家与作品 [M]. 上海：复旦大学出版社，2005.

[32] 王力. 汉语史稿 [M]. 北京：中华书局，1980.

[33] 王力. 中国现代语法 [M]. 北京：中华书局，2014.

[34] 伍尔夫. 普通读者 [M]. 刘炳善，译. 北京：北京十月文艺出版社，2015.

[35] 西蒙娜·德·波伏娃. 第二性（上）[M]. 陶铁柱，译. 北京：中国书籍出版社，1998.

[36] 西蒙娜·德·波伏娃. 第二性（上）[M]. 郑古鲁，译. 上海：上海译文出版社，2011.

[37] 夏志清. 中国现代小说史 [M]. 上海：复旦大学出版社，2005.

[38] 杨联陞. 中国文化中"报""保""包"之意义 [M]. 段昌国，译. 贵阳：贵州人民出版社，2009.

[39] 伊恩·P. 瓦特. 小说的兴起：笛福、理查森、菲尔丁研究 [M]. 高原，董红钧，译. 北京：三联书店，1992.

[40] 余斌. 张爱玲传 [M]. 桂林：广西师范大学出版社，2001.

[41] 余光中. 余光中谈翻译 [M]. 北京：中国对外翻译出版公司，2002.

[42] 袁媛. 记忆·体验·生命——论张爱玲小说的合肥方言情结 [J]. 沈阳大学学报（社会科学版），2013（1）：124-128.

[43] 张爱玲. 半生缘 [M]. 北京：北京十月文艺出版社，2012.

[44] 张爱玲. 红楼梦魇 [M]. 北京：北京十月文艺出版社，2007.

[45] 张爱玲. 红玫瑰与白玫瑰 [M]. 北京：北京十月文艺出版社，2012.

[46] 张爱玲. 华丽缘 [M]. 台北：皇冠文化出版有限公司，2010.

[47] 张爱玲. 倾城之恋 [M]. 北京：北京十月文艺出版社，2012.

[48] 张爱玲. 惘然记 [M]. 台北：皇冠文化出版有限公司，2010.

[49] 张爱玲. 小团圆 [M]. 北京：北京十月文艺出版社，2009.

[50] 张爱玲. 异乡记 [M]. 北京：北京十月文艺出版社，2010.

[51] 张子静，季季. 我的姐姐张爱玲 [M]. 长春：吉林出版集团有限责任公司，2009.

[52] 周作人. 近代欧洲文学史 [M]. 止庵，戴大洪校注. 北京：团结出版社，2007.

[53] 朱虹. 英国小说的黄金时代 [M]. 中国社会科学出版社，1997.

[54] 朱虹. 英美文学散论 [M]. 北京：三联书店，1984.

[55] 何亚惠. 伍尔夫的悲剧意识 [J]. 厦门大学学报（哲学社会科学版），2005（3）：115-119.

[56] 吕大年. 理查森和帕指拉的隐私 [J]. 外国文学评论，2003（1）：88-99.

[57] 秦弓. 张爱玲对母亲形象的阴性书写 [J]. 湖北大学学报（哲学社会科学版），2007（03）：37-42.

[58] 吴汉. 语言接触中英语词汇对汉语的强势影响 [J]. 西北民族大学学报（哲学社会科学版），2007（6）：69-72.

[59] 方晓璐. 鲁迅作品的欧化语言研究 [D]. 福州：福建师范大学，2015.

[60] 郝友. 张爱玲小说的语言艺术研究 [D]. 天津：天津大学，2006.

[61] 史佳林. 二十世纪四十年代小说语言研究 [D]. 上海：复旦大学，2012.

[62] 杨玉清. 浅谈张爱玲的文艺思想 [D]. 西安：西北大学，2006.

[63] 许烺光. 彻底个人主义的省思：心理人类学论文集 [G]. 许木柱，译. 台北：南天书局，2002.